清流文苑

中国好文章书系

《好文章》书系组委会 主编

光明日报出版社

图书在版编目（CIP）数据

清流文苑 /《好文章》书系组委会主编. -- 北京：光明日报出版社，2023.3
ISBN 978-7-5194-7111-8

Ⅰ.①清… Ⅱ.①好… Ⅲ.①中国文学—当代文学—作品综合集 Ⅳ.①I217.1

中国国家版本馆 CIP 数据核字（2023）第 046870 号

清流文苑
QINGLIU WENYUAN

主　　编：《好文章》书系组委会	
责任编辑：杨　娜	责任校对：贾文梅
封面设计：中联华文	责任印制：曹　诤

出版发行：光明日报出版社
地　　址：北京市西城区永安路 106 号，100050
电　　话：010-63169890（咨询），010-63131930（邮购）
传　　真：010-63131930
网　　址：http：//book.gmw.cn
E-mail：gmrbcbs@gmw.cn
法律顾问：北京市兰台律师事务所龚柳方律师
印　　刷：三河市华东印刷有限公司
装　　订：三河市华东印刷有限公司
本书如有破损、缺页、装订错误，请与本社联系调换，电话：010-63131930

开　　本：170mm×240mm	
字　　数：287 千字	印　　张：15.5
版　　次：2023 年 3 月第 1 版	印　　次：2023 年 3 月第 1 次印刷
书　　号：ISBN 978-7-5194-7111-8	
定　　价：95.00 元	

版权所有　　翻印必究

前 言

《淮南子·本经训》中记载："昔者仓颉作书，而天雨粟，鬼夜哭。"文字的力量，由此可见一斑。文字真是一种奇妙的东西，寥寥数字便在书写者与阅读者之间架起一座心灵之桥——娓娓道来的文字能够温暖人心，昂扬激越的文字让人心潮澎湃，蕴含哲理的文字能够明心见性，真情实感的文字催人泪下，让人心生感动。文字让我们的思绪插上了想象的翅膀，带我们飞入书写者用妙笔精心构建与编织的文字世界，让我们在知识与思想的天空中翱翔。

"中国好文章"大赛组委会从发出邀请至今，已收到数万名作者朋友们的踊跃投稿，让我们备感欣喜与珍惜。欣喜的是，你们看到了我们发出的征稿邀请，并勇于展示自己的才华；珍惜的是，你们将自己精心写就的文章托付给我们，是对我们的信任。身处此位，将心比心，每日与文字打交道的我们，更懂得作者对自己文章的用心与爱护。在与这些美文的不期而遇中，我们感受到你们对祖国大好河山的由衷赞美，对故乡故人的深深怀念，对青春往事的追忆释怀，对亲人朋友的真切情感……字字句句皆自肺腑流出，每一段文字、每一篇文章都承载着书写者的人生温度，讲述着书写者的奇妙故事，蕴藏着书写者的岁月感悟。

著名作家莫言曾在诺贝尔文学奖晚宴上的致辞中谈到自己对于坚持文学写作的看法："我深知世界上有许多作家有资格甚至比我更有资格获得这个奖项；我相信，只要他们坚持写下去，只要他们相信文学是人的光荣也是上帝赋予人的权利，那么，'他必将华冠加在你头上，把荣冕交给你'。"如今投稿的你们也是这样，不论年龄几何，不论身处何处，曾经，当你的脚步穿过那一排排放满书籍的书架，指尖抚过那一本本微微鼓起的书脊，听到那纸张翻阅的沙沙声，想必有一颗石子落入你如静水般的内心，激起了一圈圈淡淡涟漪，你便也想让自己的文字化为铅字，让每一个爱书之人感受到你笔下文字那鲜活的生命力。于是你们日复一日、年复一年保持着对文字、对写作的热爱，这在当下，是多么难能可贵的品质。我们发自内心地佩服书中各位作者对文学梦的坚守，因此有了我们在"中国好文章"的相遇，才有了这本凝结着你们心血结晶与智慧闪光的诚意之作。

一纸素笺，这卷承载着心语的墨香，是你们个人情怀与美德的人文积淀，是你们"文如其人"的最佳彰显，更是你们收获公众好评和认可的绝佳机会。或许今天热爱文学写作的你，明天就能在中国文坛拥有一席之地，成为反映美好新时代的一面旗帜，成为用文字影响他人的文化摆渡人！

"文明如水，润物无声。"书籍作为思想文化的载体、人类知识的殿堂，读罢方知心渠如许不彷徨，人间至爽在墨香。本书这些沉睡的文字，如时光与心灵的对白，诉说着少年五彩的梦，低唱着中年朴质的影，浅吟着老年夕阳的红，并赋予各时的震撼或感动、温暖或骄傲、火热或炽烈的瞬间以永恒……此刻，她正散发着墨香，静待有缘相会的读者来唤醒。

"中国好文章"大赛编委会

Contents

目 录

陆中鹄作品
梦 …………………………………………………………… 1
我的一个梦 ………………………………………………… 2
家书一 ……………………………………………………… 8
家书二 ……………………………………………………… 9
遐　想 ……………………………………………………… 12

郭秀荣作品
梦话日记 …………………………………………………… 19
有感治安工作 ……………………………………………… 34
我心中的交警 ……………………………………………… 40

曾建安作品
古村镇的诱人魅力 ………………………………………… 42
一次难忘的航海经历 ……………………………………… 44
圣潭沟寻根之旅 …………………………………………… 45
赶潮抢鱼的凶猛经历 ……………………………………… 48
春韵水乡 …………………………………………………… 49
一段难以磨灭的经历 ……………………………………… 50
西域的巴扎风情 …………………………………………… 52
大漠西域莫高窟 …………………………………………… 53
惊遇黄山奇观 ……………………………………………… 54
醉入漓江画中游 …………………………………………… 55

陈玉立作品

情　怀 …… 57

品味蓉城 …… 58

偶　遇 …… 59

拐角，遇到浅丘书吧 …… 65

美丽的德国小镇 …… 66

杨超作品

神秘不过《兰亭序》 …… 68

组字兰亭序 …… 76

牟季雨作品

我们见证了飞航导弹的腾飞 …… 77

风雨镇岗塔 …… 79

名不见经传的飞航女专家 …… 82

宫贺作品

解　封 …… 84

装 …… 90

柳建奇作品

梅 …… 92

登龟山 …… 93

放归自然
——看《上甘岭》最后一个情景有感 …… 95

阮郎归
——国之脊梁袁隆平 …… 96

清平乐·"九一八"事变 …… 97

钟南山 …… 97

南斯拉夫二战片 …… 97

晚舟已归航 …… 98

惊艳一跳 …… 99

清　明 …… 100

马述彬作品

相　亲 …… 101

赔偿 …… 103
借钱 …… 104

田园凡夫作品
初尝彩虹梨 …… 106
愉享金陵鸭血粉丝 …… 107

邓湘林作品
父亲给的坚强 …… 109
我的爱情随笔 …… 110
感恩相遇 …… 111
赏莲慕鱼 …… 112
梦回赣南 …… 112

方珣作品
产业互联网时代已经来临 …… 113
互联网思维是什么 …… 117
产业互联网之定制商品 …… 120

芦广华作品
小山 …… 123
略说古城西安 …… 125
闲话"美酒" …… 128
要写好文章,必须多读书 …… 129

林晓耕作品
仲夏月下的感怀 …… 133
烟花三月,最美阳春 …… 134
我爱金秋的韵律 …… 136

刘宇隆作品
最爱我的人,少了一个 …… 138

余昌开作品
不高估自己,不低估别人 …… 140
劳动 …… 142
水 …… 144

孙越英作品
思乡 …… 149

握住生活的手 … 150
　　一切皆在路上 … 151
徐培作品
　　当代愚公 … 155
　　醒来发觉甚是想你 … 156
　　茉莉飘雪 … 158
魏思吉作品
　　与九寨沟的约定 … 160
　　人生第一次 … 161
　　"他们"与这个时代的故事 … 163
张富剑作品
　　望故乡 … 166
　　走进高原 … 170
冯建荣作品
　　回忆我和"小笔头"的情缘 … 171
　　曾经的风景 … 174
　　人生的转折
　　　——滑过指间的头发 … 175
张小甜作品
　　愿我的温暖能温暖你 … 179
　　我和我的妈妈 … 181
　　心软成汤 … 185
曹堪文作品
　　一朝入京深似海 … 186
　　职业与悲悯 … 188
刘景华作品
　　八月的哀思 … 190
　　秋夜赏菊 … 191
牛少青作品
　　他乡之竹 … 192
　　人无新故 … 193

彭泽美作品

游杜甫草堂

——忆子美遗址 ········· 195

校园的四季 ········· 196

冉华云作品

我去摘下蓝天中那朵白白的云 ········· 199

野人山下传奇事 ········· 199

月宫舞起来 ········· 201

夜钓月亮湖 ········· 202

美人泪 ········· 202

史晓飞作品

我有一位了不起的好爸爸 ········· 203

本　色 ········· 205

三月阳春 ········· 206

天马梦歌 ········· 206

风雨拼搏中起航 ········· 207

梨园春 ········· 207

梨园乡情 ········· 207

春　天 ········· 208

孙建华作品

我的抗癌日记 ········· 209

活着，就是一场充满未知的修行 ········· 211

王国清作品

"咸宁通山籍战友参军五十周年纪念大会"上的演讲 ········· 214

情　愫 ········· 215

王新建作品

冷风赋 ········· 218

醉春光 ········· 219

向松作品

浅秋话中年，来日并不方长 ········· 220

轮椅上的父亲 ········· 221

初冬，岁月静好 ········· 222

闫照亮作品

夜半见闻录 ··· 224

赠"琪"戏言 ··· 224

俞兆虎作品

那个凄凉的秋 ··· 226

浮生若情 ··· 226

张彬作品

浅析对《猫没有教老虎上树》的认识 ························· 227

春天的记忆 ··· 228

张庆民作品

故乡的红枣树 ··· 231

情无限 ··· 232

周永强作品

爱一个人 ··· 233

十一月 ··· 234

后　记 ··· 236

陆中鹄作品*

梦

最近，我在整理旧书稿的时候，突然发现，用几张纸单独装订成的一个小本子，纸张已经发黄，边角也显得破旧，细一看才知道竟是我 27 年前写的一篇梦记。

这个梦很有意思。尽管没有震撼，没有悬念，也没有文学的元素，简直就是平铺直叙，内容混乱，但是，梦境被记录得相当完整，格外真实。尤其让我惊讶的是，梦后一周还特意添缀了饱含真情的梦境分析。

我轻轻地默念，反复地朗诵，心潮起伏，哽咽难续！它把我拉回到了 20 世纪 80 年代，我背井离乡，抛子弃母，孤身寡人，在南丹矿区打拼挣钱的 2100 个日日夜夜……

现在看来，这篇"梦记"是那样的完整，那样的真实。的确，由于岁月变迁，多次搬家，我在矿山打拼的几年间写的一人多高的矿山日记，几乎已经遗失殆尽。这可能是我这辈子唯一的一篇梦记，我不想让它遗失，更不想让它埋没，所以用现代的电脑键盘，把它敲打出来，保存下去，将来送给我的儿子做纪念。

诚然，这篇小文中涉及的许多人物，现在都还健在（其实这本身就是幸事一件）。为了还原真实的心路历程，不讳言曾经的脆弱，我决定，在抄录的时候，整篇文稿不改一字一句。当有一天我把电子文档交给儿子的时候，也把原件交给他，他可以随缘保存，反复核对（毕竟我有不少书稿和家书要一并留给他）。我企盼，如此能让从小随母离我远走，在香港念中学、念大学，如今事业已小有所成的儿子，对我，他的父亲，有一个正面的理解。因为最近我对他说过："爸爸对你的影响不是生前，而是死后。"

是的，我知道很多大师曾经交代过我们：忘却昨天，珍惜今天，向往明天。而且，我也记得，我 14 岁那年，曾经创作了一句话：当一个人生活到只剩下回

---

* 陆中鹄，男，75 岁，广西壮族自治区南宁市人。

忆的时候，她（他）就应该准备好足够的棺材钉（小时候我喜欢创作一些警句，包括这一句在内的原稿一直保存到现在）。

我几十年来真的一直弄不明白，昨天怎么能够忘记？回忆为什么不可以？除非我们"幸运"地患上了阿尔茨海默病。

我从来不怀疑，生活教授了我们许多知识，社会教授了我们许多道理。但是，此类教授形式，并不总是阳光明媚，温情脉脉的，也有暴风骤雨，苦痛惨惨的。甚至我们还没有弄明白，到底哪一种方式，对我们的心智成熟和生存功能是真实有益的。

活到今天，时至今日，不管昨天明天，不管回忆展望，我，终于可以平静地说：我过来了。

2016 年 9 月 10 日

我的一个梦

时间：1989 年 1 月 15 日，凌晨 5 点。
天气：整晚都在下雪，地面积雪 15~20 厘米，巴黎山及周边一片白茫茫。
背景：本月收入赤字，地下矿井与地面选厂共亏损 0.2 万元。

梦境

我独自在一座长着灌木的小山坡上晃悠，走到半坡一个干水塘（已填满土，并长着一层薄薄的翠绿草皮）边，突然，在左侧的灌木丛中，发现一个像鹿又像羊的动物的头，很高很大。仔细看了一下，我下意识地断定它是一只雄壮的公羊，正在望着我出神，我既想过去捕捉它，又怕一个人的力气不足。当我眼睛往左下方另一处矮树丛中窥望的时候，竟然又发现有几只大大的像大象的耳朵，又像是狮子脚的东西，我潜意识里又立刻断定这是一个羊王的脚，它正躲在树丛中趴在地上休息，我看见的是它的前脚，我想，既然羊王在这里，肯定就有一群羊在这里，只是山坡上长满灌木丛挡住了我的视线，没有让我看见它们而已。我决定马上回去，召集一帮工人来围捕这群羊，我轻手轻脚走过羊王的身边，因为我看见一本书上讲过，再凶狠的野兽，只要我们人不主动招惹它，它也不会主动伤害人，所以就放心地往回走，一路上想：最近，我正为笼口不出矿，找不够过年的应酬钱款而焦虑万分哩！今天，发现这些神秘的公羊，而羊字的写法，颇似人民币符号"￥"的写法，民间历有"遇羊必发"的传说，这是不是一种天赐福兆呢？莫非是马上就能时来运转，采到好矿，很快就有钱赚的好意头吗？

……

走着想着，想着走着，我看到一个漂亮的现代化万人大食堂。我断定这就是南宁棉纺厂的食堂，我在南棉行政科工作过六年，我沿着一条向上斜弯的汽车通道（类似于宾馆楼前的小车走廊）走去，穿越宽敞的餐厅，走进后座的操作间，正好看到几个食堂的炊事员在里面吃小灶的肉包，本想批评下他们这种多吃多占的做法，不想，有两个员工把我最爱吃的大块的鲁鲁肥肉夹心面包递给了我，我吃了面包，就不好意思讲他们什么了。可是当我叫他们全部集中准备去捕捉羊群的时候，他们十几个人中不但没有一个人听我指挥，反而有几个人用手势和眼神暗示我，叫我自己到上面的办公室去看看是怎么回事。

于是我又独自上楼，走到一个小会议室那么大的一个教室那里，从玻璃窗往里面一看，里面坐满了很多熟悉的不熟悉的人。在门口，有一位穿军装的青年（像是一位退伍战士）热情地跟我握手，问："你就是陆中鹄吗？"我回答他说："是的。"他接着说："看样子你人不错啊，为什么黑板上贴着要枪决你的布告呢！"我当即惊呆了，瞬间手足失措，感到分外错愕与茫然。稍息，回过神来，用眼睛专注地往右墙上大大的水泥黑板上一扫的时候，我的确看到上面贴有一张不是很大的白纸，用毛笔书写的"定于今天下午五时枪决陆丽鹄"的《布告》。我一看，名字的中间那个字写错了，被枪毙的人似乎并不是我。然而此刻，整个教室的人，同时全都齐刷刷地注视着我。从大家的眼神中，我已经意识到，布告上写的下午5点钟要枪毙的那个人，确实是我无疑了。

然而，我的第一反应却是：这么多人看着我，即使真的将要被枪决，在神态风度上，仍然得保持自己的身份，要拿出十分镇定的仪容来证明自己视死如归的气概！

随即，我看了一下手表，下午2点整，也就是说，还有3个小时，我就要到另一个世界去了。这个时候，我淡定地走进教室，与几位伸手过来的人握手问候，所有的人，都是一副十分惋惜而又无可奈何的表情。

然后，一个模糊的声音告诉我，有几位要好的朋友在隔壁房间里等着我，我又马上退出教室，往回走到隔壁房间去，在那个开着大门的大板房里，见到的是几位南宁六中男同学，雷德庆啊，李耀宗呀，曾石养呀等，一个女同学也没有，我十分失望，为什么？此时此刻不见我的母亲和我的妻子来送行……

正在我疑惑不解的时候，我突然发现，我的儿子小宁宁从叔叔们的背后冲出来，抱着我的双腿，我蹲下来亲了他一下，没有任何一句话，这个时候我开始感到难受了。我想，我和眼前这帮老同学都是同龄人，为什么我要先他们而去呢？为什么没有经过任何法律程序，就凭一张手写的，而且写错了名字的所谓布告，就可以在3个小时之后杀了我呢，为什么又不通知我的母亲、我的妻子来跟我见个面呢？我还有几句话要交代她们啊！

我当时神情自若地一面跟他们握手道别，一面说："我真不明白为什么要杀我？我为什么不能跟你们一样再活个几十年？"正当我抱着必死无疑的心态，从容转身的时候，不知老同学中是谁清晰地告诉我说："是因为你参加鸦片走私，被判死刑，所以要枪决你。"——听到这句话，我立刻整个人都踏实了。

我心想，我绝对没有参加什么走私鸦片之类的事情，如果我想不死还是有可能的，我平静地对我的儿子说："爸爸想出去散散步，你在这里继续跟叔叔们玩好吗？"几位叔叔也在挽留他，但是他好像十分懂事，说："不，我要跟爸爸出去散步。"于是我弯下腰来，左手横过来，拉过站在我右手边的儿子，牵着他，一同走下楼。有点惆怅，因为牵着我手的儿子还不满8岁……

走到楼下边的一块平地那里。我头脑中一直在想，是死还是不死？死确实很好，省掉人生的许多奔波和烦恼，反正人都有一死，迟早对我都无所谓，我绝对不能有半点怕死的表现。我曾说过，想找一本描写人在临死前的实际感觉与思维状况的书来看，但现在我要亲自来体味一下临终感受啦，真的是应验了那句话：心想事成。

其实我真切意识到自己并不惧怕，并不希望取消5点钟的枪决行动，我甚至觉得，我活得太累了，精神和思想上的负担太重了，又没有任何人理解我，一如此刻，我想把临死前的一些话讲给刘燕华听，也不可能了，不知道是没有通知她呢还是通知了她不来？还是她根本不愿意露面，避免听到我临死前让她把什么钱呀物呀，什么财产呀都分给谁谁谁呀这些所谓的遗嘱？在身边的宁儿，幼稚无知，尽管他始终用若有所失的眼神盯着我，却不会说什么安慰和告别的话。我抚摸着儿子刚刚剪了短发的头：啊！我的儿子啊，你瘦多了！！我心想：唯一的遗憾，是我的儿子还没有长大，我本应尽父亲的职责，把他养大成人再死才合适的。

可是，如今，我却要无缘无故地弃他而去了，这是我临行前唯一的不安。

不过，此时此刻，仍没有动摇我要死的决心，仍未能使我在临行前表现出惊恐和懊恼的举动。我决心超脱自我，超脱当下既不出矿，负担又重，无人理解的这个人生框框，走向那个没有烦恼且一无所知的地方。

当然我立刻又想到，假如我不愿死，不想死，也不是不可能的。只要能够在开枪前的 5 分钟，也就是 4 点 55 分，我直接向前来验明正身的法官大喊："我根本没有贩卖过什么鸦片，你们杀错人啦!"那就可以让那些持枪的人手下留情，枪口留命。

然后再通过我的自信口才和法律知识进行实事求是的辩论辩解，一切，都会恢复到原来的样子，到那时我就可以把今天母亲和燕华没有前来为我送行的原因查清楚，然后根据不同的情况，采取不同的对策；到那时候我将尽心尽力地，把今天前来为我送行的唯一的亲骨肉——小宁宁，抚养成人。

但我仍然准备死，心想：只要再忍耐两个多小时，枪一响，我那原来要再烦恼和奔波几十年的负担就不会再有了。

就这样，是生是死，求生求死，感性和理性在心灵深处反复撕咬……

最后，想到生的烦恼死能解脱，我决定，熬过这短短的 100 多分钟，到达永恒的宁静。而且要从容镇定，不让人取笑!

想着想着，梦着梦着，我朦朦胧胧告别了梦境，重回到了毫无暖意的硬床上。

冷醒的。

释梦

这是一个压抑的梦，一个伤感的梦。做这个梦可能是几年来那种烦躁忧郁、孤独无助的心绪的总爆发吧。

值得庆幸的是，因为担心太快忘却和过多遗漏，梦醒以后，我立即叫醒特意上山陪伴我的施坚良（他是广东海丰县赤坑镇人，专门管理选矿厂的工作，是一位正直勤劳又讲良心的矿老板，我的好朋友），尽量完整和准确地向他复述了整个梦境情节，这也许是我当天能够把整个梦情记录得有头有尾的前提。当然，整个复述过程，由于本人天生就悲秋怜玉，泪点很低，面对现实的残酷，前景的渺茫，尽管做了最大的克制，依然无法自控，数次哽咽，数次中断。敬佩施坚良，你是一个合格的倾听者和安慰者。

此刻，经过一周的平静和沉淀，我想为这个梦做一些剖释。

一、人哪，假如身处逆境，屡受挫败，本身又不是一个坚定的唯物主义者，就很容易产生膜拜迷信，出现企盼转运的唯心主义现象。这就是我在梦境中看到羊王，公羊所产生的真金白银幻觉的意识根源。

是的，几年来，除了高薪聘请了广西区地质勘探局215队的工程师，我更几乎天天亲临现场，确定笼向，分配掘面，确定安全方案，编排班组，督查进度，购调耗材，保障后勤，真的是身体力行，面面俱到。

可是，看着这些每天挖运出来的，像小山包似的堆堆矿石，高兴不起来——品位太低，成本太高，销售太难，利润太薄。连续几个月的亏损，加上年关将至，公司运行费用的缺口不小。我真的变成了一个一筹莫展、愁眉苦脸的标本了。

二、回想起来，无论是1983年之前，常驻广州与外商的商务谈判，还是在广西建委材料设备供应总公司的日常业务，直到这次决定投资矿山，我都是独当一面。长期的职场生涯，使我形成了事必躬亲、居高临下、严肃有余、性直率真的工作作风。偏偏我目前所面对的，却是一帮帮缺乏素质教养，没有经过纪律培训的农民工。他们之中绝大部分的确是本分憨厚，卖力苦干的，也有一些俯首帖耳，唯唯诺诺的，更有个别蛮横无理，暗藏杀机的，但极少发生不听从调度、不完成任务的现象。这就解释了梦境中出现的，我号召下属集体去捕捉羊群，大家不听我指挥而令我疑惑不解的作风根源。

三、记得我在中学时代的笔记本里，曾经创作了一句警言："据说中国人特别爱面子，为此，宁愿失去比面子贵重100倍的东西。"面子，爱面子，死爱面子！这是多数人的通病。我，深深地，感染了这种通病。我承认，我有一种根深蒂固的君子做派和面子意识。无论是社交场合，待人接物，还是面对长辈晚辈，上级下级，我都不愿给人留下轻佻无知、没有礼仪、缺乏教养的印象。这就是我在梦境中看到死亡布告以后，内心激烈争斗（要知道，此时的我，并不具备区分虚拟和现实的能力），受到反复煎熬的性格根源。

四、多年以来，我一直有写日记的习惯。有时因为太忙，或者心绪不安，未能当天写，但仍然坚持在有空闲的时候进行追补。其间，不但记事，也有抒情，在现存的所有厚厚的日记里，详细地表述了我各个时期的工作情形和心路情愫。

可以想象，一个从小学就生活在省府城市的人，一个三十来岁的男人，到了一个三百公里之外的山区，别说亲戚朋友，就连一个熟人都没有的地方，从事着世上危险度极高的采矿行当，天天与石头过招，日日与孤独相拥，如果没有一种巨大的动力，如果没有一颗强大的内心，能做得到吗？我来了，我开始了，尽管不知何日归故里，尽管归途满荆棘，都是为了那个大写的"家"！

多少次，夜深人静，独自一人，我面对巴黎山下这座广西最大锡都——大厂矿务局的山城灯火，遐思着温馨的家，多少回，仰望茫茫星空，对着南宁方向，呼唤远方亲人，纵情挥泪痛哭。那种呛天怨道，那种撕心裂肺，有谁看得见？有谁听得到？回答我的除了寂静，还是死一般的寂静！

A：母亲。母爱，从它的本真内涵，从它的生命源义来说，都是最贴切、最契合"伟大"这个词汇的。精挑世界上最闪亮的字眼，细选人世间最虔诚的语句来歌颂母亲，赞扬母爱，无论怎样热烈，无论怎样崇敬，都不过分。是的，从我出生那一刻起，一直接受着涌泉一样的母爱，从未消减。同时，假如把我这六年日记中流露出来的那种对母亲的最最强烈的感恩情怀汇集起来，现场朗诵，我敢说，没有一个正常人，不为之动容。

B：妻子，爱人。本来，地球上的所有动物都需要配偶，所有的配偶都需要沟通，人类自称为灵长类动物中最有智慧、最有想象、最有规划能力、最有行为约束的高级动物，恰恰给自己的婚姻家庭，赋予了太多的社会属性，掺杂了太浓的物欲色彩，使得原始的情感依托、生理依托、繁衍依托、进化依托，被拨弄得复杂和沉重，少了许多理解与宽容，少了许多自然和简约。我隐隐觉得，我的妻子，给我的情感干扰太多，给我的信心支持太少，长此以往，总有一天，会把"家"字的上面那一个点弄丢。不过，我必须立即郑重声明，在孩子面前，她不愧是一位伟大的母亲。

C：儿子。记得我刚踏进南宁六中校门不久，就迎来了失去父爱的岁月，那年我刚过十三岁。我深深懂得，失去父亲这座山的依靠，会对孩子的性情发育、人格形成、角色定位、社会属性，造成多么大的缺憾。父亲可以让儿子得到阳光和雨露，儿子可以让父亲看到生命的脉动。这种骨肉亲情，不仅体现在行为层面的相依和互补，更体现在精神范畴的牵挂和担当。

此刻，儿子，由于爸爸长期不能陪伴在你身边，你知道，爸爸有多么痛苦的内疚，多么强烈的自责吗？为了取得些许平衡，前几天，我连续发了两封电报给你妈妈，电文是这样的：要大胆花钱，要多买水果，不让儿子受罪，否则我在矿山的辛劳，都是没有意义的。此事等你长大了，可以问你妈妈——假如她愿意回忆的话。

综上所述，A+B+C，梦境中，母亲没有来送行，也许是有关部门没有通知到她；妻子也没有来送行，不管通知到还是不到，我都感到茫然；儿子来了，并且陪我走完了我生命的最后几步路，让我无憾地走向了天堂……

这就是梦的结尾，决意求死的家庭根源。

梦记写完了，梦释也写完了，我反问自己，写来干吗？！我感到自信，将来绝对不会沦落到去当一名作家，年年岁岁摇笔杆，日日夜夜爬格子，有意无意地把自己，偶尔还顺带把熟人的私密隐情暴露在光天化日之下。所以写的这些都可以不会被公开。

鲁迅说：为了忘却的记念。仅此而已。

1989 年 1 月 23 日凌晨

家书一

宁儿：

　　本来写东西是要有灵感的，我此刻就没有什么灵感。但是一来为了练打字，二来为学发邮件，只好硬着头皮敲下去，看看能否用零零碎碎的时间凑成一封完整的家书。

　　偶尔在小食街、在酒店里看到三三两两绕着客人卖花卖唱的男女小孩们，我内心总有一种隐隐作痛的感觉。他（她）们，真正是无知无邪，无罪无奈啊，看着他（她）们完成一次交易后收钱时那得意的神情，就是当时中六合彩头彩的人的脸上也未必能写出如此灿烂的幸福来。我们可以不去预测他（们）的明天或未来，也可以不理会他（她）们的出身背景和离家缘由，甚至不必考虑此刻他（她）们是否饥肠辘辘，垂涎欲滴，但是那稚嫩天真虔诚讨好的苦笑，那殷勤纤细苍白干瘪的小手，难道不足以让我们感到幸运和知足吗？难道仍然还不足以逼我们为了将来的幸福下决心改变一点什么吗？诚然，社会是复杂多变的，生活是由多重色彩构成的，人的生活条件也是千差万异的，但是按照达尔文的"物竞天择"定律，任何人在付出努力和艰辛之后，总应当能获得相应满意的生存空间，就是说，在"物竞"中接受"天择"，这里的"竞"，应作动词解。父亲从一个目睹的现状中延伸出这个结论，你可认同？相信我的儿子会从上述的动词中获得启示。

　　当然，学习、社交、理想、目标，会给你产生许多压力。为了应对这种压力，你会不自觉地处于一种心理学上称为"应激"的状态中，这种状态特别耗损个人能量，容易令人精疲力竭，免疫力下降，疾病因子因此得以活跃。为了保持精力，提高生活质量，更有效地为未来积累知识，必须及时释放压力，调节心情，这就要建立一套可靠的、分类的心理支持系统，不同的内容找不同的你认为可靠的对象（可以是亲人、朋友、同学、老师）进行彻底的倾诉。请你不要怀疑：幸福确实不易，快乐却也不难——这两者仅仅是一种体验、一种感觉而已，而感觉是可以凭空创造的。

应该说，你目前的知识结构是比较合理的，尽管书本知识可能尚存缺憾，但是在人际交往、社会分析、急情应对、取舍判断等方面在同龄人中还是有点优势的，而一旦冲过大学这个关口，这种优势是非常起作用的，这一点，务必请你相信，因为它与你的自信心有着绝对关系。

尽管这封家书仅仅是一稿，匆匆敲成，尽管还有诸如"有所为有所不为""知足常乐，常乐于不知足"等话题，但我急于发出去享受一下邮件瞬间发送的乐趣，即时打住，即时发送。

当然不能忘了问候一声清瘦的妈咪，祝你天天顺便！

父随手
2001年8月23日凌晨3时

家书二

宁儿：

昨晚我应约赴几位矿老板设的全席海鲜宴，桌上色香味形俱全，名烟靓茶，桌下老友把盏递火，热情互敬，尽管由于当年我在巴黎山的经历使在座的老板们对本人表现出了格外的热情，但我内心深处一直十分悲哀：坐在我左侧的一位林姓先生尚不知道他的寿期只有不到100天（一个小时前医生偷偷告诉了他的家属说他得的是晚期肝癌），而他正反复虔诚地恳求我务必未雨绸缪为其后年大学毕业的儿子提前拉好关系、安排前程，到时候再来麻烦我云云。

面对这样一位毕生劳碌、全心为家、憧憬未来的慈父，我能说什么呢？宴席上他不断为我夹菜加汤，我只好与其频频厮耳反复叮咛其先养好身子，两年后我一定鼎力相助，到时我会与他痛饮几番——违心违德，假话连篇，你说我去赴这次晚宴不是跟活吞苍蝇无异吗！

他们买单，我和他们相拥道别，互嘱珍重，独自驾车，进门躺下，却久久不能入眠。想起命啊，人生啊，老响啊，世贸大厦啊，我爸啊，你外公啊，大小战乱啊，地震车祸啊，浓烟滚滚的大烟囱啊（去骨），漫山遍野的小土丘啊（留骨），生命是那么渺小而短暂，在肉眼也无法窥见的癌变细胞和病毒面前，人类显得那样苍白无力、无可奈何,它们曾使多少仁人志士、英雄美女轰然倒下,成千上百吨亲人的眼泪也没能使那些该死的细菌们退让半步!敲到这里,可以抄录别人的一段话共勉:你不能决定生命的长度,但可以提高它的质量;你不能左右天气,但可以改变心情;你不能改变容貌,但可以展现笑容;你不能控制他人,但可以掌握自己;你不能预知明天,但可以把握今天;你不能样样顺利,但可以事事努力。

当然,关于"9·11"事件还可以多说两句。一、它动摇了两百多年来美国人认为自己是世界上最值钱、最安全的地球一等公民的优越感,促使其猛醒。二、民不畏死,奈何以死惧之?恐怖分子是毫无人性的,他连自己的命都舍掉了,还会考虑有哪些无辜生灵该不该陪他共赴黄泉路吗?美国要报复,正是他们祈盼的——树敌越多越有戏!

宁儿,以上乱聊一通,占用你的时间,抱歉!下面是本家书的内容。

过去我们经常讲智商、情商,现在又来一个财商,据说一商比一商有用。顾名思义,所谓财商,大概是指一个人合法地掘财、理财、发财的综合能力。

现在是知识爆炸、信息战争的年代,从巴黎诞生至今的几百年里,西方的工业技术、科学研究、海洋战略、资本积累所受到的制度模式和政治争斗的影响相对东方稍小,它们的运行成本相对较低,总体观念几乎可以与时俱进,在对事物规律的适应能力、在对价值取向的客观判断能力和对软硬件缺陷的修正能力等方面稍优,尤其近代如此。因而它们对未知领域的认识和把握显得更为精明与实在,管理与协调水平也臻于领先与完善,这是我们能够承认并立即卸下所谓上下几千年文明的大包袱采取拿来主义虚心领教的地方。

所以财商这个概念,希望能引起儿子你的重视。诚然我明白,财商的发掘和培育,它的基础应该还是智商特别是情商,但智商几乎是先天的遗传基因决定的,情商则是哪怕你毫不在意,也会于后天的实践中自然产生,并因人而异,朝不同的目标定向、累积、发展而成型的。财商的确不一样,它需要有最初的意识,仔细审视自己的生存环境和现实追求,刻意培养对理财的兴趣以及注意收集各式成功的、失败的理财案例(失败的案例不用找别人!哈哈!),还要善于把自己刚掌握的现代知识不断地与之融会贯通。历史证明:即将面对社会、面对事业的人,有准备和没准备的结果大相径庭。这便是我对你小涉股市表示赞赏的缘由。

儿子,我独一无二的儿子,我深信你不会以自己的恶与否、难易与否来作为区分知识重要与否的标准。请你永远记住:让知识等你的事业吧!千万不要让事业等你的知识!为了不虚度此生,为了不劳碌终身,现在努力,完全值得!

当然，我多次说过，单纯追求"学会"不行，一定要解决"会学"的问题。对你来说，特别需要学习方法。具体一点，比如英语，我记得上次在电话里跟你讲过，先培养对它的兴趣，就像踩单车、开汽车一样好玩，叽里呱啦显得与众不同，碰到洋人绝不会尴尬（这种机会你多得是），揣一本洋妞杂志，哼一首卷舌咬齿的西歌，或偶尔摊摊两手，耸耸双肩，晃晃脑袋，斜斜眼珠，不是很开心吗？然后呢，然后非常理解它的价值，就像当年我不会开车，经常受班次时间的限制不说，遇到拉肚子，痛苦不迭还洋相百出，掌握了开车技术后，来去自由。你几乎可以把英语当成谋生的必需工具，身处香港面对大把与洋人共事的机会，却没有跟他们沟通的语言，这不是枉费良机、自砸饭碗，注定出苦力吗？所以赶快努力，别无选择。最后呢，最后是要清楚它只不过是一个语种，成千万、成亿万的人在用它，还有几十万、几百万非英母语的人成了英语教师或英语节目主持人，还有人因为英语比母语讲得好而焦躁难宁哩。既然是一种普通的语言，就像一双筷子，一副刀叉，为什么可以去怕它而不可以去熟悉它、喜欢它，经常运用它，将之作为自己的第二母语呢?!归根结底是个方法问题，难道还有什么个人能力或客观方面的问题吗?! 儿子？

作为父亲，作为极少批评儿子的父亲，作为 20 年来在儿子身上从不吝惜心血的父亲，我想，在第二封家书中，我有责任提醒你注意：你的刻苦精神还不到位；你的钻研方法还不对路。

抛去一般青年难以避免的弱点，我仅要求你对上述两条进行认真的反省，为了母亲的付出，为了父亲的期盼，为了自己的前程，找一两截时间，静下心来，纵纵横横比较比较，想想二中心态，突考香岛，第一年的兴奋，第二年的憧憬，第三年的松懈，第四年的徘徊加紧张，其间的几度暗下决心，几度信心危机，几度情绪涨落；想想进步中曾走过的弯路，顺境时的飘忽，挫折时的懊恼；原因为哪般，障碍于何处？什么地方已经相当满意，什么地方该补一补？将脑子清理一次，时间不多了，下决心把一切暂时无用的东西即刻搞个零库存，懂得放弃才能容得收获，生命的奖赏不会发生在努力之前，从来不会有轻轻松松的成功，人生的路不算短，自我禁闭八个月又何妨，权当被劳改——劳改能有母亲在身边为你煲靓汤吗？真系①！

人，不能没有一点精神，一点冲动、一点不服输的拼劲、一点表现自我的渴望、一点被别人重视的企盼、一点对美好未来的追求，这就够了，这就有动力了。多么希望我的儿子拥有一颗积极向上的心，永远怀抱成就感，乐观地把

---

① 广东话，真是的。

一切失误和过错当成生活中有价值的组成部分，不悲观、不泄气，振作起来，为红烛（燃烧自己照亮别人）一样的母亲争光，为老牛（夹了尾巴默默活着）一样的父亲争气，也为你自己将来的跳跃打造一块坚实的垫脚石。

敲着敲着似乎有些过头了，作为家书，太长了反而令你无暇尽阅，不如停手，发出。

建议把《家书二》打印给妈妈过目，有些文字是为她而敲的，又祝她天天顺利！

父打发
2001 年 9 月 19 日深夜

遐　想

我把自己的肉体放在床上，平躺着。想：它的五脏可还正常，血管是否仍然顺通？神经系统还和过去一样协调吗？毕竟使用了近半个世纪，骨骼接连的地方肯定磨损了；消化器官更糟糕，经过四十多万个小时的运作，什么东西都交给它打磨，的确不堪重负，连脂肪它都懒得送走；肺呢，更难为它，空气中的有害悬浮颗粒物天天进去封堵不说，每天还有几十根烟雾来熏它；还有皮肤、牙齿、大脑、小脑、脊髓中心，统统即将到报废期了。

什么都能讲永远，就是健康不能。诚然我不知道什么叫永远，有人说永远比最远的远方还要远，也有人说永远不过是一瞬间。恋人们彼此发着海枯石烂的誓言，其实，即使我们发誓一万次，大海仍然蔚蓝、浩瀚，石头仍然硬邦邦，能生存上千万年，偏偏年轻人听见对方这句话后总是甜滋滋、乐颠颠的。没办法，青春！

累了，我将肉体蜷缩起来，俨然蜷缩在被幸福遗忘的角落里。想：我不是故作沧桑，也未算风烛残年，只是白发入鬓、皮皱、眼晃而已，脑能下棋，手能驾车，嘴能骂人，一切顺其自然吧。何况，床，不是自我了断的好地方。

是呀，人生如梦，眨眼就是百年，如果活不到 100 岁呢——就连一眨眼的工夫都不到！谁走了地球不热闹？谁去了后人不欢笑？梦是虚的、梦是短的、梦会断的。虚的你何苦较真，短的你何必勉强，知道一定有断的，你还惧怕哪样？我有一位被医生宣判活不过 100 天的晚期癌症朋友，整天乐呵呵地找人下棋，有什么吃什么，别人问他："你怎么就不怕死呢？"他很惊诧，反问："难道你就不会死吗？"十几年过去了，他依旧风风火火、乐乐呵呵的。

人，是唯一讲究面子的动物，也是最不知足的动物。尤其是我，为了面子，可以丢掉10件比面子重要100倍的东西，太不实际。"万物之灵"不是罪，罪在人人都要比人人"灵"，"灵"不过人人，就人人都不许"灵"，这便衍生出许多尔虞我诈、极端自私、敲诈受贿、攀龙附凤、嫉妒使坏、中伤陷害、男盗女娼、假冒伪劣等的丑恶现象。

可能想得太多了，有点累，把肉体挪到沙发上，看书。找来一本疑是盗版的（便宜）《容斋随笔》，为南宋高宗端明殿大学士洪迈所著，书中提到他同辈一位笔友朱新仲，将人的一生自幼年到老死分为五个阶段的"人生五计"论，谓人人均应依不同的年龄段进行不同的自我设计，此曰生计、身计、家计、老计、死计。恐失忘，先录下。一、"十岁为童儿，父母膝下，视寒暖燥湿之节，调乳哺衣食之宜，以须成立：其名曰生计。"二、"二十为丈夫，骨强志健，问津名利之场，秣马厉兵，以取我胜，如骥子伏枥，意在千里；其名曰：身计。"三、"三十至四十，日夜注恩，择利而行，位欲高，财欲厚，门欲大，子息欲盛：其名曰家计。"四、"五十之年，心怠力疲，俯仰世间，智术用尽，西山之日渐逼，过隙之驹不留，当随缘任运，息念休心，善刀而藏，如蚕作茧，其名曰老计。"五、"六十以往，甲子一周，夕阳衔山，倏尔就木，内观一心，要使丝毫无慊，其名曰死计。"在这里，我无意剖析这位古人对人生全过程的阶段分割是否科学，以及他所表述出来的那些狭义和悲观的"三观"观点。

书中还说，他的这位朋友朱先生每当与别人提到自己这"五计"中的"身计"时对方就高兴；提到"家计"时对方更高兴；提到"老计"时对方不以为然；提到"死计"时对方频频摇头，连连高喊"笨计笨计！"——足可证明人们多是不但恶老而且讳死的啊！天呐！

尽管时代变迁，人类寿命今非昔比，上述后"四计"的实际年龄大可往后推几推，然而"神龟虽寿，犹有竟时"，还是我那位晚期癌症朋友说得好："难道你就不会死吗？"既然人一生下来就注定要死的，你能回避得了吗?！坦然面对吧，还活着的人们！

又累了，是眼睛。我把肉体竖直，让它在地板上晃来晃去，算是一种放松。

将双手往背后一靠，在镜子里看见自己来回踱步的深沉模样，想：我像谁？看了半天，谁也不像，只像个不知将自己的肉体如何摆放的闲人！

唉，人啊，大家都赤条条地来，赤条条地去，但在来去之间的所为所得竟然那样千差万别。叱咤风云是一生，平淡安详也一生，争斗不休是一世，和和乐乐也一世，只要能给身边的人带来欢乐，留下思念，大概也可叫作"潇洒走一回"了吧?! 可如今我的身段是怎么也"潇洒"不起来了——这150斤的肉体如何摆放，就已经时常让我伤脑筋了。

是哦，地球上有几个毕加索，有几个齐白石，不论他们生前，还是死后，世人都把他们当作艺术大师推崇着、传颂着。可惜这种人才太少，凡人是不可以异想天开、胡乱效颦的。

不管它，把心收回来。

干脆把150斤肉体搬下楼、上车，打开空调，到大街上兜兜风，感受一下世态炎凉去！

车上。听一首老歌——张帝的《现场回答观众问题》。

经过一家新开业的旧货铺，门口摆着几架六七成新的木床、铁床，想必它们曾目睹了许多人间疯狂和极乐；也沐浴过泪水和鲜血；现在它们正期待着重窥各式人世真情。

朦胧中看见交通警察在十字路口执勤，在太阳底下。他们有七情六欲、喜怒哀乐，他们也有挚爱亲朋、妻儿父母，有时看见他们年复一年、夜以继日在严寒酷暑中风雨无阻地忠于职守，毒气与噪音分分秒秒包围着他们，看着一张张职业警察的面孔，我只能心怀敬佩和感激。是的，城市离不开他们，乡村离不开他们，整个社会离不开他们，谁有困难不想起他们，哪次灾难不是他们冲在最前头！说实话，我从小对警察没有好感，总是敬而远之，等我长大了，交了几个警察朋友，目睹、耳闻无数有关他们的事迹，才觉得他们是真正的好儿男，我们不能没有警察。

车子驶在大桥上。张帝仍然在用歌声回答问题。

我看见桥两边栏杆处，竟然还有热情比阳光还炽烈的恋人们面向江中心，耳鬓厮磨，彼此吐露着心声。有的人连撑起一把遮阳伞都嫌多余，大约他们都经历过田间地头的锻炼，所以不惧烈日炎炎，又大约他们是异乡相逢、地陌人生，所以不忌路人斜眼。他们视桥上轰鸣穿梭的车辆、脚步匆匆的行人于没有，大概都在为何时如何"入围"的美好前景发着誓、许着诺。我想，在光天化日下仍忘情投入且"目中无人"的他们在未来（倘若有未来）的日子里多半会"小吵天天有，大吵三六九"的。诚然，无论奔向南，还是奔向北，或沉浸在甜言蜜语中，我们全体只有一个共同的远景——火葬场，谁走得快谁到得早。

车到桥北，看见一家大宾馆新挂上的四个大字："旅客之家"。这几个字写得不错，只是这句话的词义不妥。因为《魔鬼辞典》里关于家的定义是这样下的：红砖+爱情=家。而宾馆里除了出租房子还有爱情可以搭配吗？何况在家里住一晚也不必交386元钱（甚至更多），外加10%的服务费呀。可见人，有时为了搁置自己的肉体，是要付出不小的代价的。对于经常出差的我来说，在潜意识里从来没有把自己租住的哪怕再高档的酒店当成自己的家，因为橱柜里、冰箱中的烟酒饮料我从不敢染指，超出市场价几倍的东西我家才不会购买——这跟穷富没有关系。再豪华的卧房摆设也不可能让我有家的感觉——正所谓游子可以浪迹天涯，未敢忘却来时路，归心似箭。

  车子堵在了本市一条最宽最长的大道上。我想：也只有在这种情况下，那些商家们花了几十万、几百万竖在路边的广告牌才能对人们产生些许作用。立即联想起经常在电视上看到的一些广告：一块手表，说"一旦拥有，别无所求"；一台VCD，说"世界看中国，中国有××"；一支牙膏，具有将后妈变亲娘的神奇功效，还"吃饭倍儿香、倍儿甜""想吃啥就吃啥"；一瓶稀释物，年年都是"今年爸妈不收礼"，但年年都规定"收礼只收×××"；一部电话机，因为加了一种功能，弄得平头小伙子疯疯癫癫，趴在地上出洋相；一种××高升钙片，说45天内可以让人们增高5~15厘米，让天下的父母们都惊叹不已；一种外用黑发产品竟然可以使头发"黑"上几年——白发从此不敢再长出来；一个小小的眼保仪，只消15分钟可以让高度近视者"视力提高几倍"——大概能看见太阳；等等。这些美化过的声音常常打断我看电视的雅兴，次数多了，我甚至开始习以为常——简直太可怕了！好像这些广告策划商们或产品制造商们都一致认为我们的思维可以任意改变，可以肆无忌惮地随时随地给大家一点诱导，一点骚扰。

  虽然《中华人民共和国广告法》颁发了，但最讨人嫌的"墙上医院""电线杆大夫"此类"城市牛皮癣"仍层出不穷。

  只是我不解，为何中国出不了如"车到山前必有路，有路必有丰田车"（的确，我此刻开的便是丰田车）那样的广告来呢？是水平，是态度，还是责任心？——哦，车龙开始蠕动，我得收回遐想，抓方向盘了。

  上哪儿呢？不知道。跟着感觉走吧，因为有时候不做选择就是一种最好的选择。

  张帝在歌词里唱：海龙王的女儿长得实在真美丽……如果说这位先生不相信，你自己下海看看去——

  无意中驶进那个硕大的新开发区。几十栋风格各异的大楼虽然没有香港的楼厦那么伟岸和壮观，但错落有致，疏密相宜，色彩鲜丽，树绿花艳。据说这里的楼盘炒得相当厉害，楼都不够卖。是的，人生"三子"：房子、车子和票子。在城市生活的人如果没有一间属于自己的房子做落脚点，那么就如水面浮萍、风中残云，是一件非常悲哀的事。我的少年时代曾为此受尽了煎熬与凌辱，也曾深深怨恨父亲为何不在他完全有能力的时候给我们添置一处家产，只冷眼看着我那独步人生却无比慈善的母亲带领我们挣扎在人世的最底层，我也曾多次发誓长大了一定要为母亲、为自己、为儿孙打造一个稳固的落脚点！！此刻，独驾小车缓行在充满现代气息的开发新区里，与其说我是在欣赏它那欧亚风情并蓄、光色互衬绝佳的楼宇，与其说我是在留恋它那翠草、鲜花、绿树构建成的迷人景色，不如说我是在为自己兑现了儿时的誓言感到欣慰，不如说我是在为自己竟然能跟上时代的步伐而感到自豪！

　　是的，我有理由欣慰，我没有理由不自豪，我更没有理由不对这片养育了我四十多年的南方热土怀抱深深的眷恋！儿不曾嫌母丑，儿今更盼母俏！凝望着车窗外的碧水蓝天，我轻轻地道一声："祝福你啊，南宁！"

　　此处为交通主干道，不宜乱停车，反正已近黄昏，所谓残阳如血了，回家吧。

　　车头刚好正向西天。忽现天边晚霞凝叠，气势恢宏，明知这是落日余晖，不会久长，却感触连连，不胜凄凉。不是吗，从盘古开天到唐宋元明，从杜甫、陆游到成吉思汗，多少天子将相，多少文人墨客，挥毫抒怀，深情讴歌，都说夕阳壮丽黄昏美，都说老骥伏枥志千里，大有舍本逐末扼早杀晨之势。

　　人老了说的多是胡话——不知说这句话的人其贵庚几何？但我认为相当有道理。任何事物都遵循着一条发生、成长、衰亡的规律，从前瞻的观点出发，当事物处于发生阶段时，它的前瞻线最长，成长期次之，衰亡期最短。年轻人很少真心歌颂晚霞、崇尚暮年的，只有那些心怀不甘的彩装老人，自产自销、自娱自乐，说老了好，阅历丰富、深谙世故，老年绝对是生命中的黄金季节。其实，基本所有的老人暗地里都感伤自己青丝不再、步履维艰！

　　其实，人与动物一样，都逃脱不了达尔文的生物进化规律的支配，否则，会由于地球的过分拥挤而感到呼吸都非常困难，何必？还是该来的来，该去的去好。

　　有一条消息，会让那些不愿迈进老年行列的准老人在各自对号入座后得到些许慰藉，世界卫生组织发布的年龄分段规定：44岁以前为青年；45～59岁为中年；60～74岁为较老年；75～89岁为老年；90岁以上为长寿者。哈哈，60岁之前你仍然可以感觉自己没有老！

　　车子一路向西，生出了以上的荒唐想法。不如转向，找个地方消除饥肠辘辘的感觉。

　　人，可能是地球上唯一需要而且能够做到定时定量进食的动物，那种吃吃拉拉的反复循环已经被我们的先人认准了是"民以食为天"的定律。但我想知道,有了"天",民以啥为"地"?

对于有房无家(重复家的定义:红砖+爱情)单身混日子的我来说,经常碰到这样的情况:真正吃东西的时间只有20分钟,但是找吃东西的地方要花去三倍的时间。思色香味形,量消费水平,还要考虑车子是否方便摆停。中国有关于吃的文化,无论其历史还是内涵均堪称世界之最(这话题太庞大,今天不想它),吃精喝髓,比阔斗富,大多时候,什么营养组成、热量配比极少顾及。而我个人倒比较在意用餐的气氛。

突然车载收音机播出一首多次令我心潮起伏、热泪盈眶的煽情歌曲《常回家看看》!是啊,我失去了拥有爱情的家,我的儿子和他母亲正在繁华的香港追寻着他们心中的梦,但我并未失去拥有亲情的家——有我的妈妈的家,我亲爱的妈妈——一个充满慈祥和爱意的中国标准母亲!无时无刻不在期待着与我的相聚啊!

对,去交通厅,回到母亲的身旁!一举解决心理与生理上的饥荒!母亲开门时那喜悦的声调和灿烂的笑容,又一次让我领略了什么是骨肉亲情。几日不见,母亲的渴望和满足已经溢于言表。来迟了,我吃着仍然温热的剩饭剩菜。看得出来,母亲一定怀着比刚才更踏实、更幸福的心情在继续欣赏她的电视剧。

我边吃边想:如果我们人类还有苦难,那么百分之九十的苦难一定是由母亲来承受的!母爱是血肉之情,母爱没有私心,母爱只求付出,母爱无悔无怨,母爱永不减退。悲哀的是:爱母却在逐代弱化!父母虽百岁,犹忧八十儿,我们如何报答得万分之一?!我常常为此而热泪涟涟。我经常翻阅自己在1983年到1990年的矿山日记,每次都沉浸在极度地思母的撕心裂肺的痛恸情愫之中,因为在那堆叠成一米多高的日记里,我天天都在为自己背子离母、远隔故土、独处异乡、寡身力拼的现实处境而感慨、而抒情。字里行间、页面纸内,充分流露了作为长子的我对母亲人生轨迹的苦涩追忆;充分流露了当时作为一个既付出父爱又接受母爱的我对自己妈妈曾经、现在,还将给予我的那份温馨和关怀的切骨体验和挚谢之意;也充分流露了虽然明知"百善孝为先"却无法留在妈的身旁尽点孝道的我的悔恨和无奈。最近我反复拜读了陆幼青的《死亡日记》,并从许多资料中获取了许多有关生老病死的论证,自认为已经树立了一种较为合理的生死观,但仍然难以想象母亲百年之后,我将能调动多大的自控能力来坦然面对,难以想象那么大的精神真空能在这个世界上找到怎样一种东西加以填补!此刻,喷涌而出的泪水已经模糊了我的双眼,莫名的哀伤已经塞满了我的心头,我只能喃喃地轻唤:妈妈,多陪我走一段路吧,多陪我一些时光!我祝福您,我虔诚地祈祷您比世界上所有的女人都长寿!

记得有一次,也是在车厢里,我曾感慨地对儿子说过,我报答你奶奶的机会越来越少了。沉默片刻，儿子竟然说出一句令我刻骨铭心而无地自容的话语："爸，其实，报答奶奶的方式是多种多样的。"——天呐，难道我还不能立即鼓起足够的勇气，虔诚地承认，眼前这个未成年的儿子，就是我亲情教育上的名副其实的老师吗？——当晚，我与母亲促膝谈心到深夜……

告别了母亲，重又回到自己寂静的房间。路上，有不少对中国人夜生活的遐想，鉴于这次遐想的冗长，下次吧。

再把自己的肉体搬到床上，祈盼在梦中得到与现实不同的体验……

1996 年 8 月 22 日

郭秀荣作品*

梦话日记

1

2017年9月18日，星期一。

跌跌撞撞，坎坎坷坷，咬定线状的小径，疯子般地飘向地平线。

怅惘的烈焰在燃烧，天空朗朗，无限空旷，空旷无限！

远山迷离在云雾之中。

田野绿中现出点点红或黄，日子好匆忙。

毛发何时雪染鬓？心虽无痕，形已憔悴，回首来路思绪迷茫、迷茫。

2

2017年11月7日，立冬。

异乡城市之隅，你孤独的身影，拎着已经破碎的梦。

目标仿佛永远在远方，冷风撩动着花白稀疏的头发，分明在嘲笑身边不停鸣叫的汽笛声以及不远处的一栋栋高楼大厦。

世界永远是新的！

你步履矫健！

---

* 郭秀荣，男，1965年出生，河北省张家口市阳原县人。1985年从河北省柴沟堡师范毕业后，做过小学教师、乡镇干部，然后，进入公安系统，直至2017年从张家口市公安局退休。一生热爱文学，写过不少文字，也发表过一些文章。

3

2017 年 11 月 14 日。

头发花白，瘦骨嶙峋。

奔向南方的动车，你面对窗外。叹光阴似箭，恰如一路风景！

曾经用春风之笔，饱蘸天地真爱，绘制人间和美！曾经用夏日之火，点燃生命光芒，炙烤一方沃土！曾经用秋气之勇，验收沧桑优劣，八方安康永驻！曾经用冬韵之怀，拥抱安静情愫，温暖入户沁心！

而今天——

依窗望，目迷茫。

你要去何方？

4

2017 年 11 月 22 日，小雪。

白天很短。黑夜很长。

回忆是潺潺的小溪，清澈地流向灿烂夕阳，倾诉以浇灌的形式汩汩地流向另一个你，那是一张始终带着微笑的面孔！

在荒芜或飘雪的日子里，三十平方米的空间之中，有鲜花的芳香和你笑的音乐。

然而，夜幕拉开之后，你走进了恐惧世界。

后面是群狼，前面是万仞峭壁！

一声巨响，天崩地裂，你落入深不见底的洞穴之中，哪里来的毒蛇，将你紧紧缠绕，你将死去——一双手伸过来，扯断了毒蛇，一声惨叫——

冷汗！你坐将起来。

户外是熟悉的灯火和熟悉的黑影！

5

2017 年 11 月 24 日。

你紧缩身体,那一场雪已经覆盖了你的心,似乎用尽所有的温暖也无法控制哆嗦。街上除了疯狂的汽笛声,还有几只长了长毛的流浪狗,这些畜生朝着你吼了几声,然后,不知为什么跑向了别处。

太阳不知啥时候暖和起来!你伸出手感觉很舒服。无意间你瞅了一眼身旁的高楼,有扇窗户竟然打开了,一位男人伸出半个身子,向你挥手,向你微笑!

是向你微笑!那是你好多年前的朋友。

于是,你说一定要记住这一天——2017 年 11 月 24 日!那栋高楼,有扇窗户打开了!

你拍拍身上的尘土,向那栋楼走去——其实,你的衣服很干净。

原来在这个世界,我并不孤单!你悄悄地说。

6

2017 年 11 月 26 日,星期日。

坐在冬季的风中,倾听垂柳林的述说。

远处是休闲的身影,跳动着如影剧院的皮影。今天是公休日,本不该听这凄凄惨惨的述说,看着落地并已经枯干的柳叶,瞅着似乎将要折断的柳条,想着夏季婀娜多姿的样子,你的心留下来了!

双手扯着风,一动不动!倾听虽然煎熬,但也美好。

你在心灵深处感觉到:垂柳对风的依赖和对你的信任!

收获与幸福是一件简单的事情。

7

2017 年 11 月 29 日。

窗外的风告诉你,雪已经融化。手机里的消息告诉你,道路已经开通。门口有个熟悉的声音在喊你：出发——

这不是第一次，也不是第二次，是第几次呢？你不记得了或不敢记得了。

家里的老猫，突然睁开眼，瞅了你一眼便又睡去了。邻居家的那只狗连看都没看，照旧蜷卧着。

路上并不寂寞，来来往往或熟悉或陌生的面孔、汽笛、黑影以及听不明白的声音。

一层薄薄的冰安静地附在路面上，伸向远方。脚下开始打滑，刚刚羡慕飞驰而过的影子，好像消失在远方！从遥远的一个角落传出一阵凄惨的叫声。

你在一块大石头上，停下了脚步。

又一阵风吹拂，告诉你雪已经融化。你站着没动，给手机的另一端发出一条消息：明天出发或许会更好。

8

2017年12月1日，星期五。

二〇一七年最后一个月的第一天。天空晴朗，没有雾霾，旷野中一只老鹰划过，它的目标是远处跳动的小生命！

你出现在天地之间，在老鹰划过不远的地方，是你矮小的个头和匆忙的脚步。

你的目标是远方的山，或是山上的云，或……

你从哪里漂泊而来？身后的线已经断掉！向前步履匆匆——毛发如身边的枯草已经被昨日的秋风收割，剩下几根依然向太阳致敬！

你可知道，你和那只老鹰已经把安静的世界打破！

9

2017年12月5日。

夜安静地休息了。风却在冬的鼓动下和夜较上了劲。吱吱呀呀上了年龄的门窗在不停地呼喊着自己的主人！

那睁着一只眼的孤灯，和你对视！欲望从门缝儿挤进来，哆嗦着跪倒在你的面前！吱吱呀呀，吱吱呀呀，这声音越来越大。

你俯下身抱起欲望，像老鼠叼起一个空米袋一样，沿着孤灯投下的一线光亮，推开了那扇已经闭好的门——吱吱呀呀的声音在身后消失。

你撕扯住风的衣襟，卷入夜的怀中，你看到了黑影，更大的黑影，还有天上的星星。欲望在风的鼓励下开始唱歌了，这就是太阳背后的世界吗？

夜，原来并不安静！

10

2017 年 12 月 7 日，大雪。

北京没有去年的雾霾，昨天晴空万里，今天依然晴空万里，雪没有如期而至。

你的心情如这蓝天，恬静透明。一只鸟跟着你的心飞翔，逆着冷风，冲向季节的深处。那只熟悉的老鹰不知何时在追逐，追逐那只鸟，然而，那鸟回头之后，依然翱翔，仿佛听到洒落满地的歌声！

你紧握着朋友的手，分明是在牵扯未来风筝的线，风很大，然而，你觉得实实在在地抓住了！

从北京返回，恰似从北京出发。精神矍铄，身体骨架却将要散落，是信念托撑着身体奋力前行。你不相信苍天给了你信念，给了你机遇，给了你无数次磨难和无人知晓的苦果，最后会将你的生命扼杀！你不相信！绝对不相信！

11

2017 年 12 月 10 日。

梦中的列车启动了。

载着重新组装的梦，富有节奏感地在深邃的夜幕中前行。你少年时的同学问你：你要给外界塑造怎样的形象？你的同学就在身旁看着你。你没有回答，脸上仿佛有了紧张的表情！不惑之年，回首来路，寻觅自己，一片迷茫！

未来！你在列车上探寻着未来的形象，好多的人！看书、聊天、品茶、眯着眼睡觉——哪个是自己呢？虽然迷茫，但也清晰。

其实，你早就明白，可是……

你终于鼓起勇气！

转身却发现同学早已不在！

12

2017 年 12 月 12 日。

举着所谓的"火炬"，向世界宣示自己的激情。

然而，在陡峭的独木桥般的崖路上，你能行走多远？双腿发抖，双手摸不到可以抓靠的东西，心在发慌！闭上眼睛，是没有勇气面对万仞下波涛汹涌的河流？还是需要稳定情绪来提高自己的心力？抑或是把自己交给老天爷随便怎么都成？

"火炬"掉落，火种飘落万丈深渊，峭壁上的野草开始燃烧，一处、一处，又一处。

而你此刻又在哪里？火光之中涌来了好多飞鸟，这里充斥着鸟的叫声。被火烧过的地方仿佛长出了绿色的小树。而你此刻又在哪里？

一阵风，又一阵风，飘荡着你的传说。

一群筑桥的人，发现了一个"火炬"的残骸，把它装上了垃圾车。

这群人的头顶是蓝天和飞雁。

13

2017 年 12 月 13 日。南京，国家公祭日。

天气很冷，你依然裹着大衣，走进风里——这一直是你的性格——义无反顾地向前，匆忙、匆忙。

一阵笛鸣，响彻天宇，撕心裂肺！分明是老天在呼唤天下苍生，在唤醒麻木的灵魂，在警示内心狂躁的畜生。

那只老黄狗，你喂养了很久。就在前一段时间，这看似温顺的家伙咬了你，撕下了你臀部的肥肉，咬断了你左手的两根手指，你倒在血泊中——这家伙四脚杵地，低着头嘴里"嘎嘣、嘎嘣"嚼着你的手指，两只眼始终盯着你看！你高呼："快来救救这畜生，这畜生疯了，快——"你喊红了半边天空，直到飘落下带血的雨！

此刻，那只老黄狗，正晒着太阳看似酣睡，却仍半睁着眼，用余光扫着你远去的背影。

你依然喂养它。

你臀部的疤痕还在。

左手那两根手指永远不可能长出。

但是，你依然喂养它。

14

2017 年 12 月 18 日。

这是一辆很旧的客车，在朦胧的岁月中行进，车上就俩人，你和你的父亲。

父亲是司机，这是你没想到的。

父亲早在 2010 年就去世了，但他今天和你在一辆车上，他依然是秃顶清瘦的形象，但他今天是司机，他要带你到何处去？

哪里来的女人和孩子？倒在了车前！你惊出一身冷汗。刚刚躲闪之后，又一个女孩被撞！你下车扶起孩子，抱在怀里走了，父亲和车留在了迷雾之中。

当你再一次看到父亲时，已经是在故乡的老屋前。你喊他时，他只是看了你一眼，没和你说一句话！你扛着沉甸甸的梦幻种子，去邻村丈量自己准备耕耘的土地，身边是一群衣着褴褛的老乡，你说："来年这里就是咱们养鱼的地方，旁边是宽阔的柏油马路。"

水从远山缓缓流下，闪烁的粼光穿透烟雾，湿润了你的眼眶。

15

2017 年 12 月 20 日。

虽然是隆冬季节，虽然身裹厚厚的大衣，虽然毛发已经落雪。

但是，太阳今天伸出一只手，拨开了冬天的窗，告诉你：你的外面和你的里面都在沸腾！周围所有僵硬的或者死了的灵魂，都不会再嫉妒或耻笑你，你跪倒在他们面前，向他们表达由衷的谢意！

是的，昨天这屋子很暖和，这伙人想尽了各种方法把你轰走。你带着伤痕回到老家，你提着破碎的心拜见儿时的恩师以及儿时的伙伴，他们把你拽到土炕上，用儿时的大碗喝酒消愁。

幸福就在碗中，天堂就在心中。你应该告诉身边每一个人，你应该回去，告诉他们，这是你的使命。你把恩师这些话装了起来，即刻上路。

屋子里的花已经低下了头，两只狗还守在门口。

你离开这屋子，抓住阳光上路了！

虽然毛发已经落雪，虽然身裹厚厚的大衣，虽然是隆冬季节——

16

2017 年 12 月 22 日，冬至。

你和所有人一样，从这里出发又回到这里。

是轮回吗？春夏秋冬，周而复始！但每一轮的印痕都让造就印痕的沧桑喜怒无常。你的印痕，你身边小草的印痕以及那天从你头顶划过的那只老鹰的印痕——在浑浊的梦幻中，你可看得清晰？

如昨晚那场游戏，在认识和不认识的人群中，当看到你儿子在舞台中央举着麦克风唱歌时，你曾试图走上去当众亮一嗓子，但你还是没有上去！你应该明白为什么！

儿子在一片呼唤和怪叫声中，大摇大摆地消失了——你低着头从人群的背后走，突然发现有人正将广场的座椅偷走，你大喊："抓贼！"可是没有人理睬你。

你永远是你，儿子永远是儿子。

在你没有做父亲只是儿子时，此刻世界用雪装饰，这雪来自浩渺的未知方向。在你做了父亲看到儿子时，此刻世界依然用雪装饰，但这雪来自身旁冰下的河流。

你明白这一切！

那把座椅你悄悄放回广场，贼和儿子都去了远方，广场依然热闹，却再没有你熟悉的面孔。

再过几日，便是 2018 年，那时该是春天吧。

17

2017年12月26日。

虽步履蹒跚，但很坚毅！你迎着雪花踩碎旷野田陌的冷风，踏入你梦寐以求的农家院，那里草木繁茂，鲜花盛开！

鸟儿欢歌，蝴蝶劲舞。生命开始进入另一番天地。

梦的种子似乎已经发芽破土！

然而，当你转身，冷风狂吼，面目狰狞！你坦然而坐，抓住太阳的手，笑对天下！你的妻子手捧鲜花与你一起席地而坐。

世界渐渐安静了，远处传来潺潺的水声，已经干枯多年的小河，此刻竟流淌起来。

你和你的妻子，依然席地而坐。

18

2017年12月31日，这一年、这一月、这一周的最后一天。

躺在床上，灵魂出窍。

寻着那根模糊的细线，游走在布满喜怒哀乐的年轮里，悄悄剥开尚未腐烂的壳，默然品尝各种难以表述的味道。

那不生树木的黑乎乎的大山，那不长野草的黄茫茫的土沟，那雕刻在梦境深处的矮矮的窑洞——一只不知名的鸟儿扑棱棱飞将起来！天空瓦蓝蓝没有一丝云彩！万道佛光交相辉映！

飞过一条河，飞过一座山，又飞过一条河——看见了海，还有海上的太阳。

有时像一只鸽子，有时像一只喜鹊，有时像一只雄鹰，有时像一只乌鸦，有时像一只麻雀。

望着那只鸟，你安静如远山的云雾，辨别着所有刺激你的冷风与阳光，令你凝聚成雨或挥发成无，并在这朦胧中想结晶成一系列智慧，告诉那只消失在天际的鸟。

床上一无所有。

19

2018 年 1 月 1 日，元旦。

街上很安静。偶尔有一辆车驶过。

你扶着阳光的腿，已经走了很久。

在悬崖前，你曾害怕地闭上眼睛；在波涛间，你曾惊吓地跳到高空；在荒漠中，你曾晕厥于沙暴——但是，你还在走，一直到今天！

前方有多远？你说，有多远走多远。

昨天，你把所有的行囊扔给了去年，包括那些书书本本。

有太阳，就有方向。

有阳光，就有力量。

20

2018 年 1 月 5 日，小雪。

现代的通信传来消息，雪已经把曾经温暖的世界覆盖。但温暖的气息还是从温暖的地方输出，阳气正在孕育生长，你已经听到他的呼吸。

你不顾一切地投入故乡那广袤的田野，生命的种子在一望无际的绿色中发芽生根，阳光之下有父母的身影在劳作。草丛中矮矮的房子里，有窃贼抢劫农具，你挥舞双拳将窃贼打跑，兮兮的风中荡漾着情真意切的绿浪，那是阳光之下真实的希望。

今天，是一年中最寒冷的开始。然而，太阳从灰色的天幕中探出头之后，你和太阳牵上了手，并传递绿色田野的信息，暖流如潺潺小溪汩汩流遍全身！

这一天，这一天是你的生日。

21

2018 年 1 月 10 日。

在灰蒙蒙的日子里，你要出发，还有你的同行者。你与他将一起登机，但你并不熟悉他是谁。

你警惕地环顾四周，那个同行者就在你前方，来来往往的更是陌生，紧握手中代表自己身份的纸片，匆匆向前。

你期待蓝天、云海以及梦中的绿色原野。此刻，你身旁只有你的妻子，她默默地抓着你的手——任时光划过旁边的玻璃窗。

同行者何时消失？你不知道。本来打算哭一场，但很快，你便打消了这个念头。本来就没有，又谈何失去！

你想起了家乡的羊肠小道，已经变成纵横交错的通天大道。想起了你编建那条最宽、最亮的通向远方的路——

远方已经在熠熠发光。

22

2018年1月24日，农历腊月初八。

旧的希望在现实中破灭，新的希望又不断地生长出来。你在最寒冷的日子里，品尝着所谓的"幸福"，努力将这"幸福"注入自己的血汗，让其变暖，然后传递给别的人！

幸福就这般散开来。

在家乡、在北京、在天津——爱人的手已经够不着你，你还在走！

腊月的冷变得尖尖的，扎得人骨头疼。但你拎着自己的骨头架子，钻进腊月的肚子里，要在那里建造所谓的"梦之宫殿"！

死去的母亲，扯着你的手："儿呀，别去！"但你还是走了。

信念让你执着。信仰让你坚持。

如果生命离开你的身体，你不后悔，你依然会选择这种方式，苍茫的宇宙赋予你的不单单是智慧，更是使命！

23

2018年2月1日。

昨天，月亮红了。据说，152年才可看到一次！媒体以各种手段传递着人们的激情。

你远离了他们，你关心的依然是那份冷意向南方扩散的怪异以及发生在远方高速公路上的事故。昨天，你身临其境，那刺骨的感觉撼人心肺！背负冷风以及无数唾恨指责，你还是去了——昨天，你身临其境！

历史翻开新的一页时，你孤独地站在这片旷野里，你不是山却与远山相望，你不是树却经历着草原独树的生存过程，你甚至不是草却与草摸爬滚打，你幸福着自己内心深处的幸福，算尽自己所为的"智慧"，去完成自己山一般的使命。

昨天，月亮红了。152年的经历，属于生命自己，赞美和欣赏不属于生命本身。

你说：生命在不断更新、演变，又何止152年！

24

2018年2月4日，立春。

异乡的蓝天白云，异乡的雪花柔风，异乡的笑脸歌声——结冰的地面上有一只手伸出来，拉住了你的心！

你在这里停下了脚步。

每一道山，是你脸上的道道皱纹，你熟练地抚摸着他们，抚摸着走过的岁月，抚摸着已经愈合或没有愈合的伤口！

每一道沟，都蕴含着一处宝藏，你拥抱着他们，拥抱着自己的命运，拥抱着希望的果实以及最初的梦想！

你被融化了！

铺冰的河，盖雪的地，长树的峰——你是他们！他们是你！

地上长出的那只手，好温暖！

你在这里停下了脚步。

25

2018年2月15日，除夕。

外面是黑夜，但没有黑夜的黑。所有的路都清晰地向远方延伸。

你静静地守候着自己内心的伤口，让安静从心出发，所有昨天及昨天的昨天已经停止了呼吸，成功与失败拥抱在一起，融化在一抹光亮中。

你听到了世界那安静的呼吸，感觉着自己身体的消失，属于生命的真实渐渐强大起来！

所有的路都挤满了人，一种香喷喷的味道散发在空气中——远山峭壁上有个身影，那是你！你孤独地站在那里，张开双臂温暖着世界，路从心中出发，穿越了沟壑、大山、河流。

26

2018 年 2 月 26 日。

路在深山之中，所有的尽头都是开始。

一日又一日。

疲惫悄悄袭来，你努力驱赶着这令人讨厌的影子。

不知何时，一只老虎从山里钻出来，它的疲惫绝不低于你，缓慢缓慢地走近你！你的毛发瞬间竖立起来！

但是，它只是看了你一眼，便继续它的路。虎要去哪里？没有答案。

你瘫坐在路上，疲惫猛然扯住你的精神，你待在那里直喘气——这是你出发以来的第一次！

大山、荒草、冷风，还有刚刚的老虎！

这时，父亲来了！他从另一个世界走来，手里捧着香甜的食物！

孩子，这不是啥困难！有爹在！你的阴德在于你勇敢地探索和承受别人的指责甚至是唾弃！站起来，出发！

父亲不见了。

路上你一个人。一只老鹰在一线天上盘旋。

27

2018 年 3 月 5 日，惊蛰。

一种力量的爆发，惊醒了无数的生命！

路上，你抚摸着一双双颤抖的手，他们在挣扎、挣扎。

有时候醒来并不是一件好事。但是，你还是大声喊：醒来！站起来！

一个赤裸的女人站起来了，她对你不知是笑还是哭，就那么看着你。你说：走吧，向远方。

她迈出了第一步！跟着你！

你身旁有数不清的手，身后有各种听不清的声音——

空气十分拥挤，火种被一只大手攥着，爆炸一触即发。是力量创造了所有，包括生，当然也包括死。

为了迎接那一刻，即使是死，也必须动起来！

28

2018年3月31日。

日子过得好快，来不及清点，眼看着越来越少。如手中的细流沙，攥得越紧，流得越快。

紧迫感从你的心中流溢出来，弄湿了脚下的路——

回首望去，一只像狼的野狗正看着你。记得还有一只，不知去了哪里。但是，两只绝对不是一起的，这一点你记得很清楚。野狗随着你的脚步在渐渐远去——但是，此刻你心底很感谢这些畜生，它们的残忍才使你远离了那间看似豪华的住宅，才看到外面的世界，才有了新的使命，才悟出自己生命的去向。

泥泞难行，但必须行！

困难是自己造成的，怨不得别人。把那份原本的悠然自得找回来，不要紧张，不要畏惧，也不要懒惰，让时间随着自己出发！

日子过得再快，也是自己的随从！使命没有完成，生命和日子总会一起前行！

29

2018年4月4日，明天是清明节。

你凝望着天空。

问，是谁在惩罚春天？

昨天，有一只手甩向春天的脸，春天痛苦的号叫声从柳梢滑过，脸色泛黄不再粉红！

今天，白云消失得无影无踪，老天阴沉的脸，把春天残暴地打压在死亡线上！

春天的泪水，还有血水，随着雪花，默默地渗入泥土里。

明天，是一年一度的清明节。另一个世界的灵魂大门即将敞开，与阳光下的人们公开交流，但今年，有人把这扇大门无情地关上了！

闭上眼睛，你又看到那只乌鸦，看到那几只引吭高歌的野狗，看到路边伸出无数的手，还有老家破院内的父亲。

不能再责问！

不管谁在惩罚谁，你以自己的使命，把所有的能量融入土地，随春天以及晚来的冬雪，走进大地的深处！

30

2018年4月20日，谷雨。

风从天边的裂缝儿中吹来，吹开了一道绿叶百花的路。

你迈着幸福的脚步，不知什么时候，双脚已经不用着地，所有的沟沟坎坎在脚下一闪而过。

没有惊讶！充满淡定！

朋友用眼光追逐着你，在彼岸，在远山。

31

2018年8月21日，北京。

立秋刚过没几天，秋天的声音就悄悄轻吻人的肌肤，凉爽刺激着潮热，突然兴奋起来——这个时节，你带着一身倦意出现在首都！仿佛身不由己！

打电话告诉另一世界的人们，你还活着。

那天外面并没有下雨，你在一只飞禽的带动下，遨游了一条不知名的涨满了水的河，一望无际，或清或混，在一片浅滩中你看见自己的亲人，停了下来，放下已经变作母鸡的"飞禽"，你不敢想象竟是它带你飞上了空中！

当你睁开双眼时，水流的声音在耳边萦绕，楼林挤进你的脑子里！

拾起自己疲惫的身体，将亲人的容貌装进皮兜中，默默地走了。

32

2018 年 8 月 24 日，北京。

晨曦中一条布满荆棘的小路伸向远方。

一个孤独的身影在跋涉。

有感治安工作

一

治安，即通过治理达到平安，是一种社会秩序，是一种体现统治阶级意志和利益的社会秩序。

毫无疑问，治安是一个社会性概念，是一个政治性概念，是一个法律性概念。

治安属上层建筑范畴，以经济为基础。它是动态的、变化的，联系着社会各个方面。

治安就在你我他身边，而且包括你我他。

这就是我，一个从事治安工作的人对治安的认识和理解。

二

从事治安工作的人很多，警察是最专业的。

我是一名警察。是专业的治安工作者。

于是，治安融入我的血脉中。慢慢地，我已不再是我。从呼吸到心跳，从行动到思维，我已变成一名治安人。

三

你愿意成为一名优秀的警察吗？

这个问题，回答起来是沉重的。不是所有的警察都愿意回答的，也不是所有的警察都有资格回答的，更不是所有的警察能够回答得了的。

简单地说"愿意"，那太草率。这绝不能有一见钟情之说。

倘若摇头说"不"，那是对社会不负责，对自己不负责，迟早会被淘汰，甚至会出轨翻车。

愿意是一种愿望，不是现实。而做警察是实实在在的。

于是，在人群中警察备受关注。

于是，警察吃苦受累是应该的。

于是，警察在过常人生活的同时，必须过非常人的生活。

于是，爱人问你："你还是人吗？"你回答说："是呀！"其实，你不一定是人。

于是，别人赞美你时，你可以自豪，但不可以自傲。别人指责你，甚至怒骂你时，你不能气愤，只能自省。

你愿意成为一名优秀警察吗？

四

天生的警察是没有的。天生的优秀警察更是无稽之谈。

诚然，不是所有人都可以成为警察。但是，只要你是一名正常的自然人，就有可能成为一名警察。

学习，是警察一生必须走的路。

学习才有智慧。

学习才能明辨真伪。

学习才使你具有捕捉治安灵魂的能力。

五

警察是做治安工作的。其实,警察是做人的工作的。

治安是人与人之间的关系所创造的。因此,做警察首先必须了解这种关系。有益的,要学会弘扬;有害的,要学会克制。这是做警察的基础。

所以,有人说警察是阴阳脸。

所以,也有人说警察是一块界碑,处在真与假、美与丑、善与恶的中间。

所以,警察有时自己说我是人,但我更是警察。

研究人是警察的职责。研究个体人,研究家庭人,研究集体人,研究社会人,研究个体与个体之间、家庭与家庭之间、集体与集体之间的关系及关系的形成、裂变、解体、重组等。

某种角度,警察就是科学家。

某种角度,警察就是医生。

某种角度,警察就是老师。

某种角度,警察就是体育运动员。

某种角度,警察就是演讲家。

某种角度,警察就是儿子,就是父母。

唉,做警察真难。这是现在警察常说的话。因为,他想成为一名真正的警察。

六

人人可以谈论治安,当然,人人可以谈论治安工作。

高兴了,你可以自己手舞足蹈,也可以在人群中欢呼雀跃。

难过了,你可以自己暗自悲伤,也可以在人群中号啕大哭。

无意间,你在创造着治安,也在创造着治安问题。

因此,你必须关注治安,包括治安工作。如同父母关注子女。

事实上,人类从直立行走那天开始,就十分关注治安。从母系社会的分工,到青铜时代部族酋长的号令,治安的结晶正引导着文明的进程。今天,法律成为治安的精品,由治安而生,并促进治安走向更文明。

因此，守法是人的美德。

因此，用法是人的素质。

因此，创造法是人的进步。

七

大千世界，芸芸众生。

当你漫步街头，或在人员繁杂的场所，你会很容易地遇到一些明目张胆的挑衅——

"发票，发票，要发票吗？"

"需要特殊服务吗？"

……

举目望去，墙壁、台阶、电杆……疮痍满目，广告内容令你瞠目结舌。

你不留意，会有人随时塞给你一张卡片，一看内容会吓得你心惊肉跳。

你的手机会经常收到一些莫名其妙的信息，什么办证，什么文凭，什么手续，甚至是出售枪支弹药……

这些从一出发就走上不归路的行为，让生活失去和谐，使社会溃烂生病，但始终有人在走……

我们在感慨、无奈、束手无策或者是力不从心的同时，呼唤法律，呼唤警察，呼唤英雄。

我们的需要没有错！

八

防范胜于打击。这是治安工作者的共识。发案总是不如不发案，老百姓也明白这个道理。

然而，如何防范呢？

人员守护、安装防盗设施、养犬、监控、全智能报警……

随着社会的发展，我们的防范工作也在不断升级。但是，我们总有一种感觉，我们总是追不上犯罪。这是一种疲惫的感觉，一种困惑的感觉，一种无奈的感觉。

翻阅中国的治安史，夜不闭户、路不拾遗的美好景象不是没有过。古人能办到的为何我们今天就办不到呢？

有人说那是儒教统治时代，百姓定居定耕制度的原因。哪像今天人、财、物大流动，足不出户便知天下事。古今无法对比。的确，这是一个不争的事实。

然而，有一点是可以对比的，就是老百姓的安全感。无论生活在怎样的社会环境中，大众内心的安全尺度是等同的。一是财产安全，一是生命安全。

我们总不能说一个经济繁荣发展的社会，其社会治安必然是混乱的。

一个治安不稳定的社会，肯定不是一个文明的社会。然而，我们能说今天的文明不如古代文明吗？

困惑、迷惘——答案究竟在哪里？作为一名治安工作者，我在工作的一线中寻找着答案。

九

所有的治安问题是人创造的。

因此，研究防范首先必须抓住这一根本。

因此，以人为本的思想必须贯穿我们治安工作的始终。

因此，我在工作中，面对我的工作对象始终时刻牢记这一点。了解他的背景，详听他的说话内容，掌握他的思想动态，注意他的行动表现——

思维决定行动。杀人也罢，放火也罢，抢劫也罢，盗窃也罢——所有的犯罪皆有犯罪的动机，即犯罪的思想在支持犯罪的行动。

因此，防范工作必须从人的思想做起！

因此，我们回过头再看当前的治安问题就不难理解。今日治安问题主要是人之思想的问题！金钱风暴的席卷，使某些人的红色思想渐渐褪色，江湖风云的弥漫，使传统的道德显得苍白无力，中国的百姓从不解到迷茫到无奈，最后说：现在的社会呀！中国的前卫者从解放到创业到辉煌，最后说：现在都什么社会啦！

于是，有人占有欲膨胀。

于是，有人心理平衡被打破。

于是，盗窃、抢劫、杀人——成为发泄情绪和实现自己欲望的最直接、最痛快的方式。

十

毫无疑问，加强对广大人民的思想教育工作已经成了治安工作者肩头的重担。

当然，每一个有社会责任感的人都该做这件事，也必须做这件事。

事实上，我们的党从未忘记、从未轻视、从未间断思想工作。毛泽东思想、邓小平理论、"三个代表"重要思想、科学发展观、习近平新时代中国特色社会主义思想，任何一个时期我们都有自己的思想核心内容！

改革在不断深入。经济的、文化的、教育的……

我们不仅拭目以待；而且积极参与。

十一

严打。这个似乎超出法律的词汇警察每天在用，而且必须得用，而且绝对管用！

管用就得用。

不要说命案必破是不可能的！不要说限期破案是开玩笑！不要说……

当我们以特殊的思维方式和特殊的工作方式来处理问题时，我们就会有意想不到的收获。

十二

依法治国正在深入人心！

共同富裕的号角，为人民的信仰输氧加油，治安正在百姓的心中修筑长城！

我们时刻牢记自己的使命、责任、初心！

我们每天都在行动……

我心中的交警

面对镜子，我对我说：我是交警。

给自己照相画像容易，真要是认识自己还真难！

我以为，认知自己的过程应该是：从心开始，到人群中结束。亦是一个从有形到无形的过程。

心中爱"交警"，才选择这个行业。但是穿上交警服，加入国家交警队伍，自己就是交警吗？入警第一天我就这样问自己，直到现在我的答案依然模糊。今天，面对这个单位给的题目，我不得不将自己逼到没有退路的境地，我必须回答！

镜子里面的是交警的形象，镜子外面的是我的形象。

《中华人民共和国人民警察法》中有这样的规定：人民警察的任务是维护国家安全，维护社会治安秩序，保护公民的人身安全、人身自由和合法财产，保护公共财产，预防、制止和惩治违法犯罪活动。交警作为人民警察，必须从心中明白自己任务的神圣！对此我可以毫不谦虚地说：我懂。《中华人民共和国人民警察法》中规定：人民警察必须依靠人民的支持，保持同人民的密切联系，倾听人民的意见和建议，接受人民的监督，维护人民的利益，全心全意为人民服务；人民警察必须以宪法和法律为活动准则，忠于职守，清正廉洁，纪律严明，服从命令，严格执法。我做到了吗？望着镜子里的形象，我内心有一种说不出的紧张和迷茫。

天在上，地在下，我站在镜前扪心自问。追思过去，想想法规，再看镜中的我，外面的我与里面的我是两个我！

本不该如此，但真的如此。

我多了什么或缺了什么？

打开心窗，让光明进来，照亮所有的角落。就在2013年，有一束强光刺激了我灵魂深处，身体的每一个细胞都在震动，一阵剧痛之后，一种爽的感觉从脚跟升起！今天必须把镜子外面的我解剖得彻彻底底。

我发现所有的抱怨皆由心产生，私欲的杂草把仁爱的禾苗挤垮，要想不被历史淘汰，我必须用压在老屋杂货底下父亲遗留的那把锄头，恨恨地把这杂草除去！痛苦已经是不可避免的了，但我没有别的选择。相信只要仁爱的禾苗茁壮成长，就会迎来风调雨顺的年景，因为我心愉快，我面就有悦色，周围的亲朋好友就会被感染融合，和谐就会从梦中跳出来。

我知道我爱"交警"这个行业，我对镜中的我说："我会对得起你的！"因为我今天格外地明白从哪里出发才能走近你、融进你、成为你，那就是从"心"开始！

曾建安作品*

古村镇的诱人魅力

古村镇的魅力难以从记忆中抹去，原汁原味的风貌让人着迷。我外婆家在省界华埠古镇边，群山环抱清澈的溪河绕村而过，溪河上高大的水车在流水的冲击下，发出"吱呀吱呀"的响声，溪滩上一群群的鸭子，欢快地拍翅觅食，天蒙蒙亮，雄鸡准时"喔喔喔"地报晓。春天山花烂漫，田埂里农夫们春播忙碌。一缕缕炊烟袅袅升起，早霞映红了天边。通往县城的大桥上，一桥墩柱上的百态各异的石狮，迎接过往行客。汛期站在桥上观赏放排雄壮的场景，"放排喽"，放排工的一声吼叫，像个指挥千军万马的将军，驾驭着数千方的木排随着滚滚河流，冲出桥洞朝着古镇河滩漂去。

马金溪和池怀溪在桥的不远处汇合形成一条宽阔的大河，沿着古镇的外围流往下游的衢州方向。古镇的河滩上铺满了从钱江源头林场，放排漂下来的数万方木材。古镇一条石板路，弯弯曲曲有数里长。几米宽的路面两旁，是木结构瓦房店面，五花八门的古老营生，叫得出名的有：豆腐坊、中草药店、客栈、棉花店、杂货百货店、食铺饭店、茶馆、山货店、牙医诊所、铁匠铺、米行、肉铺、竹筐箬桶作坊、菜铺等。茶馆总是最聚人气的地方。乡民们天不亮就赶到茶馆，泡上一壶茶，吃着热腾腾的大肉包和刚炸好的油条，似是人生最大的享受。茶馆里烟雾缭绕、人声鼎沸，人们如同赶集一样，用方言，大声地聊着天，人人脸上都挂着兴奋惬意的笑容。晚上就餐在二叔家，二婶是个快人快语的热心肠，她的厨艺高超，做了一桌的山味好菜；有野兔、野鸡、溪沟杂鱼、山菇鲜肉汤等美味佳肴，不禁让人食欲大开。

记得那年的寒假，我跟着母亲去三叔家做客，三叔家在与江西接壤的大山深处，一个叫牛角弄的古村落。途经青阳公社，我们在此做短暂休息，这里的

---

* 曾建安，浙江省杭州市人，1957年生，毕业于北京经济学院函授部，大专学历。宁波港务局船队海员，后在浙江省水利电力物资总公司从事营销业务工作，退休于浙江能源集团。性格热情豪放，爱好写作、书法、声乐、自驾旅游。

秀丽风光顿时吸引住了我。几米高的围墙把整个公社包裹在院中，走进大院，它的气势让人震撼，五进深的院落，每一个院落都有四合院天井，三层楼高，底层主梁雕刻精细。图案有喜鹊迎门、八仙过海，观赏后，让人赞叹不已。看得出来，这一定是过去大户人家的宅院。走出大院，是一个四方形的广场，广场周围有数十株参天古樟，显得富贵大气。广场与一处水池接壤，水池有数千平方米。山涧清澈的溪水流入池塘，池塘小鱼可数，池塘沿边的埠头上，村妇们在快乐地担水洗衣，好山好景，让人心旷神怡。短暂休息后，我们继续上路。

这是一条通往江西玉山的省道，我和母亲坐在三叔小舅子的拖拉机上，不宽的碎石子路，两车交会都有些困难，路的一边是悬崖峭壁，另一边是湍急的大河，行进在公路上颇有些惊险刺激，寒风凛冽还飘着雪花，冻得人瑟瑟发抖。出了青阳公社，车行数公里，我们拐进了一条乡间机耕路。远处的高山越来越近，机耕路旁是一条清澈的溪河，溪水潺潺。过了一座石拱桥，三叔家所在的古村落便出现在眼前了。村子不大，有百来户人家，走进村子，白墙黛瓦户户相通，感觉都有着亲戚关系。三叔是入赘到三婶家的，三婶以前也是个外地人，后来才落户于此。三婶的爷爷已是耄耋老人，身体依旧硬朗，一碗米酒过后，向我们展示了他的绝门功夫，半蹲在地，手脚并用，不停地跳动，真是老而强健，不失风采。老爷子打开了话匣子，向我摆起了龙门阵："后生，今天给你讲讲我们这个村的来历。我们的祖先来自湖北仙桃，是元末和朱元璋争霸天地的陈汉开国皇帝陈友谅的后裔，陈友谅在鄱阳湖大战中败给了朱元璋，为了躲避追杀，经历千辛万苦，逃到了此地的大山里，从此，就在这大山里安家落户了。"

次日清晨，三叔说要进山伐木，打几口樟木箱，送给我们兄妹几人，问我愿不愿意和他们一同去伐木，我当然很愿意和三叔他们一起进山伐木。就这样，吃过早饭我们七八个人踏雪赶着牛车，艰难地沿着窄窄的山路爬行。大约爬行了一个多小时，来到了一棵大樟树下，这棵树足有几十米高，腰围有近三米粗。听三叔讲，附近的这些古樟树，是祖先留给后代的，树龄都有数百年了。山林里十分的寂静，只听到布谷鸟"布谷布谷"地叫着，不时也能听到野猪的叫声，这些叫声，衬得环境更加幽静，让人害怕。三叔说，翻过这座山头就是江西的地界了。风停了，雪也不下了，阳光透过树叶洒在山坡上，皑皑白雪把山峦打扮得分外妖娆。几小时后我们装上伐好的樟木，欢天喜地地、有说有笑地赶着牛车下山了。回想起那段在古村镇的日子，至今仍记忆犹新。

一次难忘的航海经历

满载着2000多吨的木材，凌晨三点，离开了码头。初秋，已有些寒意。黄浦江上依然灯火闪烁，汽笛声声，往来商船穿梭繁忙。一艘艘外轮等待进港，外轮上的海员口叼雪茄，举起酒瓶向我们致意。仿佛置身于国际水域，让人感到兴奋和迷惑。驶出长江口进入东海，天开始放亮。海面上层层雾纱飘浮，一座座岛屿时隐时现。

东方一轮红日冉冉升起，朝霞映红了天边。几只海鸥"呀呀呀"地在船前飞翔。"小郑，海上作业几个月，想家了吧？看来还要等这次出海结束，才能让你回家休假。"我们船长姓柴，五十岁左右，身材偏瘦，头发稀疏，鬓角也花白了。面目黧黑，额头上几道明显的皱纹，似是多年海上经历的见证。他航海经验丰富，为人热情，是个勇于担当的好船长。第三天的傍晚，我们进入石浦港锚地，准备休整一夜，第二天继续南行。深夜十一点，一阵急促的敲门声把我从睡梦中惊醒。"快起床，快起床，起风了，起风了。"是值班水手的叫喊声，大家顿时惊慌地赶到会议室，只见船长已经在那儿了。

"各位船员，刚刚收到港务局发来的台风警报，有十级大风正向我们这片海域刮来，你们也听到了，狂风呼啸，大浪滔天。我和大副商量决定：闯出峡口的老虎嘴到石浦内港避风。我命令：大副、二副和水手长负责舱面安全，彻底检查一下木材捆扎得是否牢固。同时大家要注意自身的安全，舵工小郑和三副随我到驾驶室开船，大家行动起来吧。"到了驾驶室，望着窗外的海面，让人害怕，天上没有星星和月亮，天是黑的，大海也是黑的，海天一色，漆黑一片，狂风发出"嘖嘖嘖"的恐怖声响，七八米高的大浪，把整条船掀打得上下左右摇晃不定，此时，船犹如一片树叶，任由大浪摆布。远处，老虎嘴峡口上的两盏航标灯闪烁着昏暗诡谲的亮光。船长手举望远镜，密切地观察着海面情况，同时向我发出了驾船操舵指令。"保持中心航线，全速顶浪前进。"船长的指令让我有了信心，由于峡口附近，暗流涌动引起了一个个漩涡，十分危险，一次次与风浪搏斗，要避开漩涡又要保持航线，操舵显得困难，经过不断努力，与风浪搏斗，终于闯出了老虎嘴，进入了石浦内港。舱面的船员已浑身湿透，一个个冷得瑟瑟发抖。幸运的是，我们总算逃过一劫，大家喜极相拥，欢呼雀跃。船长决定休整一夜，明天继续航行。

经过两天的航行，我们抵达了海门港，在这里要补充淡水、蔬菜水果和禽肉。海门就是现椒江区的前身，该镇很大，是台州地区历史上的重镇。明清时期也是抗拒倭寇的海防前沿，在此，戚继光曾率戚家军多次痛击过倭寇。古镇街道四通八达，青石板路路面狭窄，难通汽车，故三轮车是人们主要的代步工具。海门盛产玻璃制品，沿街有不少制作玻璃制品的家庭作坊。玻璃酒杯制作精良，造型美观，有天蓝、海蓝、乳白、透明白等高低脚酒杯，多种式样，供顾客选择，而且价格便宜。船员们经不住购买诱惑，纷纷买了几套果盘和酒杯。离开了海门，又继续南行，在第三天的傍晚来到了洞头渔场。这天正好是中秋佳节，船长当即决定，在渔场过中秋。

中秋的傍晚是迷人的，铁烧红的晚霞铺满了天空。月亮早早地挂上了空中，那大而圆的月亮仿佛唾手可得，天慢慢黯淡下来，繁星点点交相辉映，数千艘渔轮挂起了彩灯。湛蓝的海水，会发光的海鱼一闪一闪地跃出水面，温柔的大海在月光下，波光粼粼。海鸥"呀呀呀"地欢唱飞翔，甲板上摆满了瓜果月饼，船员们品茗赏月，在难得的安宁中，消除着疲惫。忽然从收音机里，传出了邓丽君那柔情蜜意的歌曲，听得人的骨头都酥酥的没了脾气。眺望远方，沉浸在这醉人的梦幻中，伫立在甲板上，时间好像凝固了，久久不愿离去。次日清晨，我们离开了渔场继续南行。在第二天的上午十点，我们终于抵达了此行的目的地——鳌江港。

在鳌江港卸装货物要十天左右的时间，闲来无事，上岸后在鳌江镇瞎逛了起来。鳌江港在明清时期就是浙南著名的通商口岸，港口水域宽阔，七八千吨之内的商船可以自由通行。鳌江镇工商业发达，也风光秀美，有着丰富的旅游资源。

几天后，我们完成了鳌江港卸装货物的任务，开始返航回港。

圣潭沟寻根之旅

满山的杜鹃如火焰般热烈，肆意又傲然。表弟为向导，我们出发了。几小时后，来到了大山深处，"表哥你看，那云雾缭绕的山顶就是圣潭沟"。仰头望去，那山顶似有七八百米高，收回视线，看向前方，弯弯曲曲的栈道看不到尽头。圣潭沟位于浙江省西部边境地区开化县张湾乡境内，南与江西著名道教圣地"三清山"相连，北与古田山国家原始森林保护区接壤。"表哥，半年前我来过圣潭沟，听我父亲讲，爷爷是1935年春天离开的圣潭沟，到了孔埠，当时爷爷是孔埠大桥的造桥工，因奶奶家境比较富裕，而后入赘奶奶家，当了上门女婿。我从县档案馆查询到，圣潭沟有一处夏家古村落，是明朝户部尚书夏原吉的嫡系一脉，也就是说我爷爷是夏原吉的宗亲后裔。"表弟这么一说，我可来了精神。两人不知疲倦地向上攀登着，一路上，高大的树木遮天蔽日，丛生的杂草茂盛幽深，"布谷布谷"的叫声，显得整个环境格外寂静。云雾缭绕，湿气很重，十米之外，视线模糊，身旁的溪水"哗哗"作响，一阵阵风夹杂着新鲜的花草气息。两小时后，我和表弟终于登上了山顶。

眺望远方，视野忽然开阔起来，近千亩金黄色的油菜花随风摇曳，散发着阵阵清香，白墙黛瓦的古村落炊烟袅袅，清澈的溪水"哗哗"作响。表弟告诉我炊烟升起的地方，就是我们此行的目的地——夏家古村落。我们沿着小径，快乐地行进，真是好景色，一处处桃园和一处处李园，红花和白花争相斗艳。来到村前，几十株高大的古樟树像看家护院的保护神，为我们开启了通向古村落的大门。走进村子，几十处白墙黛瓦的院子相互紧挨着，彼此呼应，有种血脉相连的感觉。"我们到了。"表弟指着眼前一处农家大院说，"这家就是夏原吉嫡系正源后裔夏家奎老伯的家。走，我们进去和夏老伯打声招呼。"

走进明朝户部尚书夏原吉正源后裔夏家奎的家，白墙黛瓦，徽派建筑的高大院落着实让人惊讶，没想到在这深山老林里，还有这般大气的庭院。高高的封火墙围住了整个院子，典型的江南建筑风格。首先映入眼帘的是龙凤呈祥的照壁，照壁有二米宽六米长，走过照壁、数百平方米的天井兼休闲庭院，院内种植有数十株银杏和古樟，树龄似已有百年，整个天井大院彰显着主人家的高贵和娴静。通向房屋堂前的是几十米长的石板小径，四进深的院落，堂前周围的梁柱上雕刻着"八仙过海，各显神通"的图案，雕工精细，形象逼真，清漆罩面一尘不染。屋顶外延翘角是仙人引路的彩色泥塑，这些泥塑依次排列着：仙人骑着鸟、龙、凤、狮、麒麟、天马、海马、鱼、獬、猴等吉祥神灵。主人见我们进院，热情地把我和表弟引入客堂，吩咐儿子沏茶。老人七十八九的岁数，清瘦的中等身材，头发两鬓也已灰白，脸颊红润，精气神十足，脚穿圆口黑色布鞋，身着老式对襟宽松白色绸纺衣裤，额下留有一簇灰白胡须，两眼炯炯有神，有一种仙风道骨的神韵。经表弟介绍得知我母亲姓夏，也是夏氏家族的后裔，我们大老远是来寻根探祖的，老人开心地对我们说："你们算是找对地方了，我就是600多年前，明朝户部尚书夏原吉的第十一世孙。我们家族还藏有明朝朱棣皇帝褒奖先祖夏原吉的圣旨。你们来到这个大山坞里，真是不容易，你们先住下来好好玩几天，晚饭给你们接风洗尘，我们这里是旅游胜地，风景秀丽，再过几天公路就可以直接通到家门口了。"

丰盛的晚餐让我大呼过瘾，老人家的儿媳妇做了一桌当地的特色佳肴。有野山鸡炖蘑菇、粉蒸肉、烟熏腊肉炒大蒜、红烧野兔、溪沟杂鱼鲜汤、土猪肉蹄髈等美味佳肴，再配上自酿的米酒，真是让人大饱口福。老人家酒喝到兴头上，袖子一卷，打开了话匣子，向我们讲述了祖先的传奇往事："我们夏家村共有百来户人家，都是明朝夏原吉的后裔，明朝朱棣皇帝先后给夏原吉颁发了21道圣旨，并赐'含宏贞静'镶金银图，这份至今保留的圣旨，永乐朱棣皇帝御赐的'嘉奖令'，意思是褒奖夏氏家族栽培了'宠臣'，褒荣'夏原吉为资政大夫''永绥后人'。史书上记载，颁发圣旨的12年后（1424年），朱棣于北伐途中，因病驾崩，死前曾大呼'夏原吉爱我，夏原吉爱我'，后悔不已。而此时，力谏永乐朱棣皇帝不要北伐的夏原吉，却被关押在京都的大狱里。为了躲避灾祸，在祖先夏原吉被投入大狱后不久，我们夏氏祖人的一脉，千辛万苦躲进了浙赣交界的圣潭沟，至今已有600多年了，真是往事不堪回首。1430年，享年65岁的夏原吉死后，明宣宗朱瞻基不仅封夏原吉为正一品太师，而且还赐谥号'忠靖'来纪念他。祖先把这一圣旨代代相传至今。我们把这一圣旨视为世代的荣耀，每年清明节这天，全村族人都会来到祠堂，将圣旨敬请出来，进行祭拜。"

对夏家藏有圣旨的好奇心，一发而不可收，在我们一再请求下，老人家这才答应让我们饱饱眼福。老人家用清澈甘洌的山泉水洗净双手，走进密室取出用几层牛皮纸包裹严实的圣旨，恭敬地打开了。这份圣旨的工艺为江南苏绣，已经略微破损，从左到右依次为红色、深蓝、黄、白、灰五色组合，字底绣有祥云图案，全长约4米。诏书"含宏贞静"四个字，由笔墨工整的楷书书写，竖向排列，字体端庄大方，隽永严谨，极显皇家风范，末端盖有"永乐十年二月初一"的印章，可见这份圣旨距今已有600多年的历史。老人家还告诉我们："夏原吉在明成祖朱棣即位后，升任户部尚书，主持浙西、苏、松治水事务，辅佐朱棣皇帝开创'永乐盛世'，被委以治理江南浙西水患重任，他带领数万兵民疏壅滞，修堤浦，浚沟渠，造桥梁，当时号称'天下财富半在江南，天下之水半归吴会浙西及苏淞诸郡'的国家重要粮仓的江浙水患，得到了根治。后人评价他'功当不在禹下'，可见评价之高。夏原吉为我夏氏后人的骄傲。"老人家对祖先这番历史的陈述，让我们有了对祖先夏原吉的敬畏之心，不禁双手合十，默默敬拜。

次日清晨，走出夏家院落，眺望远方，重峦叠嶂，云雾缭绕，我们似置身于缥缈的云雾里，不知身处何地。溪水潺潺，瀑布轰鸣，山雀鸣叫，雄鸡报晓。用过早餐，在老人大儿子的陪同下，我们来到了夏家祠堂，敬香叩拜。走出祠堂后，老人家大儿子为向导，带领我们游览了圣潭沟。景点较多，有由歇洞、祈寿桥、发财潭、鸳鸯潭、状元路这五大景点组成的自然景观，也有由蟹王守龙门、龙门、龙须潭、圣潭、鸿运池、银河（云梯）六大景点组成的仙境景区，还有由云海、劈山救母、女娲补天石、瑶池、望天涯瀑布组成的天堂景区。这些自然景观的名字，不仅好听，还让人充满了无限的遐想。

几天后，我们带着不虚此行的满足感，告别了圣潭沟，踏上了回家的旅途。

赶潮抢鱼的凶猛经历

村里的一帮精壮的后生，正在昏暗的灯光下窃窃私语。凑近一听，原来明天要去江口抢潮头鱼了，早就听说这是个玩命的活，惊险而刺激，真想体验一下这样的感觉。在我的一再请求下，阿强哥才答应带上我。八月初五，潮水日渐凶猛，这天，天刚蒙蒙亮，我们七八个小伙子，在阿强哥的带领下，出发了。阿强哥二十六七的年纪，一米七五的个头，身体健壮，肌肉发达。国字脸，浓眉大眼，是讨姑娘们喜欢的那种类型。我们脚蹬自行车，穿行在乡间小道上，一小时后，来到了与海宁交界的一号坝，此时正是清晨六点。天开始放亮，阳光透过云层，酱紫色的彩霞染红了天边。"我们抓紧时间下堤，估计四十分钟后会涨潮，走到江口还要二十分钟。"在阿强哥的催促下，大家肩扛鱼兜，跟着阿强哥，朝着钱塘江喇叭口的方向行进。

到了钱塘江的喇叭口，此时，大家将短裤系在腰间，个个像个原始人，裸着身子趴在地上，耳朵紧贴地面听着什么。由于害羞，我穿着游泳裤学着同伴们的样子，趴在地上装模作样，不知在听些什么。忽然间，狂风大作，乌云翻滚，汹涌的潮水由远及近地向我们扑来。潮水的声音越来越大，阿强哥来到身边大声对我说："知青朋友，你没有抢过潮头鱼，是很危险的，赶紧朝来的方向往回跑，不要回头，千万不要回头。"阿强哥这么一说，我开始真的害怕起来，扛着鱼兜拼命地往回跑，而同伴们开始兴奋地扛着鱼兜，慢慢地朝着堤坝方向跑了起来。潮水离我越来越近，狂风夹杂着潮水声发出了恐怖的"隆隆"声响。

当狂奔到堤坝上时，潮水接踵而至。潮水撞击到堤坝，掀起了数十米的滔天巨浪，真是惊险无比。

二十分钟后，回头潮再次扑向堤坝。随后潮水渐渐退去，江面恢复了往日的平静。风吹云散，灼热的阳光煎烤着大地，同伴们在潮水扑向堤坝之前，纷纷爬上了岸，只见个个活像泥鳅，被潮水打得浑身污黑。收获可真不少，一兜兜江鱼让同伴们喜笑颜开。这时，阿强哥开始清点人数，发现刚从部队转业回来的村主任儿子亮子不见了。这时大家慌了神，面面相觑，疯子似的沿着江边呼喊着"阿亮"的名字。天渐渐黑了下来，回到村里，村主任得知儿子被潮水卷走的消息，顿时瘫倒在地。全村人开始打着火把沿着江岸寻找"阿亮"，整整一夜都没有找到"阿亮"。

大家并不死心，第二天继续寻找"阿亮"，傍晚时分，江上的渔夫打捞上了"阿亮"，并送过江来。农村的丧事隆重而热闹，停尸三天，豆腐饭在打谷场上摆放了百来桌，哭丧的戏班子，吹拉弹唱。守灵之夜真是阴森恐怖，盏盏蜡烛如同鬼火摇曳。刚下乡半年我就遇到了此事，算是第一次真正领教了钱塘江潮水的凶险。

春韵水乡

多年过去了，水乡春韵的醉人之处，在梦中仍时常遇见。清晨"突突突"的小客轮，穿行在大运河之流的桑林中，雾霭蒙蒙，野鸭灰鹭不时从芦苇荡中飞出。从中国笔都善琏出发，朝着湖州方向航行，三小时后，途经菱湖古镇，驶入了荻港水域。这是一处三水汇流之地，南来北往的商船热闹鸣笛。这片水域又称"和孚漾"，烟波浩渺，景色宜人。南北走向的岸边是荻港古村，河堤上古树参天，通到水面的埠头，村妇们担水洗衣嬉笑。孩子们一蹦一跳地赶往学校，村夫荷锄下田，一片祥和。我们的小客轮抵达了"和孚"古镇码头，来这里探亲，要逗留两天。古镇沿着和孚漾湖岸一路延伸数里长，弯弯曲曲的石板路，古韵悠悠。古老的营生仿佛让时光倒流回到了从前，两层木结构的店铺一家紧挨一家。叫得出名的营生有：铁匠铺、豆腐坊、中药店、牙医诊所、饭庄小吃铺、茶馆、水果蔬菜铺、客栈、理发店、粮店等。

傍晚伫立在湖畔，眺望远方，眼前的景色让人着迷。一抹残阳映红了天边，白墙黛瓦的村落升起了袅袅炊烟。湖面上波光粼粼，汽笛声声，船舶穿梭往来，岸边芦苇浩荡，绿油油的桑树无边无际。步入运河酒家，临窗而坐，微风徐徐拂面，燃上一支烟，品尝着古镇的特色佳肴，真是人生一大快事。酒家老板提议，清晨应该去老茶馆，感受一下当地的乡土文化，走出饭店，已是皓月当空、繁星点点了。

次日清晨，来到了茶馆，人声鼎沸，座无虚席，看来我来得不够早。木结构的茶馆，面积足有数百平方米。昏暗的灯光下烟雾缭绕，四邻乡亲早早便赶到了茶馆，这里似是老人们的乐土。他们坐在多年不变的茶座上，喝茶、聊天，好不惬意。说到兴奋处手舞足蹈，唾沫星子乱喷，他们讲着浙北吴语，难懂的方言，像是在唱戏，云里雾里，让人不知所云。茶馆门口有两口大锅，"咕噜咕噜"冒着香喷喷的热气。大锅口径足有一米，锅内煮着用多种大料调制的卤豆腐干和茶叶蛋，两毛钱一碗，价格实惠，香气扑鼻，甚是馋人。走出茶馆，又来到了湖畔鱼市场，赶早市的人们挤满了湖边。湖面上一艘艘小渔船满载着收获的湖鱼破雾而来，鱼品可真不少，有花鲢、鲫鱼、鲈鱼、鲑鱼、鳊鱼、甲鱼、湖鳗、黄鳝等，让人眼花缭乱，渔夫们的吆喝声此起彼伏，场面十分热闹，在这样的场景下，人们心中不免升起一种购买的欲望。

晨雾渐渐散去，古镇的东面是连绵起伏的山脉，一条清澈的溪沟流入古镇，溪水不深，水底的鹅卵石清晰可见，溪沟上一群群麻鸭"嘎嘎嘎"地拍翅觅食。一株株几十米高的古樟树掩映了溪沟，几座古朴的石拱桥横跨溪沟两岸。沿着桑林小径来到山脚下，眼前是随风摇曳的金色油菜花海。坐在田埂中的凉亭里，迷人的景色让人沉醉。哪里传来了"咿呀呀"的声音，寻声望去，噢，是掩映在桑林里的一所乡村学校，是孩子们朗朗的读书声。凉亭中的几位农夫，"吧嗒吧嗒"地抽着旱烟，劳作的间歇，他们喝茶聊天，吸吮着油菜飘来的花香，享受着大自然的馈赠。水乡的春天就这样铺展开来，多年过去了，水乡春天的神韵，仍时不时让人醉心回味。

一段难以磨灭的经历

"录取了，录取了，我被北仑港录取了。"拿着通知书，我兴奋地在知青朋友中炫耀。1978 年 12 月 26 日，这一天，我告别了为之艰苦奋斗三年的知青生涯，踏上了奔赴北仑港的敞篷卡车。一车考取到北仑港工作的新人，脸上都洋溢着兴奋，站在车厢里任凭寒风刺骨。几个小时的行程，进入了宁波境内，天上飘起了雪花，大地披上了银装。"我们到了，我们到了。"带队干部提醒我们收拾好行李，准备下车。我们下车的地方叫"新契"镇，这里是北仑港筹建处的大本营。我们全省各地的数百名新人，列队整齐，在各自带队干部的带领下，像个出征的战士，迈着整齐的步伐，走进了筹建处大院。进入大院，简易工棚的墙上，贴着热烈欢迎我们到来的标语。筹建处的工作人员，敲锣打鼓地把我们迎进了大礼堂。欢迎大会开始了，筹建处的张主任站在主席台上，他拿着话筒，热情洋溢地对我们说："来自全省各地的知青同志们，请允许我代表北仑港筹建处的全体工作人员，对于你们的到来表示热烈的欢迎。你们肩负着光荣使命，将在这里和我们一起建设东方大港。你们就是新一代的开拓者，光荣啊，同志们。"张主任的讲话迎来了雷霆般的掌声。张主任半年前刚从舟山部队转业，在部队时，他是正师级参谋长。他是山东人，身材高大，国字脸，浓浓的眉毛。不小不大的眼睛，看上去炯炯有神。穿着一身毛料军装，肩上披着军呢大衣，一双皮靴擦得贼亮。五十多岁，紫红色健康肤色，板刷寸头，说话如洪钟，精气神十分旺盛。

  时间过得真快，转眼间，到了来年的春天，经过数月的学习培训，我将被派往上海港务局船队学习驾船操舵技能。临行前的一天，独自一人来到海边，景色迷人，让人陶醉。海堤下是漫山遍野的油菜花，随风摇曳散发着阵阵清香，蓝天下的大海碧波荡漾，海鸥"呀呀呀"地欢唱飞翔。建造码头的打桩机"轰哧轰哧"发出有节奏的声响，春风习习让人精神爽朗。就要当一名海员了，遐想在不久的将来，驾船在海上，南来北往地运送港口需要的物资，那是多么值得自豪和骄傲呀！就这样呆呆地伫立在海边，夜幕降临，圆月当空，繁星点点，却忘记了归途。次日下午三点，在宁波客运码头，张主任带着筹建处的一班人马，来为我们送行。大家满含热泪，挥手告别，客轮拉响了汽笛，离开了码头，客轮沿着甬江，朝着出海口的东方航行。

  客轮驶出甬江口，进入了东海，继续朝着北面的上海方向航行。凌晨两点进入了黄浦江，尽管是凌晨，黄浦江上仍十分繁忙。宽阔的黄浦江此时竟显得拥挤，江面上泊着一艘艘的外轮。大家没了睡意，欣赏着不同的外轮，像刘姥姥走进了大观园，惊讶不已。快天亮了，客轮停靠在十六铺码头。我们被安排在港务局招待所，一连休息了三天，而后被分配到海港六号拖轮担任实习水手并学习操舵技能。进入夏天，在船上实习已经三个月了，这一天是7月12日，酷暑难耐，发生了一件令我终生难忘的事件。下午两点接到调度指令，让我船赶赴外高桥，协助万吨油轮拖离码头。我船离开码头不久，意外的事情发生了，不知何故，我船被横在了江心，进也不是，退也不是，像被磁铁牢牢地吸住一般，不能动弹。这时从上游方向，朝我船驶来了一艘空载的万吨巨轮。它离我船越来越近，万吨巨轮的船艏犹如一座大山向我船压了过来。只听见万吨巨轮，抛下了"隆隆"声响的铁锚。由于落潮顺水，铁锚无法拖住巨轮，继续拖带着铁锚冲向我船，1000米，800米，600米，离我船越来越近。见此状况，我的脑子一片空白，惊吓得发不出声来。船长这时把我推出驾驶室外，让我逃命去。离开驾驶室的我像个无头苍蝇，跟着船员们盲目地瞎窜，感到没有什么地方是安全的，浑身颤抖，水手长见我如此惊恐，叫住了我说："赶紧穿上救生衣，学我的样子抱住缆桩，闭眼默默数数，一时撞不沉，我们还有救。"就这样学着水手长的样子，我抱住了缆桩默默数数，当数到200时，"咣当"一声，巨轮球鼻艏撞到了我船。我也被抛出几米远，头被船舷撞出了血。我船开始慢慢下沉，这时水手长扶起我，对我说："船还没有沉入江底，我们赶紧跳江逃生。"刚说，便拉着我一起跳入了黄浦江。我和水手长被湍急的江水冲到了数百米之外的江滩上，此时，再回头看看我船，已经被万吨巨轮撞沉，只露出了数米高的桅杆。这件事已过去了许多年，但每每想起此事，内心仍后怕不已。

西域的巴扎风情

经过河西走廊，列车驶入新疆境内。连绵不绝的天山，就这样，出现在眼前。窗外人烟罕见，三五成群的野骆驼正无目标地奔跑着。荒凉的戈壁无边无际。白天，热风袭人。夜晚，月挂中天，繁星点点。千里路程，从兰州出发已经是第三天了。"隆隆"的列车声让人有些烦闷，下午三点，一声汽笛，我们到了乌鲁木齐。走出车站，恍若在异国他乡，维吾尔族的小伙身着白色宽松长袍，头戴方形小花帽，深邃的目光，高高的鼻梁。维吾尔族的姑娘身着连衣裙，头戴小花帽，编着多条细细的辫子，匀称的体型。走出车站，去寻找已订好的宾馆。下榻的宾馆亦带着异域风情，带圆球塔形的楼房，屋内墙面是洁净的蓝色几何图案。宽宽的大床，足够三人入睡。也巧，次日是二道桥最具特色的巴扎节。

"巴扎"是维吾尔语，意为集市、农贸市场，二道桥是乌鲁木齐主要的商业街，乌鲁木齐是我国西北地区重要的中心城市和面向中亚西亚的国际商贸中心。周边的巴基斯坦、吉尔吉斯斯坦、印度、塔吉克斯坦、俄罗斯、蒙古等各国的商人都会来巴扎赶集。场面宏大，热闹非凡。整条街道人头攒动，拥挤不堪，热烈的阿拉伯鼓乐夹杂着人声、马声、羊声、牛声一同喧嚣沸腾。"巴扎"商品交易分几个分场，有牛羊马牲畜交易的场所，有小商小贩交易的场所，更有档次更高的沿街商铺。特色小吃摊的吆喝声此起彼伏，喷香的馕饼、滋滋冒着青油的羊肉串、手抓饼、羊杂汤、牛肉煎包等美食撩拨诱惑着人们的味蕾。走进商铺，主人热情地和你打招呼，不厌其烦地用生硬的汉语向你介绍一些民族特色商品。这些商品让人眼花缭乱，有装饰壁毯、英吉沙小刀、巴基斯坦铜茶具、艾德莱斯丝绸、民族小花帽，还有葡萄干、天山乌梅、杏仁等干货。街两旁的建筑也极具民族特色，将自己融入这充满了异域风情的巴扎中，犹如置身于异国他乡。

大漠西域莫高窟

下午两点，我从西域边城柳园出发，一路东行，进入河西走廊甘肃境内，距离莫高窟还有200千米的路程。七月的戈壁滩炎暑逼人，行进在简易的碎石路上，颠簸不定，车厢内闷热难忍，乘客们昏昏欲睡。对窗外壮阔的风景，也没了欣赏的情绪。一群群的野骆驼奔疾而过，荒凉的戈壁滩无边无际。傍晚时分，残阳如血，古长城的断墙残壁，在晚霞的映衬下显得格外的凄壮悲凉。唐代王维的诗句"大漠孤烟直，长河落日圆"是最好的写照。途经"玉门关"古迹，我想起了唐朝王之涣的《凉州词》："黄河远上白云间，一片孤城万仞山。羌笛何须怨杨柳，春风不度玉门关。" 200千米的路程，似如蜗牛般爬行，竟行驶了六七个小时。抵达敦煌古城，已经是晚上八点多了。

敦煌是古丝绸路上的重镇和咽喉要道，从内地到西域经过这里分南北二路，南路出阳关，北路出玉门关。汉元鼎六年即公元前111年，在此设敦煌郡，它与东边的酒泉、张掖、武威相连形成河西四郡。敦煌距离莫高窟半个小时行程。莫高窟开凿于敦煌城东南25千米的鸣沙山东麓的崖壁上，前临宕泉，东向祁连山支脉三危山。南北全长1600余米，现存历代营造的洞窟共735个，分布于高15~30米的断崖上，上下分布1~4层不等。据记载，前秦建元二年即公元366

年，乐尊和尚开凿了第一个洞窟。到了唐朝武则天时期（公元690—705），已有洞窟千余个。整个莫高窟是一处由建筑、绘画、雕塑等组成的综合性艺术宝库。

步入莫高窟的那一刻，清晰可辨的古代壁画映入眼帘，图案中有佛像、神怪、战争等内容，这些内容，为研究中国的古代风俗提供了极大的价值。这些栩栩如生的壁画故事，让人们深深感受到了五千年华夏文明的博大精深。

了解了莫高窟的历史，备感莫高窟现有保存的文物的珍贵。伫立在莫高窟外，我深深地陷入了沉思。

惊遇黄山奇观

凌晨三点多，我早早地来到了"天海"观景台，本以为能占据个有利的观景点，没承想，黑压压的人群着实震撼了我，人们或站着或席地而坐，眺望着远方，期待着云海出现的那一刻，昨天下了一场雨，今天能看到云海的概率很大。天渐渐亮了，早春三月湿气浓浓的寒风吹来，裹着大衣还是冷得瑟瑟发抖。人们惊叫起来："来了，来了，云海来了。"大家开始欢呼雀跃，只见滚滚云涛扑面而来，一阵阵，一层层，翻腾滚动，远处的山峦亦被云海淹没，只是时隐时现地露出尖尖的峰顶。云海持续了四十分钟才渐渐散去，薄纱般的云霞清晰起来，太阳含羞跃出云层，顿时染红了天边。黄山的云海以美、胜、奇、幻享誉古今，怪石、奇松、峰林飘浮在云海中，犹如诗画一般，人们像个孩子，"呀呀呀"地不断惊叫。

"不上天都峰不算男子汉。"上天都峰考验着人们的胆量和耐力。首先要从天都峰脚，沿着"天梯"手扶铁索栏杆，攀登近70度倾角1564级陡峭的石级。一人紧跟着一人，不能停下歇息，只能硬撑着缓慢地艰难前行。登上海拔1770米的天都峰顶，必须经过奇险无比的"鲫鱼背"石矼桥。此桥长10余米，宽仅1米，两侧是千仞悬崖，深邃莫测，其形颇似出没于波涛之中的鲫鱼之背，故名"鲫鱼背"。变幻莫测的诡异天气，阴风阴雨，胆小的人会呆立在石矼桥旁，惊恐得两脚打战，瑟瑟发抖。登上天都峰，有一种油然而生的自豪感。黄山，古称黟山，位于安徽省黄山市境内。以奇松、怪石、云海、温泉、冬雪"五绝"及历史遗存、书画、文学、传说、名人"五胜"著称于世，有"天下第一奇山""天开图画""松海云川"之称。"莲花""光明顶""天都峰"为黄山三大主峰，海拔均逾1800米。黄山是钱塘江和长江两大水系的分水岭，南坡有流向钱塘江流域的新安江水系和流向鄱阳湖流域的昌江水系、乐安江水系；北坡有直接入长江的清弋江、秋浦河两大水系。"人字瀑""百丈泉"和"九龙瀑"并称为黄山三大名瀑，黄山有众多的奇景盛况，叫得上名字的就有"松鼠跳天都""孔雀戏莲花""姜太公钓鱼""仙人飘海""犀牛望月"等景观。奇松是黄山一大特点，人们根据松树的特征，为这些奇松取了好听的名字。如迎客松、望客松、送客松、探海松、蒲团松、黑虎松、卧龙松、麒麟松、连理松、团结松。这十大名松分别位于不同的山峰之中。黄山境内南北长约40千米，东西宽约30千米，总占地面积约1200平方千米，这么大的景区面积，短短的几天是游不遍的，只能取其精华，感悟它的神韵。经历了黄山的"云海""天梯攀登""鲫鱼背"的惊心动魄，脑海里时常会涌现出那气势宏伟的印记。

醉入漓江画中游

搭上早班客轮，开始朝着阳朔的方向行进。清澈的漓江"哗哗"地流淌，晨雾渐渐散去，一座座孤立的山峰在云雾中时隐时现。四月，大地充满了生机，青山碧水，两岸金色的油菜花摇曳送香。站在船头，微风轻轻拂面，远山远景，似乎步入了画中。"可以欣赏九马画山了。"在导游的提醒下，大家涌到了观景甲板。此时进入了兴坪水域，顺着导游手指的方向，九马画山展现在眼前。天公造化，九座山峰神态各异，远远望去，神马有卧着吃草的，有在溪边悠闲饮水的，有仰头嘶鸣的，有奋蹄奔驰的，有甩头嬉闹的，不断地放大着人们的想象力。过了兴坪水域，不多时，一组山体造像出现在眼前：玉女峰亭亭玉立，巧梳云鬓；望夫崖凝神远眺，深情守候；赶考的书童、跳龙门的鲤鱼、盘旋的田螺、绿洲的骆驼，让人目不暇接，如痴如醉。

"阳朔到了，阳朔到了。"客轮的喇叭里喊着，终点站到了，几个小时的漓江画中游，不知不觉，就这样到了阳朔。阳朔，这座镶嵌在漓江岸上的美丽县城，街道上旅游商品琳琅满目。酒吧、咖啡厅比比皆是，中外游客摩肩接踵，熙熙攘攘，热闹非凡。酒店老板热情推荐，晚上"印象刘三姐"大型歌舞晚会不能错过。这是阳朔隆重推出的旅游金字招牌。勾魂的推荐，随着人流，迫不及待地奔向露天剧场。夜幕降临，人流陆续来到大型剧场。黑压压的数千名观众，静静期待着音乐响起的那一刻。演出剧场以漓江水域上风光美丽的山峰为背景，构成了当今世界上最大的山水剧场，当地人称其为"刘三姐"歌圩。静静地等待着，时间一分一分地过去了。忽然间音乐响起，人声鼎沸，人群开始躁动了。在一曲雄壮动听又让人熟悉的电影《刘三姐》《多谢了》的插曲声中，传说中的歌仙，"刘三姐"，驾着小船，边唱边从黝黑的江面上徐徐驶来。紧接着出场的是"红绸舞"，一条条宽约一米的红色塑料带沉在水中，再由一个个站在竹筏上的艄公，像拔河那样把红色塑料带徐徐提出水面，在射灯的照耀下，乍一看，犹如一支支红箭飞驰向前。这时出现在眼前的是一幅幅乡村日常生活场景。晚霞映在江面上，月亮映在江面上，村夫扛着锄头喜悦地回家。炊烟袅袅，江边村姑在江边洗衣，鸭儿回家，牵牛的耕夫回家，孩童放学嬉戏玩耍一蹦一跳地回家。阿哥阿妹对山歌，一队求婚嫁娶的婚庆队伍。这一幅幅展现在观众面前的画面是那么的质朴又是如此的亲切。

　　正当人们陶醉在乡村田野风光场景中时，眼前忽然出现了仙女下凡嫦娥奔月的画面，200多个阿妹身着衣裙演绎着人间仙境，顿时把人们带入了梦幻遐想之中。眼前出现了"鱼女出浴"的场景，几十个仅着白色纱巾的舞女翩翩起舞，灵性又自然。此时此刻，口哨声、怪叫声，此起彼伏，观众的情绪达到了高潮。忽然间，灯光熄灭，一片漆黑，音乐戛然而止，正当大家面面相觑时，几分钟后，灯光又渐渐亮起，远处传来了天籁般的歌声。歌声由远及近，飘入耳中，几百个身着侗族服饰，头戴银簪脖套银圈的阿妹，腿脚上系着银铃，叮当作响，手拉着手一路款款走来。她们唱起了古老民族的歌谣，让人陶醉。这种演唱的魅力，是我无法抗拒的。演出结束了，可是我仍深深地醉在其中，久久不愿离去。

陈玉立作品*

情　怀

每天清晨，城市上空，一群群鸽子飞过，清脆的哨音掠过。奏响了新一天的序曲。

庞大的自行车群组成了气贯长虹的车流，浩浩荡荡地行进在城市主车道的两旁。它不仅是上班族重要的交通工具，而且还身轻如燕，小巧便捷，灵活自如地穿行在大街小巷，与人共存。在这座城市里，它成了人们生活中的亲密伴侣。

你若去周边的乡村，最具精彩看点的是青年农夫骑着自行车昂首在前，坐骑背后紧贴着俏丽媳妇，媳妇怀里抱着幼儿，一脸的甜蜜。他们在青青田垄、茅草农舍、翠色竹林间穿梭，好一派别具一格的田园风光，好一派清新亮丽的风景线。

这就是川西平原上的"自行车王国"，它还有一个名字，"天府之国"。

自打玉沐生学会骑自行车开始，从西往东，从东往西，从家门口到目的地——蓉城剧场，便是一直骑着自行车往返。

论骑车的资历深，骑车的技术高，玉沐生当仁不让，还直觉着，能在这小城里有一席之地。

他爱骑着自行车观赏道旁的芙蓉花，他爱骑着自行车穿梭在南长街的大道上，再一路斜穿巷子，去到杜甫草堂、武侯祠。

他穿行在蓉城的大街小巷，从心眼里流溢着对这座城市的喜爱。

他喜欢这样的蓉城。

每经过人民南路，玉沐生总会发出一声无奈的叹息。

起眼一望，如今城市，大多是高耸入云、遮天蔽日的"水泥森林"。人若处

---

* 陈玉立，女，60岁，四川省成都市中国画报出版社编辑，首都女记者协会会员。创作的长篇小说《跨越》由四川大学出版社出版发行。2016年创作完成了32万字的长篇小说《蓉城人家》。

于其中，似陷于崇山峻岭峡谷，大有泰山压顶的压抑。

而蓉城的规划是含蓄的，是错落有致的。真正符合了这座城市的民俗：舒适、慵懒、从容不迫。

如果说大城市像一台大型交响乐会，豪迈雄浑，那么蓉城就如一首单簧管演奏，清纯柔美。

如果把高耸入云的城市比喻成巍峨的高山，那么蓉城则是飘浮在空中的祥云。

无奈的叹息，叹的是童年的稚趣已消逝，儿时的快乐伴随着规划的实施已无影无踪了。

尽情戏水、推沙、捞鱼、网虾的日子，都成了玉沐生的梦。

品味蓉城

我爱称呼成都为蓉城，不仅因为这个称呼具有古老的气息，还因为其有绚丽多姿的芙蓉花，她为蓉城增添了韵味、旋律。

穿梭于城市之间，耳边好似在听古城旧事，听她讲述穿越至今的种种奇人趣事。

再去周边逛逛，古镇，美景，美不胜收。

城中有名的宽窄巷子，青砖外墙，石板路，斜坡顶，30多处院落不尽相同，巷弄错落，典型的川西建筑，再加上少量的欧式建筑融汇成的中西文化风格，别有特色。

进入悠长的巷道，选一处茶馆，来一碗成都盖碗茶，听一段清唱川戏。或进一间咖啡厅，在轻音乐中，饮一杯浓香咖啡，沐浴在斑驳的光影中，感受昔日的时光。

当你漫步杜甫草堂时，迎着瑟瑟的秋风，耳边似乎响起了杜甫的《茅屋为秋风所破歌》："八月秋高风怒号，卷我屋上三重茅。"

杜甫草堂，这里流淌着川西文化的浣花溪，它因杜甫的诗而被众人熟知，《茅屋为秋风所破歌》便是在此完成的。茅庐、小溪、竹林，楼阁、小桥、卵石，就是当时浣花溪的写照。

如今的浣花溪竹林疏疏、流水淙淙，草木花卉铺陈其间，亭台楼阁错落有致，少了人为的刻意，多了一份自然的洒脱随性。

选一个早晨来到这里，按下快门，捕捉每一刻的美景，看来往人群逗鸟、喝茶、读报，惬意十足。

走进幽深安宁的故径——琴台故径，整条街青石砖铺路，仿古旧式建筑，汉画像砖贯穿街道。

商铺林立两侧，且多为珠宝、金银、古玩店面。近来又增添了许多古装戏服，民族艺术服饰。这条街成了许多怀旧之人、爱宝之人慢逛的好地方，也是爱美之人换时尚为古汉服和民族着装的地方。

然而琴台路的闻名，不仅因为它的建筑、它的商业，还因为它背后的故事。"琴台故径"却不见"琴台"在何处，可这一词不禁让人联想起杜甫的《琴台》一诗，想着西汉辞赋家司马相如和卓文君的爱情故事。

"故径"，这儿是否是他们曾走过的路呢？不得而知。

这就是蓉城，有着深厚文化底蕴的蓉城。

偶　遇

一条青石板铺就的羊肠小道，两边青灰瓦墙，红门彩檐相夹的光洁路面，就是幽深曲折的宽窄巷子。

斑驳的墙和柱伫立在那里，见证着岁月的流逝，来此探望的人越来越少了。这些老房子、古墙、古巷，如今已成了老成都的缩影。

这条幽深的百年巷道仿佛穿过时空的隧道，越过悠久的生命长河，流淌着深厚的历史。它记载了丰富的风土人情，写满了人文习俗，记忆沧桑。它深厚的川西文化内蕴吸引着当地的，远方的，数不清的游客，使人驻足观望，流连忘返。

在通往"英伦沙龙酒吧"的路上，又增设了几个像抬大姑娘出嫁一样的大红花轿摊位。几个穿着红的、绿的、黄的、花的掐腰小衫，活脱的成都妹子正低头用灵巧的手制作着工艺饰品。她们用彩色缎面包着心形、三角形、海花形、菱形……刺绣着精美图案。

朵儿一直喜爱小巧的艺术饰品，包括刺绣的、玉石的、雕刻的、手编的、针织的……喜欢将这些琳琅满目的小玩意儿贴在墙上，摆在桌上，戴在身上，吊在包上。别小瞧这些小而精致的艺术品，它更能显示一个人的可爱。这是朵儿这代青春美少女诠释美好生活的方式和态度。

朵儿被大红花轿里的饰品迷住了，想选一件饰品吊在胭脂红的迷你小手挎包上。她向女伴珍妮喊道：

"喂，珍妮，快过来，帮我选一选。"

她手里正拿着琥珀色缎面海星花左瞅右瞅，看来她已经看花眼了。拿着这个觉得那个好，拿了那个又觉得这个好，选来选去反倒拿不准主意。

珍妮在对面一爿成衣店，她选了一件宽大蜡染披风，正对着穿衣镜左扭右扭。她的男朋友，电贝斯手乔治在她身后陪着，只看着，一声不吭，像个守护神。

珍妮听到呼唤正欲转身，走在前面的吉他手彼得和贝斯手巴朗早就等得不耐烦了，吼叫起来：

"真受不了了，两位小姐，你们要折腾到什么时候？"

"乔治，你什么时候也学会小女人那腻腻歪歪的一套了，快走！"

乔治经不住同伴的埋怨，拉着珍妮的胳膊出了店门，珍妮一边跑，一边喊：

"朵儿，快点，老地方等你！"

只见那朵儿埋着头，正全身心投入着，她迷恋着面前这一堆色彩斑斓十分诱人的玩意儿，丝毫没在意珍妮的呼喊。柜台里的美妹儿笑吟吟地听凭朵儿要这要那，呵这呼那。

此时，天上下起了细雨，朵儿毫无感觉，依然全身心投入着，玩弄着，直到轿檐雨水成滴打在她身上，她才猛然抬起头，仰望天空。

这时天空一片灰色，朵儿还是一味任性挑选，结果选来选去，还是决定选最初的那个闪着光泽的缎面琥珀色海星花。

当她将钱递给轿里的小美妹儿时，天空已是一片黑沉，游人异常稀少，宽窄巷子像罩上了一层毛玻璃。放眼望不到头的石板道，除了道旁的石头狮子、黑漆老屋，就是陈旧斑驳的木门，它们在这水雾中似变幻成了一幅黑白水墨画。

雨点打在身上，她沿着深巷一路小跑。雨由点变成了线，越来越大，丝毫没有停止的迹象，她只好驻足，在一长溜深黑老屋的檐下躲雨。

这里的老屋，房檐宽大。当年建筑师一定发了善心，将廊檐伸出，方便路人遮阳躲雨，不然我难逃这场淋雨之灾。朵儿受父亲影响，心里这样想着。

再看门窗花棂，红木栏杆，厚重的木门和高高的石门槛，门槛旁的石狮子龇牙咧嘴，她恍然置身于那过往的烟雨江南。

朵儿知识没那么丰富，思想没那么复杂，她用不着去琢磨那陈旧史事。她就像一株初春含苞的芙蓉花，自由地生长着，无忧无虑地生活着。

她站在房檐下，听着雨敲打着石板的声音，看着雨垂直落下来，溅跌成四分五裂的水珠。再看那积水中央的水纹愉快地，一圈一圈，荡漾开来。

再看对面檐下墙角那长着青苔的石槽，槽内水面飘泛着圆圆的叶片和几朵淡黄、紫红、白色的睡莲。

朵儿从未像今天这样，痴痴地，细细地观雨，或者说是赏雨。

她往左右看去，这深巷成了一条水巷，秀丽而朦胧神秘而幽深。她又向上看去，两边耸立着深灰色楼墙，墙和墙之间形成了这窄窄的一道缝。

朵儿被限制在那石阶上，青绿色连衫裙的下摆也被雨水打湿了，贴在腿上，凉沁沁的。她又瞧了瞧脚上那双水红色的皮凉鞋，也浸水了。

"寒从脚起"，她这样想着，不觉打了个寒噤。

她双手搓摩着两臂，看着那条雨帘。

巷子里，偶有举伞者从她面前经过，投来一道目光。向她招呼：

"妹儿快来，你去哪儿，我举伞送你。"朵儿莞尔一笑，摇摇头表示谢绝。

在迷蒙的水雾里，她仿佛看到了一个人，那人从雨中狂奔而来，然后在对面屋檐站定，他一边抖着衣襟，一边埋怨着：

"老天啊，你漏了？还是破了？你漏了就漏了吧，可是竟还在空中擂鼓急走行军？你淋得我……唉，好一场饱雨呀！"

他一口京腔，在这狭窄巷子里。隔着雨帘，朵儿听得真切，看得真切，心里嘀咕：

这人真怪，他在对谁吼。对天撒气，怪人！

朵儿心里想着，一抬眼瞅到了那人胸前衣服上那"玛丽莲·梦露"的微笑，一愣，脑海里突然闪出来：是那个在浣花溪畔的卷发青年。

突然，四目相对，犹豫一阵后，"你……"两人几乎同时惊呼道。

卷发青年先开口。

"啊，这么巧，又见到你。怎么不带把伞？"

"你不也是没带伞吗？"

"我是路过此地，你呢？"

"看雨、听雨，还玩雨。"

朵儿调皮地说。

"好浪漫。有这样玩雨的吗？瞧你嘴唇乌青，衣裙湿透。"停了一会儿，他抬起头看了看天说：

"你们成都的雨有这样下的吗？像天上有军队打仗似的，这么大个阵势。"

"我咋觉得是老天在呼天抢地哭呐。"

"好奇怪的感受。"

"你刚才怎么说来着？你们成都？你不是成都的？"

"我去金沙讲堂听一场学术讲座，顺路感受一下昔日成都的情怀。"

"什么讲座？"朵儿没听清楚，她对"学术"这个词很感兴趣，所以她亮开嗓门问。

"就是听专家讲课，探讨知识，研究学问的报告。"

"看来你是做学问的，大知识分子哟。"

"没那么神秘，谈不上，我是戏校的，学的就是戏曲音乐。"

"戏校？北京的？初来成都？"

两个人饶有兴致，伴着雨声，聊了起来。他们相识在雨巷，一个在廊下这边，一个在廊下那边。

"你过来呀，过来说说，我对音乐也有兴趣。"朵儿呼他。

卷发青年扬手挡雨，三两大跨步，一纵身在朵儿面前立定，头上的卷发已成直发型，白净的脸上满是雨珠。

"瞧你一脸的雨水，快擦擦。"

朵儿说着，拉开手提包，抽出香纸递上去。年轻人接过香纸擦拭，笑着说：

"你瞧，今天我倒变成落汤鸡了，比起你们上次在浣花溪的那一场落水，怎么样？够狼狈吧？"

"喂，（他叫不出朵儿名字）咋这么巧，咱俩不是在水中就是在雨中，缘分不浅呀！"

"差不多。"

"你语言咋这么简洁，差不多。"

"差不多。"

朵儿又一句差不多。

这时雨变小了，不知从哪座庭院飘来了德彪西华贵典雅的乐曲。

两人走过石头房子的啤酒馆，在绿荫包围的木制厚重双开门后，飘来了悠扬的歌声，似是一首流行歌曲。歌词大意是：

> 我听见有人欢呼，有人在哭泣
> 早习惯穿梭充满诱惑的黑夜
> 但却无法忘记你的脸
> 有没有人曾告诉你，我很爱你

有没有人曾在你日记里哭泣

有没有人曾告诉你，我很在意

在意这座城市的距离

……

就是那句"无法忘记你的脸"正好道明了似曾相识。

两人静静听着，相视而笑。

这时，雨似乎又小了很多，卷发青年说：

"我们俩等雨停不知要等到什么时辰，趁这会儿雨小，我去买伞，你在这儿等着。"

卷发青年正要下台阶，这时，雨巷里突然出现了一个男生，一手打着伞，另一只手提着一把伞。他看到朵儿，跨步上了台阶：

"朵儿，走吧。"

"你怎么现在才送来？"

"雨大时你不来，雨小了你才来。"

朵儿有点生气。

"我不是来了吗。"

彼得歉疚地说。

朵儿一把从彼得手里夺过伞，噘着嘴：

"你走！"彼得呆了，看着她。

卷发青年说：

"我还是去买把伞。"

朵儿一下抓住他：

"不用，这伞咱俩用。"

"他……他是谁呀？"彼得问。

"你管不着。"朵儿回答。

彼得脸色略有恼怒，转身离去。

此时的雨不倾盆，只呈斜的线形，他们并肩共撑着一把伞，若即若离。

在狭长巷子里，他们，踏着流水，踩着青石小路前行。

毕竟小花伞遮不住斜雨。

卷发青年怕朵儿淋着，便缩小了两人间的距离。

朵儿侧转头看着他。

卷发青年说："离得近些，能暖和点。"

朵儿打了个寒噤，没有拒绝，确实有些冷，她点了点头。

青年搂着她的肩，朵儿感受到了他的温暖，似乎并不陌生。

她眸子闪闪，报以羞赧的一笑。

此时，朵儿心中似乎柔软了起来。

狂暴的雨收敛了狰狞的面目，此时的深巷像极了一幅水墨画。雨丝淅淅沥沥，很细很斯文，空灵飘逸，透着古典的韵味。

两人踩在湿漉漉的青石板上，徐行，沉默。

"你读过戴望舒的《雨巷》吗？"

青年突然问。

"读过，很美。"

青年搂着朵儿的肩，吟诵着：

"撑着油纸伞，独自
彷徨在悠长、悠长
又寂寥的雨巷
我希望逢着
一个丁香一样的
结着愁怨的姑娘
……"

朵儿内心似那被漾起的涟漪，一圈一圈，细微地波动着。

素昧平生的青年男女，在这雨巷，偶遇，相识，这诗意的画面，好似戴望舒笔下的《雨巷》迷人又彷徨。

雨停了，他们在咖啡屋前站定。朵儿说：

"进去喝杯咖啡吧，暖暖身子。"

"不了，谢谢，我还有急事。"

"好的，把手机号给我。"

他们互相交换了手机号，青年伸出手来，说："我会给你打电话的，你不会拒接吧？"朵儿笑着不直接回答，只是摇了摇头。

朵儿看着青年的背影向雨巷中走去，渐渐地，渐渐地远了。

突然，在雨巷的尽头，青年转过身，见那姑娘还站在咖啡屋那古铜色镂花门前，他拉长声音喊：

"我——叫——童——帅！你呢——？"朵儿也拉长声音

"我叫朵儿,玉——朵——儿!"

拐角,遇到浅丘书吧

夏夜,习习微风褪去白日酷热,我漫步在蓉城的马路上。

白天避暑蜗居的人们在傍晚一齐涌向街头,一时间,车流、人流沸腾在仲夏之夜。

冷淡杯、夜啤酒、串串香、烧烤铺、火锅店的生意比起白天来更加兴隆、红火。

我迈过了一茬又一茬的人群向僻静小区走去。

就在拐角处,一面明亮的玻璃橱窗吸引了我。橱窗里摆满了图书。

我一脚跨进去,看到里面有几个读者,都在静静地阅读。

书吧不大,但很有品位。

玻板小圆书桌,藤靠椅,书架上摆有玲珑小饰品,很干净,舒适。

书吧主人姓王,中等个头,看上去敦厚,和蔼可亲。

我随手在书架上选了一本书,坐在藤椅上开始阅读,小册子里有散文、诗歌,文笔不错,一下吸引了我。从艺术手法上看多受席勒、雪莱、普希金的影响。

那王老板见我看得很专注,说道:

"喜欢吗?我写的,你要买的话,我可以在书上签名,三元,你拿走。"

我抬头惊愕,他见我满脸疑惑,以为我不相信,又说:"真的,这本册子是我写的。"

我一下子对他感兴趣起来,知音难求啊!在这躁动的年月好不容易遇到一个文人,写书,还卖书。

而且最可贵的是,还有许多杂志摆在楼道,免费供大众阅读。

只是在书架上标写着,"无人守,任何人都可随便翻阅",其实就是无偿供阅。

"如果拿走,只需一元。"

我不由得对王老板产生几分敬意。

跨出门外,回头看了看门牌,上面写着:"浅丘书吧"。

你好,"浅丘书吧",我还会再来的!

出了趟远门,几年后再去,书吧不见了,听说是搬走了。

之前,那书吧就在新华公园后门大街的拐角处。

美丽的德国小镇

网上风传多伦多的德国小镇不仅风光绮丽而且咸猪手堪称绝佳美食,该信息吸引了无数人前往观光和品尝美味猪手。我们一家子也不甘落伍,星期六起了个大早,开车向小镇奔去。

天气格外晴朗,金色的太阳无比耀眼。蔚蓝色天幕映着白云,自驾着白色跑车一路向西,一条坦荡通直的大道伸向天际。

清风拂面,鬓发飞扬,房屋、树木、青草坪纷纷向身后闪去,心情无比舒畅。

望着天上的白云,不觉呼喊:美丽的云!

汽车沿着安大略湖,穿过滑铁卢大道,约两小时后到达了目的地。

时间尚早,我们漫步在绿树掩映、香气袭人、秀丽雅典的木屋旁的小道上。门前栽有白色的、米色的、玫瑰色的簇簇花丛。

这时,一阵钟声响起,那种庄严而凝重的钟声包含着岁月沧桑,似乎把我们带回了十八世纪。

循着声音,抬头见土丘上兀立着一座黑色的基督教堂,有三五教徒出入,大门洞开,厅里众徒在做祷告。

名不虚传,这个有着百年历史的德国小镇至今保持着它的习俗和民族风情。

放眼望去大片农田,青青田埂,澄澄菜花,金黄麦浪随风波浪翻飞,巨大的风车吱吱呀呀,蜿蜒的溪水汩汩作响,成熟的麦穗频频点头,似在欢迎我们的到来。真似一幅绚丽多彩的油画。

这些保留是德国上辈移民传给德国后裔的遗产,这些遗产滋养着一代又一代德裔子孙。

街道不宽,街两旁的商铺十分醒目。

我们驻足于一家工艺名品店,店内首饰、装饰品、艺术品,乖巧别致,让人爱不释手。

店内的工作人员唇红齿白，笑容可掬。

店内物品精美，环境舒适，让人很是享受。

走走瞧瞧，饥肠辘辘时，才想起此行的另一目的是品尝闻名遐迩的德国猪手，于是，抓紧去找那店堂。

店堂隔开分为几室，宾客满满。起眼一看，白种人、黄种人，而且出乎意料，居多的是华人。

热情的德国服务生，白白净净，金发碧眼。

她们个个动作敏捷，身姿矫健，急步穿堂，端盘送碗，赤膊挥洒，香汗贴额，看得食客们瞠目结舌，不觉称赞：

"好样的德裔娇娃，个个身手不凡！"

15分钟左右，美女开始上菜。

盘子上的咸猪手其实就是咸猪肘，圆圆滚滚，形状就像一个球。皮色焦黄，酥香油亮，热气腾腾还吱吱冒油。看那成色，闻那香味，少不了腌、熏、烤三道工序，加上独特香料，才能成就。

我们左手持刀，右手拿叉，向那滚圆的猪肘左右开弓。大快朵颐，果然爽口，皮酥肉嫩，醇糯鲜美，妙不可言。

瞧瞧众食客，吃相丰富：壮男子大刀阔斧，满口流油，豪吞狂嚼，痛哉快哉；小姐们褪去了平时的矜持，吃得香汗淋漓。

众人吃完表肉，舍不下那棒骨，于是放下刀叉，手持棒骨，剔那筋啃那肉，直到啃干吮净，方才罢休。

饱餐后已近黄昏，食客纷纷驱车返回。

德国小镇，不枉此行，美景美食，还算满足。意犹未尽，余味无穷……

杨超作品*

神秘不过《兰亭序》

《兰亭序》这一被称为天下第一行书的作品，其真伪千百年来被人们争论着。笔者不揣冒昧，浅谈几点看法，就教于书道同仁、方家。

一、序和诗集分离

史载，兰亭集会上王羲之邀集到场的计41人，这其中也有王羲之的儿子们。至于此后有几人真正见过《兰亭序》的真迹，那还真不好说。有一种说法是，王羲之把集会上所作的草稿带回了家，修改后正式抄写时，却找不到当时一气呵成的感觉了，又写几遍还是一样，最后把草稿留下来由后代收藏保存，交了一份正式稿。如果是这样，序和诗集应该在一起，为什么只有诗集存在却不见序作。唯一的解释就是，王羲之根本没有正式写过《兰亭序》，也没有给过《兰亭序》。这才是序和诗集没有在一起的根本原因。后人普遍认为王羲之的《兰亭序》书法很好，对诗文倒不怎么关心了解了。诗集如果正式出版了，可能会为后人留下这部珍贵的书法极品，但也有可能会在战乱中损毁或丢失。如在梁光帝的手中，14万册的珍贵书籍，毁于一旦；还有在清朝乾隆年间，大规模的焚书事件。《兰亭序》就算幸运地躲过这两次劫难，也会被后来的皇帝截留下来，私人占有，我们一般人是无法欣赏到这一书法极品的，甚至于说，到现在能不能被完整地保存下来也是未知。

二、智永与《兰亭序》

据说，这部珍贵的序作落到了王徽之后人即王羲之的第七世孙——智永和尚手里。这里面也有疑问，王羲之最有书法才华的两个儿子分别是王献之和王

---

* 杨超，男，50岁，陕西礼泉人。大专学历，自由职业，曾在总工会《职工文艺》上发表过文章，热爱文学，也发表了一些诗词。不忘初心，方得始终！

徽之。王羲之将《兰亭序》留给王徽之的时候，难道没有给王献之或其他儿子也留一幅《兰亭序》吗？按常理，他应该交给王献之保管才对。大家都知道，王徽之的性格是放荡不羁的，他怎么能将这么珍贵的书法极品保存下来呢？就算是保存了下来，但智永和尚出家后没有香火继承，才将其留给了辩才和尚。那为什么智永没有留给其他的王家人继承和收藏，却要交给外人保存呢？这仍是个不解之谜。有一点可以肯定的是，王家后人，也只有智永把祖先的书法完整化、系统化地继承和发扬了，他充分地吸收了王羲之书法技艺的精髓，写出了举世闻名的书法极品《真草千字文》。它收集了王羲之字帖的全部字体，所以说只有智永才有资格保存和继承这个书法极品。智永也是王家后人中字写得最好的，更是中国书法史上"二王"以后极好的书法大家，至今无人能超越他。

有人还说《兰亭序》是智永写的，是把王羲之的字体和《兰亭序》以及智永的《真草千字文》几种字体放在一起分析得出的结论。智永一生都在严格按照王羲之的字帖习书，他是不会自己创造一种新字体还说是祖先王羲之的字体，而且写出又按照自己的意愿增加一些新观点的文章。研究过《兰亭序》的人都知道它使用了两种不同的字体，即楷书和行书，这正是王羲之创新的新字体，前面的楷体还不是很正规，相当于我们今天的楷体，但行体却是王羲之驾轻就熟的拿手字体。也有人说了，晋代根本没有楷体存在的，但大家不要忘了王羲之的老师钟繇是写小楷的高手，保不齐王羲之就是在老师的字体上创造出了一种新字体——新楷书。智永他就是照着原文和字帖临摹了一遍，这样算来，也还是王羲之所写。要知道智永也写过不少遍《兰亭序》的，他对王羲之的字体比任何人都研究得到位。再说《兰亭序》在没有遇到李世民以前，只是一篇默默无闻的序文，连永和九年（公元353年）王羲之组织的兰亭集会，都很少有人知道。还有研究《兰亭序》文章的人说《兰亭序》前面的文章是王羲之写的，中间从"夫人之相与……"到"……悲夫"，这一段是智永添加上去的。因为按当时的环境气氛，王羲之是不会写出中间这一段悲伤的观点的。当时，和他一起出席兰亭序聚会的好友，多是信玄学的，王羲之不可能写出反对庄子观点的文章来破坏气氛，引起大家的不高兴，何况他本人也是信玄学的。我差点也觉得《兰亭序》是智永和尚写的，他前面用王羲之的文章，中间加有自己佛学的观点来反对庄老的观点，把这篇文章衔接得天衣无缝、浑然天成。再加上谁都没有见过王羲之的《兰亭序》是他自己亲自书写的，这样就没有人怀疑《兰亭序》不是王羲之写的。但事实上，《兰亭序》还真是王羲之的作品。在智永所处的年代，只发现他写过的《真草千字文》，再没有发现他写的其他文章，他怎么会冒天下之大不韪去改动祖先留下的千古奇文，那样搞不好是要落下不肖子孙的骂名的，而且他没有参加过王羲之的兰亭集会，他怎么知道王羲之写这篇序文时是怎样的心情？再说，当时有王羲之的儿子们在场，亲眼看着他写的序文。现在唯一感到遗憾的是，有诗集看不到序文了，否则是不是王羲之写的就能一目了然了。

三、《金谷诗序》和《兰亭集序》的对比

在西晋和东晋两次文人聚会中，曾有"南兰亭，北金谷"之说。随之而来的文学经典，便是《兰亭集序》与《金谷诗序》。然而，这两者间的互为因果关系，倒是十分耐人品味的。

自然，"金谷"名在先，"兰亭"声于后。西晋巨富石崇（字季伦）在洛阳郊外建造别墅，这是一座非常豪华的私家园林即"金谷园"。石崇的"穷奢极欲"与金谷园的"冠绝时辈"，在历史上都有记述。

元康六年（公元296年），石崇在金谷园举行盛宴，邀集苏绍、潘岳等30位名士，以为文酒之会。其时盛况可从石崇《思归引》中窥见一斑："登云阁，列姬姜，拊丝竹，叩宫商，宴华池，酌玉觞记述。"事后，石崇留下轰动一时的《金谷诗序》，此文存于《世说新语·品藻》。

50年后的永和九年（公元353年），书圣王羲之邀集文人雅士41人，在绍兴兰亭"流觞曲水，畅叙幽情"。南北对峙的文酒之会自是截然不同，王羲之的《兰亭集序》与石崇的《金谷诗序》恰成为鲜明的对比。作为清流的王羲之，同号为巨富的石崇，进行了一场颇为精彩的历史较量，或曰：一次后人向前辈的勇敢挑战。

据《世说形语·企羡》载："王右军得人以《兰亭集序》方《金谷诗序》，又以己敌石崇，甚有欣色。"对照两文，虽有某些相似的笔法，但其境界显然后来居上，"欣色"正是书圣的心声。王羲之不仅欣喜于兰亭能踵金谷的遗踪，而且欣喜于《兰亭集序》亦能和《金谷诗序》比美。为此，苏东坡有如下评论："兰亭之会或以比金谷，而以逸少比季伦，逸少闻之甚喜。金谷之会皆望尘之友也；季伦之于逸少，如鸥鸢之于鸿鹄。"（《东坡题跋，右军斫脍图》）

"繁华事散逐香尘。"以歌舞女乐、椒房画阁骄世的金谷园早已不知去处，奢侈荒淫的石崇亦落得被人耻笑的结局。然而，兰亭因其青山秀水，"一觞一

咏"闻名天下，《兰亭集序》亦成了千古传诵的经典杰作。

应该说，石序和王序分别代表了思想史上的两个阶段，石序代表的是魏晋时期人对生命的忧惧感，王序则代表了东晋人对这种忧惧一定程度的超越，所谓"后之视今，亦犹今之视昔"，已包含有"人生代代无穷已"的意思。它不像石崇仅看到自己在后人之前的悲哀，而是由后人又看到了后人之后的时代。人生就是这样一个生死交替循环不已的过程，所以"一死生""齐彭殇"都是虚妄的。王羲之这样的生命观具有很明显的哲学意味，也是他"仰观宇宙之大，俯察品类之盛"而得到的启悟。

四、苏东坡和《兰亭序》

苏轼在其《苏轼文集》卷六十九·题跋·书摹本兰亭后谈了一些观点。

《兰亭序》在骈文、赋文兴盛的当时，是一篇很秀美的散文。它没有被收入萧统的《昭明文选》，有人就感到奇怪。实际上文选嘛，就有可能选或不选。文选的编选人自己作的《文选序》就所选之文已经定了选文的标准："事出于沉思，义归于翰藻。"右军醉后放笔直书，当然不够"沉思"。临时为修禊雅集拟一篇序文草稿，也不用排比夸张，所以也没有刻意显示翰藻。《兰亭序》不见于文选是很正常的。鲁迅有段话，大意是说，选集是选家的眼光，而不是作者的特色。但就有为之寻找原因者。如说"丝竹管弦"是字句重复，反驳的人就说班氏《汉书》有这句话；又说"天朗气清"是"春似秋令"，辩护的人说，"春多气昏，是日天气清朗，故可书"，杜诗还有"六日风日冷"的句子呢。至于东坡所说的十五行"曾不知老之将至"，误作"僧"，则是东坡先生自己搞错了。否则，《兰亭序》就不是三百二十四字而是三百二十五字了。今传世兰亭唐摹善本、冯承素本及所谓虞、褚摹本，都没有"曾"或"僧"字。定武兰亭善拓本有"僧"字，晚拓者单人偏旁残而模糊，似只剩一个"曾"字。于是人们就把它当作文中的漏字旁添字，念作"曾不知老之将至"了。其实，有的刻本上，不仅有僧字，其上方还有一"察"字，如薛绍彭本。薛氏刻的是唐硬黄本，就是说也是唐摹善本。这是什么意思呢？有"僧"字的表示原底本曾有南朝梁时人徐僧权的"押署"，或称押字。有"察"字的说明原底上有隋代姚察的押字。这些字，有的摹榻者不摹，如今传世的冯承素本、陈鉴本和所谓的虞、褚摹本等。有的就摹了，刻石传拓，时间久了，僧字少了单立人，竟连大文豪东坡先生也上当。还有一种可能，这些字是后加的，目的是表示曾经名鉴赏家寓目。

由此也可见兰亭问题的复杂。

五、《临河序》和《兰亭序》的比较

《兰亭序》

永和九年，岁在癸丑，暮春之初，会于会稽山阴之兰亭，修禊事也。群贤毕至，少长咸集。此地有崇山峻岭，茂林修竹；又有清流激湍，映带左右，引以为流觞曲水，列坐其次。虽无丝竹管弦之盛，一觞一咏，亦足以畅叙幽情。是日也，天朗气清，惠风和畅，仰观宇宙之大，俯察品类之盛，所以游目骋怀，足以极视听之娱，信可乐也。夫人之相与，俯仰一世，或取诸怀抱，晤言一室之内；或因寄所托，放浪形骸之外。虽趣舍万殊，静躁不同，当其欣于所遇，暂得于己，快然自足，不知老之将至。及其所之既倦，情随事迁，感慨系之矣。向之所欣，俯仰之间，已为陈迹，犹不能不以之兴怀。况修短随化，终期于尽。古人云："死生亦大矣。"岂不痛哉！每览昔人兴感之由，若合一契，未尝不临文嗟悼，不能喻之于怀。固知一死生为虚诞，齐彭殇为妄作。后之视今，亦犹今之视昔。悲夫！故列叙时人，录其所述，虽世殊事异，所以兴怀，其致一也。后之览者，亦将有感于斯文。

《临河序》

永和九年，岁在癸丑，暮春之初，会于会稽山阴之兰亭，修禊事也。群贤毕至，少长咸集。此地有崇山峻岭，茂林修竹，又有清流急湍，映带左右。引以为流觞曲水，列坐其次。是日也，天朗气清，惠风和畅，娱目骋怀，信可乐也。虽无丝竹管弦之盛，一觞一咏亦足以畅叙幽情矣。故列叙时人，录其所述。右将军司马太原孙丞公等二十六人，赋诗如左。前余姚令会稽谢胜等十五人，不能赋诗，罚酒各三斗。

《兰亭序》与《临河序》相较，主要有两点不同：
1. 文中，增"夫人之相与"以下述王羲之情怀襟抱之 167 字；
2. 文末，无"右将军司马太原孙丞公等二十六人"以下 40 字。
此外，文中有两处改易，语序亦略有不同。《兰亭序》，唐人方见著录。是

《世说》注删改增补《兰亭序》而为《临河序》，还是后人扩充移易《临河序》而成《兰亭序》？上述两个基本事实引发之连环疑案，扑朔迷离，延续千年，真伪难辨。

六、考古界与《兰亭序》

1965年，著名历史学家郭沫若却石破天惊地提出："《兰亭序》并非王羲之所写！"此言一出，学术界一片震惊，作为史学界泰斗的郭沫若何出此言呢？原来，一切都因为南京出土的两块墓志。

南京作为六朝古都，城郊附近遍布着许多六朝世家的家族墓地。"旧时王谢堂前燕"里的"王谢"两大家族的墓地，就在其中。"王"指的是东晋书法家王羲之的家族，"谢"指的是东晋宰相谢安的家族。1965年1月19日，《王兴之夫妇墓志》出土于南京市燕子矶人台山。据专家考证，王兴之是王羲之的堂弟，比王羲之小三岁，两个人还曾经在一起共过事。1964年9月10日，《谢鲲墓志》出土于南京中华门外戚家山的一座残墓中。专家考证，谢鲲是谢安的伯父，东晋初年的名士。他的墓志立于公元323年11月。墓志长60厘米，宽16.5厘米，厚11厘米，质地为花岗石。王谢家族的这两块墓志相继出土后，很快引起了史学界泰斗郭沫若的注意。他把两块墓志与王羲之的《兰亭序》反复对比，结合自己多年的研究经验，提出了一个令人震惊的论断：《兰亭序》根本不是王羲之所写的。

郭沫若，原名郭开贞，出生于四川省乐山市观娥乡沙湾镇，现代著名文学家和历史学家。他学识渊博，喜欢立一家新说，做史学上的翻案文章，如为曹操、武则天等历史人物翻案等。1965年6月，他看到王谢家族出土的两块墓志后，经过研究论证，很快撰写出《由王谢墓志的出土论到〈兰亭序〉的真伪》一文。文章在《文物》杂志上发表后，被《光明日报》连载。在这篇长达两万多字的论著中，郭沫若提出了一个大胆论断：被称为"天下第一行书"的《兰亭序》并非王羲之所写，而是王羲之第七代孙——智永和尚伪造的。此论一出，立即在学术界引起震动。然而因为郭沫若在史学界的地位，很多专家不同意郭沫若的论断，却缺乏公开撰文与郭沫若论争的勇气。只有江苏省文史馆的馆员高二适写了一篇《〈兰亭序〉的真伪驳议》，文中引证大量文献和法帖资料，针锋相对地提出："《兰亭序》为王羲之所作是不可更易的铁案。"

高二适，江苏东台人，他擅长草书，其书法狂放恣肆，自具一格。性情耿直的高二适，写出批驳郭沫若论点的文章后，便把文章寄给了《光明日报》，谁知稿件却被退了回来。

郭沫若约见了《光明日报》的总编辑，建议在报纸上组织讨论。很快，高二适的《〈兰亭序〉的真伪驳议》于 1965 年 7 月 23 日在《光明日报》的"兰亭论辩"栏目见报。这篇与郭沫若唱"对台戏"的文章发表后，立即在学术界引起一场激烈的"兰亭论辩"。短短半年时间，全国各报刊上发表的论辩文章有几十篇之多。支持郭文观点的有著名学者启功、赵万里、史树青等人；支持高二适观点的有唐风、严北溟、商承祚等人。如今，高二适和郭沫若两位学者都已作古了。他们当年的那场"兰亭论辩"，因为谁也无法说服谁，到今天也没有一个确定的结果。那么，《兰亭序》是真是假？论辩的双方，又是谁对谁错呢？事实上，郭沫若并非第一个怀疑《兰亭序》真假的学者。清代乾隆年间，就有一位名叫赵魏的学者首先提出，王羲之的字不可能像《兰亭序》那样，应该更有古意一些。到清朝末年，广东书画家李文田对此也心存疑问。李文田认为，古人评价王羲之，说他"龙跳天门，虎卧凤阙，铁画银钩"，《兰亭序》如果是王羲之的真迹，应该像"虎卧凤阙"那样古拙才对，但你看《兰亭序》的书法，那么儒雅漂亮，哪里找得到那样的影子？

千余年来，人们对《兰亭序》的真假存有疑问。清代赵魏和李文田的疑虑，在当时也未引起人们的注意。可是在 1965 年，郭沫若从南京出土的王家族墓志发现，上面的字体非常古拙，有浓厚的隶书笔意，与同时代创作的《兰亭序》的行书笔意大不相同，他立刻想起了赵魏和李文田对《兰亭序》真假的怀疑。经过一番研究，郭沫若认为"天下的晋书都必然是隶书"，由此他大胆得出结论："行书《兰亭序》，既不是王羲之的原文，更不是王羲之的笔迹。"在这个基础上，郭沫若进一步推论：《兰亭序》的文章和墨迹，都是王羲之的第七代孙智永和尚写的稿本。

可又有专家分析，郭沫若的论点不够严谨。例如，他把晋朝墓志和石碑上的字跟手稿里的字体相对比，这种比法是行不通的。因为古人写正式文字，用的是正式书体，而手稿里的字，隶书的笔意可能相对就会少一些，甚至没有，所以他比较的对象就不对。另外，他大胆怀疑《兰亭序》是智永伪造的，也是毫无根据的推断。然而，郭沫若的思路并非完全不对，按照他的论述，把《兰亭序》和王羲之的其他行书作品放在一起比较，就会看到郭沫若所说的"笔意字体上的截然不同"。从王羲之存世的行书作品中，找到一些公认的、比较可靠的王羲之真迹，如《丧乱帖》《孔侍中帖》和《平安秋载奉橘帖》等，把这些书法与《兰亭序》放在一起比较，稍有书法常识的人都可以看出它们在味道和风格上的不同特点。所以《兰亭序》并非不可怀疑，这个问题还可以被继续研究下去，只不过应该换一个角度。

轰动一时的"兰亭论辩"，虽然并没有分出谁对谁错，却为学术界带来了百家争鸣的新气象。

七、李世民与《兰亭序》

在《兰亭序》的故事里，李世民是《兰亭序》的创始者，也是王羲之的铁杆粉丝。他在位时收集了王羲之的一千多幅字帖，最传世的就是这幅《兰亭序》了。他把《兰亭序》命名为"天下第一行书"。在他的政治干涉下，让唐初四大家里的虞世南、褚遂良、欧阳询三大顶尖书法家临摹数幅字帖送给他的儿子们和诸位大臣，又让当代拓帖高手冯承素、赵摸等人拓写了数幅送给臣僚。从此，王羲之字帖里的一幅默默无闻的普通字帖成了闻名天下的政治字帖，风头盖住了王羲之的任何一幅字帖。在他的政治宣传下，之后的历代帝王纷纷仿效，对《兰亭序》进行了大肆宣传，再加上之后历代书法大家的书写和文人们的政治配合，即使有人觉得这不是王羲之最好的字帖，也不敢站出来公开反对了。总之一句话，是李世民骗了大家，因皇上的喜好，后人的崇上心理，人们认为这是天下第一行书字帖，真帖却被他带进昭陵陵墓了。也有一种说法，他的儿子没有按照他的遗嘱将《兰亭序》放进昭陵，而是放进了乾陵，因为唐高宗李治也是王羲之迷，他的字比他爸写得好得多，他把这幅传世字帖带进了历史上唯一一个合葬皇帝陵墓。具体现在到底在哪儿，谁也说不清楚。

八、天下第一自由体——楷行体

《兰亭序》初稿，王羲之首次采用了两种不同的字体书写。从智永以后再无一人用两种字体书写字帖或文章。在两晋北魏以隶体书法为主的时代，敢用一种类似于我们今天书写的楷体和很为正规的行体（笔画清楚、字体秀丽飘洒、笔力透纸背的新字体），由此不能不佩服他的胆识过人，同时，又体现出他对这次兰亭集会的用心良苦。这也和他高尚的人品有关，他希望通过这次兰亭集会来唤醒大家的忧患意识，来关心国家摇摇欲坠的命运，提醒批评当时文人流行的"不知老之将至"的精神境界，揭示"一死生""齐彭殇"都是虚妄自然规律，让大家有一种积极的人生观。虽然这次兰亭集会失败了，但是它创造了很多历史上的第一，为后人在书写字帖上指明了一个方向，在书写字帖时可以用两种不同的字帖，例如，智永和尚的《真草千字文》，后人也可以用行草和楷草等，或两种以上的字帖书写。

根据史实，当年聚会完，王羲之把《兰亭序》初稿带回了家，第二天酒醒后进行修改，发现"夫人之相与……悲夫"这一段不合时宜的悲观论不适合和诗集放在一起，就把这一段去掉了，增补了后面的一小段，成了最终定稿的《临河序》。作为诗序，它的这些内容已足够了，没有必要再增加后面那些悲伤的观点。可惜的是《临河序》和诗集原稿一起失踪了，幸好序和诗集的内容没有丢失，今天还能看到，要不王羲之牵头的永和九年的这次兰亭集会活动将会无人知晓。找不到《临河序》正稿手稿不要紧，现在的《兰亭序》初稿依然会让它成为书法历史上一颗璀璨的明珠。《兰亭序》草稿是一篇架构独特、用词藻丽的精美散文，也是后人在字体上难以逾越的书法极品，是后世书法爱好者研究书法的不竭之源。

组字兰亭序

九年永和初，暮春岁癸丑。会稽山阴有少长咸集，其次列坐群会于兰亭。修禊述事毕。随录感怀悲夫之事，当列叙时人品类于之兴怀，觞咏一一之斯文也。

悟言趣舍诸怀抱，欣趣不同于异时。虽向之骋怀不在一室之内，亦信不妄作于万殊。是夫人之相遇，或为畅叙幽情之一世，或因静躁寄托之一生，足以快然畅娱之外也。

俯仰宇宙之大能可乐，怀察天地之极能视听。目游峻岭山崇引曲水之流觞，虽有清流左右，映以修竹茂林，亦无管弦丝竹之盛，固知闲情暂得不为，形骸放浪向之所倦。陈迹此故事随情迁，气清之天朗，惠风之和畅，所以是日同乐也。

嗟悼一死不能喻之于怀，人之老时岂有修短随化，终期亦有所至，不知死生即将于尽矣。古人不知彭殇，今人知之虚诞亦有不痛哉！临文斯作一契，后人每览其作之由，犹不感怀齐致不一也。

牟季雨作品[*]

我们见证了飞航导弹的腾飞

1965 年，我从北京大学毕业之后，非常幸运，被分配到航天三院，生活在一群艰苦创业、勇于创新、无私奉献、睿智聪慧、披荆斩棘的飞航人中间，亲眼所见，亲耳所闻，经历了太多感人的事，一篇文章无法把它们全部反映出来。现在，我只记述一件事：我见到的一次打靶飞行试验。

20 世纪 90 年代中期，我们乘车行进在辽东半岛上，穿山洞过山崖，进入了一个三面环山一面临海的海湾，飞航导弹试验基地就设在这里。旁边是甲午海战的战场，国防科研人员将在此一雪国耻，重塑军魂。

发射阵地设在一块突出的山崖边上，水泥掩体的前面架起了发射架，导弹已经装进了发射筒，数百米以外，是海军绿色的指挥车，其后是一排试验车。我在试验队员中发现了一个熟悉的身影——飞航导弹专家朱绍箕，他的团队研制的重要部件，被安装在这一飞航弹上，他们坚韧不拔，千锤百炼，对这个部件倾注了心血和汗水，这次将再一次验证它的成功，他的激动可想而知。

我们是老熟人，我与朱绍箕，一个是文科生，一个是理科生，但是有许多共同点，我们毕业的时间大致相同，我就读于北京大学；他就读于哈尔滨工程大学。1965 年前后，我北大毕业，他哈军工毕业，我们被分到了航天三院的同一个研究所——老一辈的无产阶级革命家倾情关心的国防科研部门。他是哈尔滨工程大学的高才生，他最早以他的专业知识，用于型号研制，初试锋芒，初战告捷。我成为一个政工干部服务于国防科研部门。正当我们即将大显身手的时候，"文革"来了，航天部的前身七机部的两派斗争如火如荼，七机部的青年知识分子被送到原济南军区军垦农场锻炼，我与朱绍箕又被分到同一个连队，成了军垦战友。我们在山东胶州湾一道战天斗地，在盐碱地上种小麦，用独轮

---

[*] 牟季雨，1940 年出生于贵州省贵阳市，1965 年毕业于北京大学中文系，后就职于航天三院。研究员级高级政工师，航天三院优秀政工干部，荣立三等功，现已退休。勤奋写作，笔耕不辍。

车拉大白菜，在沂蒙山中野营拉练。"文革"结束，我们又一道回到三院。为了夺回失去的时间，我们在不同的岗位上努力工作着。朱绍箕如鱼得水，他的聪明才智得以充分发挥，取得了丰硕的科研成果，成了研究员，副总设计师，航天学会、宇航协会会员。我的成绩亦不俗，成了研究员级高级政工师，优秀政工干部。我们的命运同国防科研事业紧紧联系在一起。此时，我们选择站在发射阵地后面的一个山坡制高点上，等待导弹腾飞的那一刻。

在发射现场，我们还发现一件令人感动的事：站在我们旁边的，还有一个女助理工程师，为了工作需要，她带着保姆和她刚出生四个月的婴儿，参加了靶试。她负责的部件离不开她，她恪尽职守，尽心尽力地完成她承担的任务，她和她的孩子同飞航导弹一道成长！而我们自己，难道不也是同国防科研事业一道成长吗！

海军战士持枪守卫在发射阵地，飞行打靶试验在有条不紊地准备着。此时，风平浪静，天气晴朗，阳光照射在海面上，像一片碎银，掀动着细浪涟漪。下午2点30分，五艘海军舰艇驶出港湾，它们在做最后的搜索，封锁住海疆。指挥员下达了90分钟准备的命令，离发射还有15分钟，两名海军战士登上掩体，测试风速。试验队员、海军指战员全部撤离了现场。掩体里只留下一名操作手，4点整，一声巨响，飞航导弹腾空而起，弹尾喷出炽热的火焰，以巨大的推力，将导弹推向征程，在两三秒钟内，喷火的火箭像一条腾飞的火龙腾空飞去，直至变成了一个亮点，钻进了海天之间，后面留下了先是弧形然后是拉直的一条细细的白线，直至看不见。经过测试，新型号飞航导弹完全符合设计要求，发射成功！这完全可以告慰老一辈无产阶级革命家，他们关心的国防科研事业又取得了一个丰硕的成果！

山谷中，一片欢腾，这激动人心的一幕永远铭记在大家心里！

这次打靶飞行试验只是无数次打靶飞行试验中的一次。航天三院研制的飞航导弹获得了国家的各种重要奖项，直到最高奖。它们参加了天安门、朱日和的大阅兵，壮国威，壮军威。它们已经装备部队，保卫国防，保卫海疆，保卫我们的中华人民共和国。它们是在未来战争中克敌制胜的法宝，令敌人闻风丧胆的撒手锏！而那令人悲愤的甲午战败的历史将一去不复返！

风雨镇岗塔

我为什么如此关注镇岗塔?

因为它与广安门天宁寺塔齐名,通高18米,九级密檐式砖砌实心塔,闻名全国。它建于辽金时代,距今已有800多年历史,它经历了洪水、瘟疫、战火的考验,历经数百年,依然挺立在云岗的山岗上,充满了历史的沧桑感。

同时,还因为它与我们航天三院相邻,隔着一条镇岗塔路,对面就是我们三院的家属院:"静欣苑""塔苑"和塔西公园。它见证了全新的科研基地,从无到有、从小到大的全过程,飞航导弹事业从这里腾飞!

我已经记不清楚,有多少次寻访镇岗塔了。最早的一次,是在40多年前,我刚到三院不久,正值三院初建时期,我在塔下举目一望,四周一片荒凉,杂草丛生,碎石遍地。镇岗塔虽然依然高大魁梧,但塔底一角的塔砖已经脱落,亟待修复,塔体中段屋檐下长出了青草,更增加了镇岗塔的冷清与孤寂。

沧海桑田。几十年过去,镇岗塔以全新的面貌出现在我们的面前。最近一次,我沿着镇岗塔路北上,透过宿舍楼院墙的绿树,可以看到塔尖。镇岗塔路上,小车、公交车、摩托车川流不息。到达山顶,镇岗塔经过维修清洗,焕然一新。塔前,用水泥铺出了一块场地,四周构筑了矮矮的院墙。塔旁,植有一株弓字形的松树,显然是后来移植的,这就为镇岗塔锦上添花,更增加了它的美感。塔周边的护栏上,挂满了五彩缤纷的经文。塔底,供奉着观音、王母、罗汉等泥塑。香烟袅袅,春意盎然。镇岗塔凤凰涅槃,重新焕发了青春。

镇岗塔见证了我们航天三院发展壮大的全过程。我们三院人在这片荒芜之地,白手起家,经过了几十年的艰苦奋斗,建立起了世界一流的国防科研基地。三院人研制的hy-2号导弹,在海湾战争中,一战成名,扬威海外。yj-62、yj-82、c802等大家族导弹,已经成为多种型号的大家族,超音速,超低空,抗干扰,陆地、空中、水下发射,硕果累累,获得了国家的各种重要奖项,直到最高奖。它们参加了天安门、朱日和的大阅兵,壮国威,壮军威。它们已经装备部队,保卫国防,保卫海疆,保卫人民的安宁。

为什么会取得这样骄人的成绩?是因为这里有一群勇于创新、无私奉献、睿智聪慧、披荆斩棘的飞航人,他们体现了一种难能可贵的"飞航精神"。这样的飞航人数不胜数，俯拾皆是。我只举出一个例子，一个老战士的美好心灵，这个老战士，普普通通，却具有传奇色彩。他叫李文彪。

1946年，年仅21岁的农村青年李文彪参加了东北人民解放军，随即参加了四平战役，拉锯战、攻防战，异常惨烈。到处是断墙残垣，四周是密集的枪声、震耳欲聋的炮声。同他一起参军的23名同乡战友都牺牲了，他幸存了下来。新中国成立后，他又参加了抗美援朝战争，转战在敌人狂轰滥炸的山沟里。他是一个不怕牺牲、坚韧不拔的老战士，先后11次立功受奖，在部队时就是模范党员。19世纪60年代，他转业来到航天三院558厂（现为33所），因文化水平比较低，干不了技术工作，组织上就把他分到管理科食堂当了一名管理员。从此，他蹬上了一辆三轮车，每天都往返于菜站、粮店、工厂之间，将数百斤的粮食蔬菜运到食堂。当时正值"文革"，不管外面情况如何，他都坚守岗位，全心全意为那些坚持工作的科研人员服务。几十年过去，他的几个孩子也已长大成人。我在这里也不是叙述他的全部事迹，而是叙述他与亲人之间，如何相互理解、相互关心，去全身心投入工作的。

心灵感应，薪火相传。李文彪能把身心献给工作，还因为他有一个通情达理的好妻子和三个懂事的好孩子。节假日，全家团聚，管理员李文彪却经常在食堂忙公家的事，孩子们都理解他。小女儿最知道心疼她的父亲，为了让父亲有更多的时间为大伙工作，她和母亲主动承担家务，从来不多牵扯父亲的精力。看到父亲为了解决科研人员下班回家吃菜难的问题，做熟食，冒着风雪进城拉猪下水，穿着水靴，把脚都冻坏了，她特别心疼，买来棉袜子送给父亲。东西虽小，却使李文彪感到分外温暖。女儿扁桃体发炎，住进了医院，手术前她非常想念父亲，就偷偷从医院里溜出来，到食堂去看父亲，可是父亲已经蹬着三轮车到外面买菜去了，没有见着，她只好又回到医院。住院过程中，全是两个哥哥送饭，直到手术结束，女儿才见到前来看望自己的父亲。她理解她的父亲，从未有过怨言。住院之前，她曾经看到上了年岁的父亲，吃力地蹬着三轮车从菜场出来，她十分震撼。父亲的头上添了白发，脸上添了皱纹，父亲为了崇高的事业，蹬三轮车，一蹬就是十几年。他不为名不为利，不计较工资级别，不图享受安逸，他为儿女们树立了好榜样，儿女们要好好向他学习，像他那样，立志做一个全心全意为人民服务的人。女儿想到这里，马上赶上前去，帮助父亲推车，一直把车推到食堂。这两代人的足迹，通过车辙，紧紧重合在一起。

在他和他的亲人们身上，同样体现出飞航人身上那颗跳动着的、火热的、赤诚的、美好的心灵。当时我在33所组织科工作，他的事迹深深打动了我，我经过深入的采访，首先写出《李文彪先进事迹材料》，此材料在1983年全院年终总结表彰大会上被宣读，全场凝神静听，引起共鸣，反映强烈，深深地打动了大家的心。随后，我将李文彪的事迹写成报道文学《为了国防现代化》刊登在《海鹰》杂志上，后来，被收入《"海鹰"优秀文学作品选》。由于材料生动翔实，弥补了李文彪的不善言辞，这可能是李文彪随后被评为"航天部劳动模范"的因素之一。一天，李文彪通过多方打听，了解了我的住址，敲响了我的房门，他给我送上了一个用废旧材料尼龙条编织的小筐，对我表示感谢。这小筐可能微不足道，虽然不值钱，但是编织精心，意义非凡，所以我欣然收下。这又是飞航人之间一次心灵的碰撞，我也在思考这样一个问题：为什么如此认真地宣传他？其实，这是人之常情：饮水思源，喝水不忘打井人。正是像李文彪那样千千万万的革命老战士不怕流血牺牲，英勇奋战，才创建了新中国。他们是新中国的缔造者、保卫者。有了他们才有我们今天安定幸福的生活。前人栽树后人乘凉。我们一定不要忘记他们，一定要将他们的事迹记录下来，让更多的人知道。所以我才如此认真地记录他，宣传他。这是飞航人之间的一次心灵交流，他用真情打动了我，我用真情来回报他。真情无价。我收下了他送我的小筐，我把它挂在自行车的车把上，走街串巷，购买蔬菜和生活用品，时时记着李文彪那一片真情！

他只是"飞航人"精神风貌的一个缩影。

在这里工作的有白发苍苍的老科学家，有在革命战争时期累建奇功的老战士，有源源不断进来的风华正茂的大学生。这些大学生在航天事业奠基人钱学森、梁守槃等人的带领下，成了一流的飞航导弹专家。

奋战在镇岗塔旁边的这样一群"飞航人"，他们都有一个共同的特点：他们怀抱着中华民族伟大复兴的远大理想，以富国强兵为己任，为了国防现代化，为了我们的子孙后代不再受外敌入侵的欺凌，足踏实地，不畏艰险，披荆斩棘，在这片荒芜之地，创建科研基地，开辟出了一片崭新的事业。

他们勇于拼搏，锐意进取，无私奉献，鞠躬尽瘁，死而后已，取得了一系列骄人的成绩。他们体现了一种难能可贵的"飞航精神"，飞航精神一如航天传统精神一样，是极宝贵的精神财富，我们要永远发扬下去。

镇岗塔见证了飞航导弹事业的创建成长，壮大腾飞。镇岗塔由盛到衰，再由衰到盛，是我们国家经济建设发展历程的再现。镇岗塔历经数百年，巍然屹立。"航天传统精神""飞航精神"，犹如镇岗塔那样，铁骨铮铮，顶天立地，气壮山河！这似乎是它们共同的地方，我为什么关注镇岗塔，这就是答案！

名不见经传的飞航女专家

有这样一个已故的女科研人员，她名不见经传，除了她的同事和家人，很少有人知道她。她生前默默无闻，当时未能拍下她工作的照片，而航天画家周齐国先生的画作《新世纪》却体现了这一代女科技人员的神韵，笔者姑且用这画作来代表她。她就是航天科工三院某所飞航女专家胡宝环，她虽然默默无闻，但她无私忘我、呕心沥血的拼搏精神，却感人至深。

上面说过，知道她事迹的人不多，可是我是为数不多的知道她工作情况的人之一。20世纪80年代初，我在她所在的研究所组织科工作，了解到了她的工作情况。后来，20世纪90年代后期，某型号飞航导弹打靶飞行试验，我来到试验基地，对她进行了采访，对她有了进一步的了解。

20世纪90年代的这次打靶飞行试验，非常重要，非常关键。她负责研制此型号导弹其中的一个重要部件。在试验基地，我同她进行了多次交谈，我了解到：这攻关的关键时刻，正好赶上他们研究所评"正高级"职称，之前，她已申报了三次，种种原因，没有评上。这次是第四次申报。众所周知，评职称对科研人员来说太重要了，关系着对她科研学术水平的评价，同时又与工作、生活待遇挂钩，所以大家对此都非常看重。是留下在研究所评职称，还是上基地参试，颇费思量。可是根植于胡宝环心灵深处的想法仍然是"**任务重于生命**"！所以她最后决定还是把自己的申报材料交给同事，由同事代表她拿到评审会上去念；自己整理行装，仍然上试验基地参试。

在试验基地，整个导弹已经按系统拆开，她带着几个青年同志对自己负责的部件进行测试，这个部件，她参与研制了二十余年，披荆斩棘，辛苦备尝。早期，她负责的部件曾被用于某型号导弹上，此型号打自控弹取得了成功，打自导弹却出了问题，问题可能出在她负责的部件上，其他参试人员已经撤离了，只留下她和另一个科研人员，压力之大，可想而知。她将图纸摊开，认真查找原因，最终找出了症结所在，为下一次的成功创造了条件。

她说："在研制的紧张时刻，脑子里想的都是型号，回到家里，老头（老伴）孩子说什么，都搞不清。白天在试验室，全身心搞试验，晚上在家写技术报告直到深夜，长年如此，没有节假日。这种工作日记，写了好几本，都是从试验中探索出来的重要资料和体验。"一次在加班加点的时候，她老头出差了没有在家，两个孩子正在发烧，她给他们吃了退烧药，将他们带到办公室，一边照看孩子，一边装配调试，争分夺秒，连续作战，最后终于完成了任务。

此次打靶飞行试验，正在认真准备，她说："几十年来，这个部件，用在多个型号上，都取得了成功。这一次成功的把握也比较大，但是绝对不能掉以轻心！"她全神贯注地进行调试。同时，为了让科研事业后继有人，她还手把手指导旁边的青年同志，不仅把理论知识传授给他们，而且把自己操作的实际经验毫不保留地教给他们，使他们尽快成长起来。看着她单薄的身子，学而不厌、诲人不倦的面容，我被深深打动了，后来我提前回到三院，在《海鹰报》上撰文，报道她是如何培养青年人的。

此次打靶飞行试验，在全体参试人员的努力下取得了成功。

某型号飞航导弹研制成功，荣获国家各种科技成果奖、特等奖。装备部队，壮国威，壮军威。同时军贸出口，为国家创造了可观的经济效益。出口海外，按照惯例不仅出口产品，还帮他们学习技术，前往相关国家，帮助他们培训工程技术人员。胡宝环就是专家组的成员之一，她虽然是一个女同志，但巾帼不让须眉，她全力以赴，认真负责地培训外国学员，她有扎实的理论知识，有纯熟的实践经验，汉语、英语、阿拉伯语、手势一起上，慢慢地将他们教会，使他们逐渐掌握了相关的技术要领。她的亲切、执着，使外国学员非常感动。在培训结业的时候，他们暗地里商量：赠送一件有意义的礼物给这个中国女专家。结果学员们赠送给她一副"鸡心"项链，"鸡心"上镌刻着一个"h"（胡的缩写），真情实感，弥足珍贵！

完成任务凯旋后，她又全身心地扑到科研生产中，可是不久，癌症夺去了胡宝环的生命，听到她病逝的噩耗，我再一次感到震惊，再一次感到痛惜！我们痛失了一名飞航导弹女专家！

过了一段时间，对于她是否被评为了研究员，我仍然很关心，我终于了解到：在她缺席的情况下，她被评为研究员。这令我很感动，虽然生前的她默默无闻，但是她的无私奉献精神永远活在我们心里！

宫贺作品*

解 封

你是不是有喜欢的人，但那人不是我。

听到这句话，李丝心里颤了一下，该怎么回答，该怎么办，继续装傻还是不再骗她，也不再骗自己。李丝关掉了聊天框，继续着自己的工作，心想：瞒不过去了……

两天后，李丝在工作会议上见到了冉璇，他还是像往常一样，没有看向她，给外人展示着两人丝毫不熟的样子。他正常地谈笑着，她一如既往地坐在会议室的角落，沉默着，会议正常进行，结束。两人没有丝毫交流，哪怕是眼神。

好累啊，躺在床上的李丝久久不能入睡，心里突然想起了冉璇，他起身走向阳台，抬头望着那一轮明月，好像月光照在他的心里似的。纠结再三，他给冉璇发了消息：我错了，我们和好吧。

没过多久，李丝收到了冉璇的消息：为什么，为什么你总是在我要放弃你的时候来找我，我已经有男朋友了。李丝看到这里，已经完全忽略她有男朋友的客观事实了，一心只想她回到自己身边来。他开始发疯了，胡言乱语着。整整一晚上……

第二天，冉璇醒来，发现那"99+"的消息时，忍不住心疼了起来，一晚上没睡，他肯定又难受了。边想安慰他，想跟他在一起，一边又想现在的男朋友怎么办呢？冉璇纠结了起来。看到李丝的那条约会信息，她犹豫了，真的想去，但还是不能去，毕竟自己已经有男朋友了，最后只能找了个工作的理由搪塞了他。

"公司最近正在筹备一个大的项目，冉璇、李丝，你们俩负责一下。"主管的话让两人都惊了一下，不同的是，李丝心里是高兴，而冉璇是纠结。一次一次的例行会议，李丝无时无刻不在找机会接近冉璇，但他还是会怕别人知道，

---

* 宫贺，男，21岁。汉族，大学本科在读，爱好阅读写作，对文字感情和创作敏感，善于发现文字中的哲学。

甚至怕别人看见。为什么？李丝自己也没有答案，他觉得只是单纯地不想让别人看见而已。项目照常进行着，这天，两人加班到了很晚，李丝提出要送冉璇回家，但冉璇说，有人来接她。李丝明白，是她的男朋友。临走前，因为工作未完成，李丝便将自己的手机给了冉璇："密码你生日，资料你先看，我晚上也不用手机。"冉璇虽很想拒绝，但因为工作，只好将李丝的手机带回了家。没有人知道李丝没有手机的窘境，没有手机的无助，他好像在快餐店里失去了点餐资格，无助地坐在那里。想点点儿什么，但摸了摸兜，没有手机的尴尬，使他只能尴尬地对服务员笑笑。

第二天中午，李丝拿回自己的手机后，突然看到了曾经追求过一周的女孩发的消息，他点开聊天记录看了看，惊诧地猜着，这些记录不会被冉璇看到了吧，看到了我就完了。于是，他开始删除手机上有关其他女孩的痕迹，装作无事发生，并安慰自己，自己从来都是只爱冉璇的。但是，快餐店老板告诉他，不带手机想点餐吃饭，是不可能的，想吃霸王餐，要付出代价的。

"快快快，传球啊，李丝。"篮球场上李丝心不在焉的状态让队友们很是不满。休息期间，球友们都来问他："怎么了，李丝，你平时不这样啊，出啥事了吗？"李丝敷衍地回答道："我能有啥事。"眼睛却盯着手机屏幕。那是冉璇发来的消息，很长，很正式。

  李丝，可能我们这次真的是错过了吧，以前的我，总会幻想我们两个在一起后会是什么样子，遇到你，我可以光明正大地去找你，抱你，而不是比陌生人还陌生人。我常常百思不得其解，我就那么拿不出手，那么见不得人吗？我们之间的联系也总是断断续续的，我不敢问，我怕与你连朋友都做不成，我很开心那晚你能来找我，因为我终于等到这一天了，两年多来，我幻想过无数个夜晚，真的有种梦想成真的感觉。

看到这些，李丝心里触动了一下，他没想到冉璇的反应会如此剧烈，他有点怀疑，冉璇真的有这么喜欢自己？我这种人真的会有人喜欢吗？手机又响了……

  李丝，以前的我真的好喜欢好喜欢你，我每天都在等着你那句，做我女朋友吧。之前我就跟他在一起过，但你来了，我真的无法控制自己的心，跟他分手后，去追寻你，我真的很愧疚，因为这确实对他太不公平了。我真的没想到你会来找我，会挽留我，我可以什么都不要，但不能没有一个正式的开始。只是这一切都来得太迟了。我没想到我说出这些话时会哭得这么厉害，毕竟，你是我喜欢了两年多的男孩，从你不认识我开始。现在的他对我真的很好。我真的很纠结，又感觉很有负担，我不知道如何面对他，也不知道怎么面对你。

李丝控制不住自己了，原来这个女孩这样爱着自己，他突然发觉自己的所作所为太对不起她了。李丝想立刻去找她，但手机再一次地响了……

如果没有拿到你的手机，我真的以为你很喜欢我，但是我看到了你追求的那个女孩，我才发现，我只是你寂寞时候想起的工具，谢谢你让我清醒地认识到了这一点，我的男朋友现在对我很好，我想和他走下去了。

李丝无助地坐在篮球场上，心里疼得厉害。一向心理素质过硬的他，罕见地发现，自己的心竟那么不堪一击。一向要强的他，竟也在众目睽睽之下流下了眼泪。

回到住处，李丝似乎丧失了理智，他坚定地认为，冉璇是他的，永远是他的。李丝很喜欢读书，对文字相当热爱，但在这一刻，理智已经拉不住他了。他躺在床上，看着窗外的月亮，皎洁又动人。他翻来覆去，久久不能入睡，起身走向阳台，为冉璇唱起了歌。他绞尽脑汁，用了一切自认为能追回冉璇的办法。他在疯狂着，月亮在看着。三天后，冉璇听说了他的状况，还是忍不住关心他，让他照顾好自己。此时已经三天三夜没有休息好的李丝，哪里还控制得住自己，他只想冉璇能够回到自己身边来。三天的心理折磨，不进油盐，睡眠不足，已经让李丝处在了崩溃的边缘，但他依然相信冉璇一定会回到他身边来的。为了让李丝好好休息，冉璇对他说，若她分手，就会跟他在一起。李丝激动着，毫无思想地激动着。他也答应着冉璇，自己会好好的，等着冉璇回来。他还想再说些什么，但晕倒了。被人发现送医时，人们发现他的嘴角带着笑意。

月亮，皎洁又动人，似乎在呼唤着他醒来。周遭空无一人，李丝发现自己躺在医院的病床上。周遭一片寂静，只有那月光陪着他。他完全无心于别事，甚至工作。面临被开除的风险，他竟也丝毫不在乎。他觉得冉璇只是一时冲动，一定会回来跟自己在一起的。也许这是他唯一的精神支柱了吧。

听完这些，心理医生说道：“李先生，我完全理解您的一切行为，但您必须正视自己的病情，抑郁症和睡眠障碍足以使您的精神崩溃的。”李丝笑了笑："没事儿，我能有啥事，反正就一条命嘛。"

一个月过去了，李丝整天浑浑噩噩，工作一塌糊涂。

李丝自幼热爱文学，思维活跃，不拘一格。尤其擅长多角度、多维度思考和看待问题，但年轻文学爱好者的通病也在他身上体现得淋漓尽致，那就是井底之蛙式的轻狂。总在弱势文化和人性中去争那本就不分对错的对错。理智对于李丝来讲，可以说是最不容易失守的，但这次，一个月的心理和精神的双重消耗，还是打倒了他。庆幸的是，李丝在消耗中思考着，在消耗中磨炼着，也在消耗中找寻着自我。

他似乎明白了为什么自己那么怕被别人看见他和冉璇的感情，两人两年间约会多次，但从来都是选在不易被人发现的夜晚街角。那究竟是我的欲望还是我的爱，一个月前的李丝，完全不曾思考过这个问题，但现在，他看着月亮，似乎可以给出答案了，那是欲望。那，是什么时候爱上冉璇的呢？是在冉璇对自己表白的时候吗？当下的李丝，时不时地反思着，学习着，他在努力让冉璇尽早回到他的身边。

我明白永远会有更好的人，所以我珍惜身边的人。当李丝看到这句话的时候，他清醒了，原来他一直不敢公开，是因为自己不知道想要什么。每日朝九晚五，身边人来人往，李丝早已将爱人的能力丢在了一旁，享受着欲望带给他的快感。从来没有思考过，自己想要什么样的生活，他迷失了自己。工作之余，三五好友把酒言欢。读书过后，尽是轻狂。井底之蛙的他想通了一切，爱不是欲望。自己的事业和热爱的文学，并不像他想象的那样简单。他见识太过于短浅了，夜郎自大。他找来一支香烟，一向讨厌烟味的他，也做着样子，在月光下点燃了。

分手了。这是开会时他看到冉璇情绪低落的第一想法。

他盲目地行动起来，毫无计划，毫无头绪地追求，也许这就是明知不可为而为之的爱情吧。男人总是在给自己创造着女孩是爱自己的想象，无论是某句话，某个动作，甚至是某个眼神，都能被男人理解为，她喜欢我。而世界上能分清爱与依赖的女孩是极少的，大多数女孩都是在慢慢的依赖中自认为产生了爱，但事实上究竟爱不爱，女孩自己心里也不清楚。

冉璇最终拒绝了李丝。李丝并不爱自己，想到这里，冉璇伤透了心。但她不会再为李丝流泪了，这是个外表柔弱、内心要强的女人，一旦她认为不值得，那么即使再值得，也是不值得的。世界上有太多的错过，都是从错误时空下产生的不可避免的永恒遗憾。而正因为这种遗憾，李丝才能从中得到自我救赎，得到那由轻狂骄傲而自我封闭的心，那真正的自我。而冉璇得到的是一段刻骨铭心的喜欢，这是一种能力，是原来的李丝所不曾拥有的。

面对疯狂追求自己的李丝，冉璇虽内心很是纠结，但她明白两人都已经回不去了，只能坚定地走下去，回头可能会再一次地回到那万丈深渊。冉璇并不敢赌，冉璇不能再拿自己开玩笑了。她也没有时间和精力再去被李丝开这种玩笑了。冉璇决定以一种狠心的方式让李丝放弃。她删掉了李丝所有的联系方式。

好痛，怎么回事？正在开车的李丝，突然心里一阵绞痛。他不明就里却下意识地拿出手机，发现自己已经联系不上冉璇了。精神恍惚的他甚至差点车毁人亡。现实主义的他绝不相信预言或者提前感知这件事，但此时的近似于心灵感应的心绞痛，却又让这一切无法得到解释。这次他想冷静冷静了。回到住处，他把自己封闭起来，逼着自己工作和阅读，想用这些来麻痹自己，但在无人问津的夜晚，他翻来覆去，每日都要将近天明才能入睡，本是中等身材的他现如今已骨瘦如柴。他几乎每天都在做梦，说是心心念念也好，精神紧张也罢，总之，李丝对冉璇的思念自她表白那一刻开始就没有停止过。从来被评价为洒脱之人的李丝，现在只有一个念头，那就是娶冉璇为妻。也许正是这点曾经轻松就能做到的期望，会在之后，那么轻易地打倒他。或许也是这点期望，让他重新站了起来。

放过我吧。也放过你自己。

李丝惊醒，原来是个梦，很真实，满身大汗的李丝坐在床上喘着粗气，脸色苍白。这个梦他记得很清楚，以至于后来，他分不清这到底是不是梦。看着外面蒙蒙亮的天，另一侧是那不舍的月亮。月光在此刻似有似无地照在了李丝的身上。李丝只睡了半个小时，但这个梦却比一辈子还要长。李丝下床洗了把脸，清醒之后，走向公司。也该好好工作了。毕竟自己糟糕的样子，冉璇既不想看见，也不会喜欢。

李丝和冉璇负责的项目今天正式运行了，从项目确立到今天，一直都是冉璇在负责，冉璇知道李丝的情况，所以并没有打扰他。李丝走到她面前面带愧意地说道："有什么需要我帮忙的吗？"冉璇向他礼貌地笑了笑说："我都安排妥当了，放心吧。"李丝只好站到一旁。项目进行得很顺利，得到了领导的一致好评。在进行收尾工作时，偶然的机会，李丝和冉璇独处一室。忙于工作的两人并没有发觉这一点。待工作完成后，李丝看向冉璇，忍不住说道："冉璇，你还爱我吗？咱们在一起好不好，我想带你回家。我想娶你，我想每天陪着你。"冉璇此刻的心里很平静，她看向这个她曾经挚爱的男人，无助甚至于卑微地流下了眼泪，在哭求着她，她想说些什么，但不知如何开口，只听着李丝哭诉着。"你并没有多喜欢那个人，你只是想用他来忘记我，我知道我很对不起你，伤害过你，但是我真的会改的，会对你好的，你相信我，冉璇，我们在一起好不好……"说到这里,李丝已经泣不成声了。就在此时,冉璇的电话响了。她如常地接听电话,没有丝毫情绪波动地回答着对方。李丝看着这一切,心里知道,冉璇回不来了。但哪里还顾得这些的李丝在冉璇挂掉电话后直接抱住了她。李丝只是哭着问着相同的问题:"我们在一起好不好?"他没有感觉到自己后背的那双手,也感觉不到怀中人的丝毫反应。于是,李丝轻轻地问:"好不好?"这句话李丝说得毫无底气。冉璇轻轻地回答:"我要回家了。"李丝不敢相信这是冉璇给出的回答,仍然问道:"好不好?"要不是他在冉璇耳边问出这句话,冉璇甚至听不到。冉璇依然很平淡地说道:"我要回家了。"李丝崩溃了。他大声吼出:"好不好?"冉璇此刻一反常态。她挣脱出李丝的怀抱,喊道:"我回家啊。"说着便走出了办公室,摔上了门。李丝不知道自己哪里来的力量,跪在地上向天吼了一声,啊——他仍在哭着,轻狂的书生也抵不住这短短四字的回答,潇洒的浪子也抵不住一个他爱之人最无情的拒绝。心如刀绞恐怕已经不能形容他的现状了。他躺在办公室的地上,打算就这样死去。反正冉璇已经回不来了。没过多久他听到了门外的脚步声,他惊恐地站起,热爱文学之人的体面使他看起来与往常并没有什么不同。门开了,是同事。简单的寒暄过后,李丝决定回家。在路上,他买了一杯自己很喜欢的咖啡,一来冷静一下,二来也算是驱驱疲惫。一边喝着一边走向住处。远处,太阳就要落山了。

走到门口的时候,突然,手中的咖啡莫名其妙地洒出了一些,落在了李丝的裤子上。李丝心里一酸,还没来得及多想,手机响了。他回到家中一边脱掉裤子一边打开手机。是一条短信,冉璇发来的!李丝喜出望外地点开了那条短信,那一刻,李丝经历了从未经历过的绝望,褪到一半的裤子停住了。他全身开始发凉,手机慢慢从他手中滑落掉在地上,屏幕上只有冉璇发来的一句话:放过我吧,也放过你自己。世界上并没有多少人相信预言或者说提前感知,自诩为一名文人的李丝更是不相信这种事情,但当这句话真正从他的梦里转进现实中时,他信了,他怕了。他不知道之前的梦是不是梦,现实是不是现实,他恍惚了。

等到神智回到李丝身上的时候已经是深夜了。月光照在他的脸上,使他清醒了些。李丝望着地上的手机,还有那条沾着咖啡的裤子,很是冷静地思考着。看到冉璇发来的那句话,李丝心里像是有块石头突然落下了。第一想法是放下了,结束了,但李丝依然不想放弃,他知道自己如果放弃了,以后一定会后悔的,一定比现在更遗憾,月光模糊地照在他的心上。

这个世界上的咖啡有很多种,我们没有喝过的也有很多种,自己喜欢的咖啡洒了自己一身并不要紧,收拾好心情,继续出发,记得把裤子洗洗干净。

日子就这样过着，两人的关系也越来越微妙。工作上是同事，生活中并没有什么交集，虽然冉璇目前是单身状态，但是当李丝真正喜欢上冉璇后才发现，原来自己对她一无所知。

"您好，我找一下冉璇。"办公室里突然进来了一个男人，这个人是楼下新来的同事小张，是冉璇的部下。对于他，李丝并没有好感或者厌恶感，曾经在工作中两人有过一点交集。他给李丝的感觉是很中规中矩的一个人，甚至还有些呆。接下来的一幕让他惊呆了，只见小张和冉璇坐在一起说着什么，这种坐并不是同事间的坐，而更像是，更像是情侣之间的。李丝有些慌，还是装作看不见，继续手里的工作。小张最后要走的时候摸了摸冉璇的头。冉璇也笑着回应着小张，把一切都收入眼底的李丝此刻的心里并没有任何波澜，甚至说平静和冷静这次是属于他的，李丝自己心理和精神的阵地这次没有失守，只是脑海中下意识地显现了一句话，这些是没意义的。李丝继续自己的工作，直到下班时间，他像原来那样跟同事聊天，似乎和冉璇不熟的样子。

回到家中，李丝点燃了一支香烟。更加冷静地思考这件事，的确，这一切没有意义了，李丝自言自语道。如果说之前对于冉璇的伤害是自己的过错，那么后来爱上她追求她，可以说是自己的挽留或是自我救赎。同一时空的不同心意，同一心意下的不同时空，终究让李丝和冉璇错过了对方。香烟燃尽，李丝望着慢慢升起的月亮。深思着，冉璇带给他了什么，李丝想着，冉璇带给了他自爱和爱人的能力，让他的心被解放了出来，只不过代价是失去冉璇这样一个爱着他的好女孩。李丝想着这一切，冷静的思考和分析是他的优势与特点。世间情事过于烦躁，不如一人看遍日出日落。走遍山河万里，当然，如果有人愿与你一起，便淡然处之，随遇而安。想通了一切的李丝清理了烟灰，洗了个澡。舒服地躺在了床上，不久便深深睡去。

月光透过他的窗户，照在了他的心上。

装

生活是装出来的，装是次要的，主要是装得体面，不仅要以这种体面去骗过他人，而且要骗过自己，更要骗得心安理得，心安便认为是顺其自然，反之，便是唯心主义的主观作祟。而真正的生活和自我在哪儿？在无事可干的独身一人时。因独身一人，所以不必为他人装；因无事可干，所以不必为自己装。这时的你便是你，真正的你。而真正的你是什么样子，是孤独，是独身一人的孤独，是无事可干的孤独。孤独推动着你的发展，无论是心灵还是外表，由发展而来的两者却偏偏回到装字上，你仍然要用这两者去骗过他人，骗过自己。

我们并不崇尚孤独，因为孤独的状态要求很苛刻，所以，那自诩孤独之人的人，大都是借着孤独二字的噱头，在宣传自己感染他人以达到某种程度上的装；相反，我们崇尚发展，因为世界需要，需要的并不是我们，而是发展，这种发展并不区分方向，因为世界是包容的，它允许任何状态的任何方向的任何速度的发展。但这种发展对于我们来说，其实就是装的一种。

因此，装其实是矛盾的，不论从哪一方面最终都要回归到一个装字上。从字面上讲，装就是假的。从衣装到装扮装束，不难发现，装出来的就是假的，但假的不一定是装的。从顺应时代的角度理解，我们不仅要装，更应会装，装得好，装得恰到好处。孤独只是人最真实的自我在表现时出于习惯装的必要而发生的心理排斥。可遇不可求，孤独状态下只需清醒地认知自我，目的则是更好地装，更心安理得地装。

柳建奇作品[*]

梅

"雪花飘飘，北风萧萧，天地一片苍茫，一剪寒梅傲立雪中……"每次听到这首荡气回肠的歌曲，眼前仿佛就浮现出一幅"白茫茫的世界，北风呼啸，雪花飞舞，一束束寒梅枝头绽放"的画面。

此情此景，不禁心潮起伏，思绪万千，像大海的波涛一样，久久不能平静。时光回溯到18世纪下半叶，以蒸汽机为动力的第一次工业革命风靡欧洲，社会生产力突飞猛进，科学技术日新月异。而那支曾经骁勇善战、威震四方的八旗军，坐井观天，夜郎自大，鸦片战争击碎了天朝上国的梦，强盗入侵，弱如病猫，螳臂当车，国家蒙辱，人民蒙难，文明蒙尘……列强虎视，主权被践踏，军阀混战，一团乌瘴，中华民族陷入苦难的深渊，救亡图存成了时代命题。中国共产党义无反顾地扛起了反帝反封建的时代大旗，带领着中国走向民族独立、国家富强、人民幸福。

江山秀丽，此时却生灵涂炭。"怅寥廓，问苍茫大地，谁主沉浮？"一代伟人毛泽东率领中国共产党，赶走了日本侵略者，推翻了国民党统治，建立了中华人民共和国，实现了主权独立和人民解放，中华民族终于站了起来，巍然屹立在世界东方，中华民族任人宰割、饱受欺凌的时代从此一去不复返。中华人民共和国成立后，以毛泽东为核心的党的第一代中央领导集体带领中国人民进行了艰辛探索。他们同中国人民想在一起，干在一起，发愤图强，改变了中国的落后面貌，推进了经济建设，发展了科学文化事业。"两弹一星"的问世改变了世界格局，中国成了世界上有影响力的大国，开创了新的外交局面，为实现中华民族伟大复兴奠定了坚实基础。

邓小平率领中国共产党团结中国人民，顺应世界发展潮流，驾驶中国这艘

---

[*] 柳建奇，男，汉族，53岁，湖南省衡阳市衡山县人，现居于湖北省武汉市。初中时，家里有许多小说，学习之余，时常翻阅。因热爱而专注，喜欢把生活之中的所思所想写在本子上。雄关漫道真如铁，而今迈步从头越。

巨轮，开启了改革开放航向。在春潮澎湃的改革年代，解放思想，锐意进取，走出了一条具有中国特色社会主义的道路，创造了改革开放和社会主义现代化建设的伟大成就，弹指一挥间，几十年过去了，天翻地覆慨而慷！走在民族复兴道路上的中国大踏步赶上了时代。

东风浩荡，头雁领航。党的十八大以来，以习近平同志为核心的党中央，团结全国各族人民，经过持续奋斗，我们实现了第一个百年奋斗目标，在中华大地上全面建成了小康社会，历史性地解决了绝对贫困问题，正在意气风发地向着全面建成社会主义现代化强国的第二个百年奋斗目标迈进。

梅花，你"凌寒独自开，俏也不争春，只把春来报"；梅花，你没有牡丹富贵，也没有荷花洁身自爱，亦不像菊花清高，但你面对艰难困苦不折腰，昂首笑傲的风骨令我敬佩。你的气质和品质，正象征着中华民族自强不息，不屈不挠的精神风貌！我独爱梅！

登龟山

3月10日，为寻找春天，而今日又得闲余，决定登汉阳龟山。

龟山，古称翼际山，位于城市中心，南临长江，北依汉水，与武昌蛇山隔江相望。转瞬间，来到大桥另一端，一堆巨石，其中一块巨石上写着"龟山"二字，这到了龟山西门脚下。

拾级而上，几经盘旋，"向警予烈士陵园"出现在眼前：向警予烈士的雕像是由汉白玉雕成的，她坐在一大石块上，右手拿着一卷书，左手搭在右手腕上，向左远眺，目光坚毅，仿佛又在沉思。苍松肃立，三面环抱，这位"云横胭脂岭，波涌白马涛；千秋知遇在，旷代英风高"的奇女子雕像背后，是一块巨型黑色大理石，镌刻着邓小平题的"向警予烈士之墓"。这时，一位三十多岁的女士请我帮忙给她们一行人在雕像前拍几张合影，我欣然应允，缅怀先烈，激励后人！

绿荫葱茏，山花烂漫。只见两位风华正茂的少年，其中一位端坐，顶盔掼甲，两手抚案，腰佩宝剑，面沉似水，虎目圆睁，俯视下方。好一位孙策，孙伯符，孙坚长子，为继承父志，招贤纳士，霸据江东，可惜英年早逝，年仅25岁……身旁站着的那位，英武的帅小伙，左手紧握鞘，右手正欲拔剑，正是被曹丞相誉为"生子如当孙仲谋"的孙权,弱冠之年,继承父兄基业,坐镇江东,深得民心,真是"自古英雄出少年"。

三国群英道上,看见一些银发老者,精神矍铄,激情朝气,登山前行。

这不是桃园结义三位吗?一位"大闹当阳桥""智取瓦口关"的张翼德;另一位"义重大于天""擒于禁,斩庞德,威震华夏"的关云长;最后一位"胸怀大志,喜结天下豪杰,匡扶汉室"的刘玄德。他们本素不相识,为扶摇摇欲坠、腐气沉沉的东汉大厦,拯救黎民百姓于水火,而走在了一起。

从西门登山,一位老太太,拿着手机架,边走边拍美景。上前搭话,才知她已有74岁,是一位退休老师,她说得好,珍惜当下,享受美好生活!

这是谁呢?一座手执缰绳、跨马前行的塑像出现在眼前,原来是曹操,曹孟德。东汉末年,董卓乱京和军阀混战,给黄河两岸人民带来了很大的灾难。初平二年(191年)秋,河北的十余万黑山军,攻克东郡迫近冀州。冀州牧袁绍惶恐不安,便以盟主身份,派曹操镇压黑山军,曹操带兵进入东郡,打败了黑山军。曹操有了东郡做基地,也就站住了脚跟。到了第二年夏天,号称数量有百万的青州黄巾军向兖州发起进攻。兖州刺史刘岱出兵迎击,结果大败而逃,途中被黄巾军生擒,枭首示众。北相鲍信率一批文臣武将把曹操接到兖州,组成联军,全力镇压青州黄巾军。开始,每次交锋曹操总被打败,有一次曹操和青州黄巾军在寿张附近又展开了恶战,他的搭档鲍信阵亡。又经过半年的苦战,曹操才逐渐扭转局面,此时,青州军由于伤亡很重,又遇饥荒,战斗力大大减弱……这年冬天,在曹操夹攻之下,青州军全部投降。从此,曹操拥有了兖州根据地。"命悬一线险象环,创业艰难百战多。"人生犹如登山,每个人的路都是九曲十八弯,并不是一帆风顺。唯砥砺前行,克难攻坚。不经风雨,怎么会见彩虹,没有人随随便便都能成功!爱拼才会赢。

夜空中几颗璀璨的明星,那一张张鲜活的面容,忘却不了。"……滚滚长江东逝水,浪花淘尽英雄……古今多少事,都付笑谈中。"

莺歌燕语,反显宁静,站在高处远望,"一桥飞架南北,天堑变通途"。立交上下,错落有致,车水马龙,川流不息……不论往事越千年的英雄们,还是在百年风云"千锤万凿出深山,烈火焚烧若等闲"一心为民族谋崛起的先烈们,你们可知晓,春光白云今又是,换了人间。

在群英道东端,有一鼎园,此园由高山仰山牌坊、九级石阶、阴阳八环麻石台座组成。台上置巨型青铜鼎一座,鼎重6.5吨,高5.2米,宽4.5米,堪称中华第一鼎。造型独特,气势宏伟。鼎在古代被视为立国重器,是国家和权力的象征。至今,中国人仍然有一种对鼎崇拜的意识,鼎字也被赋予"显赫""尊贵""盛大"等引申意义，鼎作为一种重要礼器，象征着团结、统一和权威，是代表和平、发展、昌盛的"吉祥物"。

  鼎园背面是武汉龟山电视塔，龟山电视塔海拔311.4米，净高221.2米，1986年竣工，当时被称为"亚洲第一桅杆"。直指苍穹，欲与天公试比高。假若某一天站在电视塔旋转餐厅，俯瞰武汉全貌，一览众山小，美景尽收眼底："晴川历历汉阳树，芳草萋萋鹦鹉洲。"往这边看，中国保存最完好的古刹——归元古寺，高山流水遇知音的古琴台，汉阳造枪厂，汉阳钢铁厂，沉沉一线穿南北的大桥，半江瑟瑟半江红的龙王庙，气势如虹的武汉江滩。再往对岸看，蛇山坐落着天下闻名、气吞河山的黄鹤楼，这边是刚竣工的华中第一高楼——武汉绿地中心大厦……暮色下，"落霞与孤鹜齐飞，秋水共长天一色"。不禁赞叹一句：武汉如此多娇！

  忽然，一阵欢声笑语，打断了我的无限遐思。原来，是几家人一同出行踏青，游玩呢。

  看了看天，不早了，我也该回家去了。

放归自然

——看《上甘岭》最后一个情景有感

晨光曦微
旭日东升
一志愿军连长
深情
看着
身前
仅剩
经战争考验
九位战士
抬头
行注目礼
望了一眼
被战火洗礼

那面
五星红旗
走近
卫生员王兰
双手接过
她
抱在怀里的松鼠

这只精灵
摇晃小脑袋
眨吧眨
滴溜溜
转动的

双眼
咦
怎么
这么安静
刚才
群炮齐鸣
地动山摇
喊杀震天
连长
大步走到
一棵松树下
双手一摊
这家伙

快乐地一跳
迅速爬到树干
一溜烟工夫
蹿到茂密
树顶
我们
是
一个
热爱生命
坚持
独立自主，和平发展
的
伟大民族

阮郎归

——国之脊梁袁隆平

袁老驾鹤向西游，
白云空悠悠。
天下民生以己担，
嘱托在耳畔。

劈风斩浪勇向前，
恰英俊少年。
脊梁痛失倍悲哀，
填词以缅怀。

注：袁老青少年时曾是一名游泳健将，后投身农业研究，时刻牢记周总理生前嘱托，立志解决中国老百姓的温饱问题，并终生为之奋斗。

清平乐·"九一八"事变

九十年前
东北起狼烟
东邻露出狰狞面
民族巨大凶险

热血洒头颅抛
丹心留汗青照
中华优秀儿女
协盟友驱虎豹

钟南山

前遭非典几度闻,
今遇新冠再出征;

谁言七十古来稀,
老骥丹心照星辰。

南斯拉夫二战片

很小
接触的
第一部国外二战片
就是
前南斯拉夫电影
如
《桥》《夜袭机场》
《瓦尔特保卫萨拉热窝》等

与
德国侵略者
机智勇敢
战斗的故事
仿佛如昨
前南斯拉夫人民
在铁托坚强的领导下
曾一度

英雄辈出
国民经济建设
举世瞩目
还有
赛场上
极富才华的运动员
虽然
这个伟大的国度

已
湮没在
历史的长河
然而
棱角分明
血性十足
那一张张鲜活的面容
忘却不了

晚舟已归航

今天
凌晨5：40
你，晚舟
从温哥华起航
此刻
你的心情
可以
用
归心似箭
来
形容
一千零二十八天
在人生的长河里
如白驹过隙
对于
我们和你
是
那么漫长
在一千零二十八个日日夜夜

你
没有一丝屈服和退缩
在一千零二十八个日日夜夜
你
每一次露面
笑容洋溢着坚强
在一千零二十八个日日夜夜
祖国和人民
时刻
关注着你
是
你最有力的后盾
在一千零二十八个日日夜夜
你的每次表现
堪称
中华英雄儿女
那个
金元帝国
鼓吹什么科学无国界

为什么
中国华为崛起
就
有国界呢
自诩为
人权、民主、自由、法治国家
喜欢
播撒
西方价值观
为啥
指使加拿大

无端
扣留
任老的女儿呢
穿越
浩瀚无垠的太平洋
晚舟
现已回到故乡温暖的港湾
正值祖国生日的临近
你的归航
是
我们伟大祖国强大的象征

惊艳一跳

空中转体 1620 度加抓板
惊艳最后一跳
谷爱凌
超越自我
逆袭夺冠
十八年前
呱呱落地于大洋彼岸
从小穿梭
两国之间
虽学习训练在美国
最终
你选择了

一个伟大的国度——中国
面对
成功后的溢美之词
中华传统美德
从你身上洋溢
天赋仅仅占百分之零点一
深受感染
今后会有更多的中国孩子
长大像你一样
在这个项目
雄鹰展翅

清　明

辗转反侧常惊醒，天明出门急前行。
音容笑貌今犹在，袅袅青烟送亲情。

马述彬作品*

相 亲

"这可怎么好，论长相，论个头，我儿子也不差啊，怎么就没姑娘看得上？真愁死我了。"贾小伟的妈又是一顿抱怨，这话早就把他耳朵磨出茧子了。不夸张，他相亲不下十年！那绝对是个大龄"困难户"，从开始到现在，遇见的女孩子无数，可都被人家一票否决了。有的是一见面就默默无语型，你说十句，她能回一句就很给面子了！最后干脆不了了之。有的是减肥妄想型，几乎从来不吃饭，实在饿了就吃点维生素 C，生怕自己的不节制破坏了体形。总之，这些女孩子似乎都是极具个性。

贾小伟怎么也没想到，老爸居然把自己的电话给了婚介所。"爸，现在婚介所可信吗？他们都是骗钱的。"贾小伟吃惊地说。"那怎么办？人家隔壁孙家的孙子都快念中学了，我能不着急吗！以后你怎么办。再者，不能都是骗钱的吧。"老妈不满地拍着手背说，贾小伟无奈地一屁股坐回了沙发。

"哎哟，我一看老马大哥就是实在人，呵呵……这做老人的为儿女操碎了心，您来我这儿，算找对人了，包你找个称心如意的好儿媳！直接联系，不成功不收费的。"这婚介所的女人几句话说得贾爸爸心花怒放，他不住地点头说："那敢情好，要是真成了，请你喝喜酒。"很快，女人联系了一个白白净净的女孩子，她来到婚介所，简单地和他们寒暄了几句，便拉着小伟离开了。

女孩子七拐八绕地拉着小伟去了一座公交站。"这是要去哪儿？"小伟疑惑地问。女孩说："有家菜馆不错，我经常去那儿吃饭。"公交车晃晃悠悠地走了两站地，女孩一指旁边说："就这里。"两人走进去，在靠窗的位置坐了下来，服务员端来一壶茶后便走开了。女孩翻着菜单，片刻，服务员再次走了回来："先生，我们茶水是先行付费的，共计 380 元。"小伟嘴巴张得老大："什么茶水这么贵？！"服务员说："上等普洱，我们这里还是便宜的。"

---

* 马述彬，男，1978 年出生于北京，汉族，自由职业者。喜欢文学，喜欢用笔记录生活，用文字感悟生活。

小伟一摸口袋说："我没有那么多钱。"服务员轻蔑地说："没钱还来这地方约会? 快付钱，不然我们要报警的。"小伟两手一摊说："那你报。"服务员旁边出现了几个大汉，最后服务员脸色一沉说："死猪不怕开水烫! 你有多少钱? 要不把你手机留下。"小伟心一横，把钱包一扔说："就五十元，手机……也给你。"服务员拿过来翻了一下说："哎呀，兄弟，你自己留着吧，走吧走吧，下次别来这儿了。"自始至终，女孩不动声色，在旁边看着，小伟顿时明白了，这就是个骗局! 无奈，人心难测! 看着白白净净的，实在跟坏蛋二字有点距离。

"不能不能，小玉怎么可能是那种人? 你们真是的，出来相亲也不带钱，抠抠搜搜的! 要这样，你们就是月老亲自保媒也成不了!"婚介所的女人煞有介事地说，小伟拉着老爸赶紧离开了，这些人根本惹不起!

这天，小伟骑着电动车去上班，忽然车停了下来，车轱辘仿佛被固定了一样，推也推不动了，他只好费力地把车挪到了路边，倒霉喝口凉水都塞牙吗? 请假吧，他按了主任电话。"哈哈，我以为你又相亲啊，订单挺多是不，你换个车好不? 行了行了，我知道了，你下午再来吧。"主任打趣地收了线。小伟无奈地转了转车轮，转不动，紧得要死，他四下看看，正想着找谁帮忙，突然一声尖锐的刹车声洞穿了他的耳膜。"你活腻了!"一辆越野车停在了路上，司机探出头来，破口大骂，车轮经过的马路拖出了一道长长的黑线。"我说大姐，你不要命，我还要养家糊口呢，要是撞死你，我是要蹲大牢的，你别冤我、别害我啊! 我心脏都快跳出来了。"司机跳下车，噼里啪啦地说了一通，见女人不说话，以为她有精神病，绕过去，开着越野车便离开了。小伟好奇地朝女的正脸看看。"在哪儿见过，哦，你啊，怎么的，想陪司机喝茶? 这也不是地方啊?"女孩白净的脸上，像凝固了一样毫无表情，小伟想了想，突然，他一巴掌打在女孩白净的脸上，女孩仿佛醒了一样，"哇"的一声哭了："呜呜……"小伟这才蹲在女孩旁边说："你怎么了?"片刻女孩抽泣道："你也……看我笑话……"小伟接着问："寻死觅活的，有什么事儿啊?"过了一会儿，女孩子才抽泣着讲起来，她叫朱小玉，家住大湾子镇，原本在一家菜馆做收银员。长相出众的她很快被小老板看中，一番轰炸式地追求，她被爱情遮住了眼，以为老天保佑，让她找到了乘龙快婿，她甚至为了他，不惜配合他做婚托。前不久，小老板因敲诈勒索被刑拘了，接着，一个女人带着孩子接管了菜馆，她这才明白，小老板早有妻儿! 很快，自己也被赶了出来。"哎呀，多行不义哟……"小伟感慨道。"你让我去死……"小玉忽然站起来。"哎，你别当真啊，不然又一个司机师傅倒霉了。"小伟特有的幽默，让朱小玉哭笑不得。"你要是不嫌弃，我们单位缺个帮厨，一个月3500块，去大湾子管控，提我贾小伟就能进去了。"说完，小伟费力地推着电动车离开了，留下愣在原地一脸茫然的朱小玉。

所谓缘分来了挡也挡不住，一年的相处，贾小伟终于结束了单身狗的日子，结婚的当天，小伟忽然说："哎，对了，你还蒙我 50 块钱呢。"小玉白了他一眼，伸出手捏住他的耳朵说："10 块钱车费给你，剩下那 40 块，上交！"

赔 偿

东湾子大集每逢农历双日开市，人来人往，热闹非凡。"这菜花多少钱一斤？"尹晓丽问着卖菜花的农妇。一会儿她又出现在苹果摊位："不甜我可找你。"她一边啃着苹果一边含糊着朝卖苹果的男人说。"小丽啊，时间不早了，该回去了，你哥快下班了。"电话里母亲催促着尹晓丽。"妈，着什么急，我哥饿了还不会自己先做饭，我好不容易周末逛大集，哎呀，行了行了，我知道了。"

终于，尹晓丽提着大包小包，从集市上出来了。"哎哟……累死我了……妈，帮我拎一下……"老远她就气喘吁吁地说着。"买这么多东西。"小丽她妈妈往车上拎着，尹晓丽理理头发说："谁叫嫂子做的菜好吃呢。""你呀，就会乱贫嘴，学学做饭，别老让人家大王做。"尹晓丽一撇嘴开启了电三轮。

三轮车在宽敞的柏油路上行驶着，晓丽她妈妈不停地叮嘱着："你慢点，瞅着点有没有汽车。""您就放心吧，害怕您就闭上眼，呵呵……"尹晓丽一手扶着车把，一手拿着手机。所谓一心不可二用，在前方一个岔路口，突然驶出一辆金杯，一声刺耳的刹车声，让尹晓丽如梦初醒，此时三轮车已经到了金杯车面前，虽然她猛踩刹车，可由于巨大的惯性，三轮车还是重重地顶在了金杯车上。"砰！……"一声巨响，三轮车几乎翻了个底朝天，尹晓丽顿时耳朵"嗡"的一声，随即眼前一黑，失去了知觉。

当她再次醒来时，正躺在医院的病床上，大哥大嫂都在。"妈呢？"她懵懵地问，大哥面色阴郁，默不作声。尹晓丽觉得不对劲，歇斯底里地喊道："妈呢?！哥，你说话啊！"大嫂终于说："小丽，你……别着急……妈……她……""妈怎么了?！你说啊！"她使劲摇晃着大嫂的肩膀。"妈……去了……"大嫂扭过脸说。尹晓丽如被电击了一般，愣了很久很久，她放声大哭起来。

一个月后，法院经审理裁定，尹晓丽在驾驶电动三轮车的过程中，使用手机,是引发本次事故的主要原因,金杯司机通过路口,未采取有效措施,造成了一人死亡的后果,负次要责任。尹晓丽收到了母亲的死亡赔偿金,十五万元。

"哥,你的那一份不拿着吗?"尹晓丽把盛满现金的纸袋交给大哥,大哥低着头深呼吸后说:"妈都不在了,要钱还有什么用!多少钱能把妈的命赔偿回来……"

借 钱

"哎,你就给小东拿点,大老远的。"大舅转脸朝着舅妈说,大舅妈不情愿地掏出两百块钱说:"钱都在你那儿,我哪来的钱?昨儿不刚还了车贷。"大舅尴尬地说:"小东啊,你先拿着,不够我再想办法,你先回去,给你爸看病要紧。"小东第一次感受到,借钱有多么卑微。他低着头说:"谢谢大舅、大舅妈,我……发了工资就还你们。"大舅拍拍他肩膀说:"自家人说什么客套话呢,赶紧回去吧。"小东出了门,唉,住院押金要一万多呢,他无奈地下了楼。在拐角处,听到大舅妈和大舅正争执着。

"咱家车贷不是钱啊?小玉眼看就要上高中了。"

"你小点声,怕别人听不见?"

"听见又怎样?你妹子当初是怎么对你的?!买房首付让她帮一把,她帮了吗?!"

"她不没钱嘛。"

"喊,小东姑姑结婚,她怎么有钱?就知道打发孩子找咱们,怎么不找她小姑子?"

"你还有完没完!"

小东心里像打翻了五味瓶,小姑那是结婚吗?以前爷爷奶奶年岁大,小姑为减轻家里的负担,早早便辍了学,草草结了婚。小姑父起早贪黑给人装卸草皮,四十岁就沧桑得跟六十岁一样!

去大姑家吧,大姑七十多岁,儿子小杰去年刚结了婚,水产生意做得风生水起。"哎,你爸妈就是这个脾气,什么事都闷着,我叫你杰子哥去看看。"大姑戴上老花镜,按着老年机。

"杰子,是我,你妈!"

"啊，妈，有事啊？"

"你有空去你舅那儿一趟，拿俩钱，要做白内障手术，钱不够。"

"行……知道了。"

小东总算松了口气。下午，小杰夹着手包进了门。"老舅妈，怎么着，我听说老舅不舒服，好点没？"杰子掏出一支"玉溪"点着，悠闲自在地吸着。"是啊，这不，白内障手术，钱不够，找你凑点，回头宽裕了还你。"小东妈凑过来说道。"有是有，不过……"杰子跷着二郎腿，名牌鞋不住地晃悠着，卖起了关子。"不过什么？"小东妈追问。"也没什么，就是这个，我表弟和我老舅对我有点意见。"杰子不紧不慢地找着烟灰缸。"有话痛快点，他们爷俩哪儿对不起你了？"小东妈推过烟灰缸，杰子捻灭了烟蒂说："舅妈，小东没找我老姨吗？老姨没钱才想起我来了？你说我这个表哥心里能没数吗？""你老姨哪儿有钱？我也没让他去啊。你怎么那么多事儿呢？他还小，你得多包涵啊。"小东妈解释说。"不是，舅妈，小东就是看不起我，哎呀……我是热脸贴冷屁股哟。"小东不想求他，尤其他带着这副表情，嘲讽之中还有几分得意。这分明乘人之危！"杰子，小东还没当家，你怎么也看在我的份上吧？"小东妈着急地说。"舅妈啊，可不是那回事啊，东子心里没我这个表哥。"说完，杰子靠在椅子上，小东妈着急地坐在杰子旁边说："杰子，你就看在舅妈的面子上，原谅他，他还岁数小。""舅妈，不怕你不爱听，你能跟他一辈子吗？有些事要他自己去办啊。"杰子再次跷起来二郎腿。小东实在听不下去了，心一横，跪下来说："哥，算我求你……"杰子吓了一跳，赶紧拉起了小东。小东妈顿时涨红了脸，朝着杰子破口大骂："你个混账！你滚！你老舅瞎了也不求你！"杰子自知理亏，撒腿跑了出去。

"嫂子，这是怎么了？"小姑走了进来，可能是来得匆忙，头发一缕一缕的，后面还跟着一个老太。"哎呀，亲家妈，我这没收拾一下，小桃啊，跟我做饭吧，璐璐呢？"小东妈说着拉起小姑要进厨房。"她嫂子，璐璐让她爷爷看着，我可坐不住，你别忙活，我听说东子他爸病了。"小东妈有些尴尬地说："不是……什么大病。"老太太摸着口袋说："有病就看，亲家妈我今儿没多带钱，这三百你就给东子他爸买些好吃的，家里都靠着他呢，别舍不得。"小东妈一句话也说不出，握着老太太的手，泪珠不住地滚落。"嫂子，我听大姐说了。"小姑洗洗手说。"没事，白内障有两三天就回来了。"小东妈简短地说。"嫂子别瞒我了，钱不够也说一声。"小姑说着掏出手包，把整整齐齐一沓钞票放到了桌上。"你也不宽裕，你哪来的钱啊？"小东妈疑惑地问。"嫂子你放心，璐璐她爸挣的。"小姑笑笑说。

田园凡夫作品*

初尝彩虹梨

初入盛夏,到了吃梨的季节。

经受不住种植园果农小伙在网络直播销售中的伶牙俐齿以及"王婆卖瓜"式的吆喝,看他在果林深处冒雨专情地直播,有感于他竭力将绿色生态园景及挂满果实的树枝真实地传递给网友的做法,终于下单买下一份五斤装的彩虹梨,花销二十九元九角,不贵!

梨有几种,老夫没细算过,但也吃过好几种:浑圆的褐皮沙梨、皮质微黄透白的水晶梨、青皮的大腰梨,还有清香沁人的新疆伊犁香梨。彩虹梨在家乡好像还未见人种植过,市面上也少见,好奇心终于战胜了自己的克制心,买来看看究竟,也算给他乡的果农一份支持,说不定还能增强他打拼人生的自信。

彩虹梨,是梨类中的早熟品种,网上有人说它是梨中贵族,这话是真是假,我也不好下定论,但起码表明其他食客对它的整体印象并不差。本次网购的彩虹梨产自陕西大荔农家果园,现代高效率的物流快递服务,成全了果农与食客,相隔千万里的异域水果,用不了三四天的时间,就能从田间地头来到食客的嘴边。领略他乡美果,总有种相见恨晚的惆怅,左瞧右瞄,恨不得将它看个透,吃个够!

彩虹梨,给人最大的视觉冲击是梨皮的与众不同,别的梨皮一般全身色调一致,而彩虹梨宛如美少女对时尚的追崇并独钟情于奇装异服的荣光,其皮暗红却不是全红,整个表面不规则分布的绿色羞涩地夹杂在暗红的主色调中。彩虹梨个头怪异,左斜右歪的,给人极不匀称的感觉,但整体能给人一种莫名的吸引力,虽然"丑陋",却让人心生爱慕。

彩虹梨的果皮相较其他品种较薄,清水洗净即可开啃,完全无须削皮,和

---

* 田园凡夫,本名"熊友文",男,1968年生,湖北省鄂州市人。躬耕于"芳土地"与"文香园",散文作家。人生是一场没有回程的旅行,一路风景,一路高歌,一路所见、所闻、所感、所想、所伤,都是文学创作的源泉,作者钟情于拿起手中的笔,写心、写情、写景、写物、写人生。

皮而食既不影响果肉对味蕾的刺激，还能免除削皮的烦琐。一口咬下去，果肉湿脆，洁如玉肌。果肉在口腔内，牙齿与舌头的咀嚼调教出梨汁相伴而生，梨汁新鲜带甜，清爽柔口。果渣和着梨汁入喉下咽，食道及胃尽享清爽的滋润，体内暑气顿觉消减，恰是盛夏时节对身体最好的慰藉。老夫真的感慨大自然造物的鬼斧神工，居然能在合适的季节馈赠于人类如此合拍的生果。

一口气下来，老夫连吃三梨，终于没有愧对初见彩虹梨时的内心好奇与期待。瞧得仔细，吃得过瘾，原有的好奇全消。诱人的彩虹梨不觉中已成老夫水果尝鲜中的过客，也许某年某月还会相见，但至少在这个夏季，还是让再次相见不如浅浅地怀念吧。

纵观大千世界，人生也不过如此罢了——多了一份体验，少了一份好奇，添了一份快乐！

愉享金陵鸭血粉丝

周日的日常生活历来没有规律。错过了早晨，忘却了午餐时间，直到下午两点半才感觉饿了。沿街寻觅，终于走进文星路上这家金陵鸭血粉丝美食店，今天的午餐就靠这碗鸭血粉丝了。

金陵鸭血粉丝，这可是带有浓厚地域文化底蕴的美食。我第一次听闻，那可是20世纪90年代初了，那时，我感觉它是南京地域的特色美食。因为在我到南京飞跃汽车厂实习参访期间，我游走在金陵的街头，有了重大发现——无论是商业旺区新街口，还是夫子庙秦淮河畔的临街美食店，随处可见"金陵鸭血粉丝"的招牌。时过境迁，经济市场化的发展也将这类地域美食推向了全国。不知何时，这金陵鸭血粉丝也溯江而上，来到了三国时期孙权的家乡。

进店点了一份经典的鸭血粉丝汤外加两个香煎荷包蛋，总共才十四元，这店也是良心商家了。老板忙着到后厨备餐，老夫随意找了张餐台，落座等待。这是只有一间门店规模的餐食店，老板却用心良苦，店内的装修力求完美，白色的基调贯穿于顶装及桌椅颜色的选择。墙体淡淡的粉红及挂满相框的布局凸显着老板对浪漫氛围的追求及内心的文艺特质。店虽不大，却是独属于她的世界。

得益于老板烹饪技艺的娴熟，不到三分钟，一碗滚烫的金陵鸭血粉丝汤就呈现在了我眼前。老板是个有心人，以前堂食用的都是可重复清洗的瓷碗盛装，这次也许是新冠肺炎疫情的阴霾还未彻底散去，老板特意提供了一次性的碗筷。小小的改变，传递的是对食客卫生健康的关心。

号称鸭血粉丝汤，当然鸭血与粉丝是不可或缺的。用筷挑拨其里，油豆腐、鸭肠丁、鸭肝丁，还有鱼丸丁，一一呈现，碗里唯一的蔬叶是用以提香的香菜碎。埋头吃起来，鸭血柔嫩、细腻、软口，粉丝软滑筋道，鸭杂湿脆，油豆腐饱含的汤汁给人的感受那才叫无以言表，有一股类似鳜鱼的臭味，却十分可口，有椒盐的味道却不辣喉。看来金陵鸭血粉丝汤的用料并不复杂，但其秘密全在味道里。

金陵鸭血粉丝汤的起源，究竟有何传说与故事，老夫并不清楚，但其名称代代相传至今，足见其文化底蕴的丰厚。其味道是否一脉相传而免于现代调料的冲击呢？老夫亦不知也。

一道地域名食流传千百年，既要有制作工艺原汁原味的坚守，也要拥有文化基因的内涵。今天老夫享用的这份鸭血粉丝汤，其味道已不再重要，重要的是其名称依然叫"金陵鸭血粉丝"。

故事比味道更重要。故事一旦成为永恒，味道稍有偏差，又能偏离到哪儿去呢？！

邓湘林作品*

父亲给的坚强

水有源，树有根，儿女一生难忘父母养育恩。

2014年，面对父亲的离世，我是那么无助、那么无望、那么无力，只剩下满心的痛苦和不舍。

从教三十余年的他，退休后，准备在家安享晚年，但没想到，刚退出讲台的他，在体检时查出了绝症，我们一家人得知这一消息后，如雷轰顶。当时，我不肯，更不敢面对这个现实，总怀疑是医院弄错了。然而，现实就是这么残酷和无情。父亲住院时，生活起居基本全是自理。每天清晨自己开火煎药，坚持口服一服中药。他从未放弃过治疗，从未说过苦字，从未喊过一句疼。他对生命特别的珍惜，也从未悲观绝望过。但望着日渐消瘦的父亲，孩儿内心五味杂陈。

出身贫苦的他，非常勤俭，珍爱粮食。有时他用餐实在艰难，无法下咽，但他不舍得浪费食物，也为了与病魔作斗争，哪怕吃一顿饭要用一个多小时，即便饭菜都凉了，他也要慢慢地吃完这一顿饭。看着父亲如此的顽强，孩儿打心底地钦佩和疼惜。

父亲一生不吸烟，也不喝酒，更不涉赌。他为人师表，以身作则，并时常告诫孩儿，从他开始，三代以内三不准：不准抽烟，不准酗酒，更不准赌博。孩儿始终铭记于心，从未忘怀。仔细思来，不抽烟、不喝酒，虽平日少了交际，但利还是远远大于弊。因为抽烟容易伤肺，酗酒容易伤胃。至于赌博，它可以使你一时富有，同样也能让你顷刻间倾家荡产。即如此，国有国法，家有家规。作为父亲的传家之宝，希望可以代代相传，代代受益，代代接力。

父亲常言：辛苦钱，万万年。说实话，不沾烟酒，不去犯赌，虽不富有，但很踏实，只要勤勉，绝对不会败家。父亲走后，确实给孩儿留下了一笔宝贵

---

* 邓湘林，男，汉族，1977年生，湖南省益阳市安化县人，复员军人，中国共产党党员，现为长沙湘丰厂职员。文学爱好者，喜欢创作。

的精神财富。虽说精神不是万能的,但没有精神支撑是万万不能的。我会在今后的生活工作中不断磨砺,尽最大所能,实现心中所愿。

提笔至此,情到深处易孤独。三年守孝容易满,百年思亲总难忘,每逢父亲的生日和祭日,孩儿心中无不思念,时常眼眶湿润,思绪万千。然年复一年,日复一日,心中所求,难以实现。全怪孩儿不孝,孩儿无能。然心有不甘,还望苍天怜悯,以便日后祷告。在此,我要感谢有空阅读此文的人们,你们一定要好好善待自己,因为山中难有千年树,世上难遇百岁人。同样也请你们对身边人和枕边人好一点,因为十年才能修得同船渡,百年才能修得共枕眠。

文章最后,特以一首小诗《追思家父》来告慰之:

继往孩来忆谱规,忠贞不贰存心回。
一生勤俭家风正,世上执鞭乐思归。
念父思亲今在安?儿时梦里泪常飞。
亲人保佑安康寿,后起孙儿斗艳辉。

我的爱情随笔

人生在世,少不了亲情、友情和爱情。三缺一已为遗憾,三缺二实在可怜,三者全无,生不如死。而我正缺失爱情,总是为情所困,为情所伤,为情所累,为情买单。正在为爱求助,为情求解。"奶茶"刘若英的那首《后来》曾唱哭了许多人,而我就是其中一个。爱一个人要靠缘分,是你的想跑也跑不了,不是你的想得也得不到。同样,爱需要经营,夫妻俩在一起过日子要像一双筷子,一是谁也离不开谁,二是什么酸甜苦辣都要一起尝。听说好的相处方式是:不管在一起时间有多长、年龄有多大,要相互包容、相互理解,适当的时候需要相互装嫩,甚至有时需要相互装傻,这才是真爱。

在追求爱的道路上,我很迷茫,没了自信,不知道情归何处?我只知道嫦娥追求永恒的代价是永远的寂寞。智商低情商又不高的我,在如今很现实的年代要想追上一个女孩比登天还要难,所以我做好了一辈子孤单的思想准备。在以后的日子里,与寂寞为邻,与音乐为伴。我承认自己贪恋女色,但我真不花心,不会见异思迁、三心二意。我天生就是一个胆小鬼,做什么事情都很被动。

可未来的路还很长，还得继续坚持往前走。我希望今后身边的那个她有学识、有样貌，是一个爱唱歌、爱运动的活泼女孩，这样我才会慎重考虑，才会重新选择。我依然心存希望，希望能等来我命中注定的那个她。

在感情的世界里，我感觉很委屈，我爱着你，你却被别人抱在怀里。你选择了现在的他，我只能说我感到有些失落，因为这五年我也曾努力拼命地追求过你。当你亲口告诉我，说我没格局、没上进心的时候，我就知道了我们之间的结局，那个能陪伴你一生的人绝对不是我。虽然没能和让我心动的你在一起，但是我发自内心默默地祝福你，祝福你找到了幸福。从此以后，只要听到我最爱的歌曲《痛》，我的心里不再难过，而是释然！

所以，我决定了，为你写诗，这是我对你的最高礼遇。虽说人生短暂，时间宝贵，看了一下手表，仅花了我短短的七分钟而已。这是我对你最后的留恋。诗文如下：

> 我本痴情种，要将暧昧留。马家出靓女，莉乃胜一流。
> 永远心相守，生活日后优。今朝时代好，世界竞风流。

爱情的金牌早在二十年前就被我不小心给弄丢了，不可能再找回。昨天的银牌又与我擦肩而过，再次说了拜拜。如今只剩下一枚宝贵的铜牌，是继续努力争取，还是甘愿放弃？我要去问谁？向谁问？我只知道，往事清零，笑对人生，努力过后，静待结果。

感恩相遇

九七那年多幸运，
香港回归我从军。
来到江西红土地，
思亲念湘忧民君。

赣地五年不忘本，
信中一字值千钧。
感激岁月可相守，
不忘恩师饶力军。

赏莲慕鱼

愚人无智慧，静等睡莲开。
秀水洁身美，心中乐入怀。

金鱼真自在，力争上游来。
摆尾摇头舞，条条是将才。

梦回赣南

离开部队二十年，
有幸相逢思眼前。
过往军营如美梦，
依旧留恋官兵连。

如今赣地变新天，
感念祖国政策鲜。
几代英豪今聚首，
青山不老太平年。

方珣作品[*]

产业互联网时代已经来临

一、概述

信息的叠加、智慧的叠加、创造力的叠加等，汇聚成了一种伟大的变革力，经济的发展、商品的丰富程度、方便的互联网正在改变全世界人民的生活方式、思想方式、意识形态。

产业互联网时代不管个人愿不愿意，也不管伟大的思想家能不能预见到，产业互联网时代明天即将来临。未来已来，我们已经听到了产业互联网的脚步声，未见其人先闻其声了。

二、个人价值实现推动产业互联网时代的来临

从原始社会到奴隶社会，到封建社会再到资本主义社会，个人价值实现的追求在发生核裂变，推动社会的进步和发展。

原始社会，作为个人，太渺小，就好像一滴水，无声无息；奴隶社会，个人开始形成组织，已经聚合成小溪，以小溪的形式存在；封建社会，个人开始互相连接，已经形成一条条小河；资本主义社会，个人如一滴滴水汇聚成一条条江河，个人的存在感已经很强，威力也较大，足以推动世界发展。

一条条江河终成海，产业互联网时代不可阻挡，即将到来！

以国家的意志所开展的经济活动发展到顶峰，无人接盘，无法流动下去，不可避免停止。以损害国家信用为代价的大量增发钞票，无疑饮鸩止渴，只能加速从停止走向死亡的进程。

以资本的意志推动经济高速发展的同时，也为资本主义挖掘好自己的坟墓。

---

[*] 方珣，1966年10月出生于云南省德宏傣族景颇族自治州芒市，1984年至1988年就读于四川大学化工系有机化工专业，获工学士学位。毕业以后从事烟草研究，在互联网时代，业余时间致力于互联网的学习。

传统商业是围绕物的商业，为资本带来巨大的财富。广大人民得到暂时物质的满足后，灵魂却更加空虚。尼采发出"上帝死了"的感慨。

围绕人的价值实现构建的产业互联网商业模式，在互联网极客和具备互联网思维的创客的推动下，即将闪亮登场。

这里的人不只是一个个渺小的个体，而是全世界范围的人民，以全世界人民的名义构建的协同共生的生态系统，已经完全超越国家系统的主权、超越国家意识形态、超越"亲不亲阶级分"过去那种意识形态价值观，大家只有一个目的，协同共生，实现个人的自我价值和社会价值。

人自从来到这世界，就进入协同共生的家系统，在成长的过程中，生理需求、安全需求、社交或情感的需求、尊重的需求、自我价值实现的需求逐渐得到满足，同时，家系统也需要人实现社会价值回报系统。也有些人对社会没有价值，甚至危害社会，形成负价值。形成负价值会被系统抛弃，失去自我的存在价值。

产业互联网时代不重视学历，但需要知识和文化；不重视背景，但需要创新和学习力；不重视人脉，但需要情怀懂得去链接；不重视资历，但需要能力。原来我们每个人都被木桶原理所束缚，短板限制了综合水平，所以我们总在弥补自己的短板。而随着人们协作效率的提高，今后长处决定了水平。我们不用再盯着自己的短板，只需要将自己擅长的一方面发挥到极致，就会有其他人来协作，这叫长板原理。

个人价值在协同共生的生态系统中很容易实现，通过内求提升自己的个人价值，通过对规则的遵守，与生态系统形成强链接，个人需求的价值创新在传统商业时代很难实现，但通过产业互联网与众多相同需求的威客链接形成新的价值流，在生态系统中与创客一起协同，共同创造出新的价值需求，个人价值需求与社会价值是高度统一相关联的，个人的自我价值与社会价值很容易实现。

个人的自我价值与社会价值实现协调统一，每个人很容易完成个人价值实现，也是作为人的最高层次需求得到满足。

产业互联网时代个人的财富路线是这样的：行为—能力—信用—人格—财富。在大数据和互联网的帮助下，个人行为推导出了个人信用值，然后以信用度为支点，能力为杠杆，人格为动力，联合撬动的力量范围，就是个人的财富值，也是个人所掌控世界的大小。所以个人价值实现的能力比传统商业时代会提升许多。

三、产业互联网时代传统企业如何生存发展

产业互联网能将信息流融入生活流、服务流、价值流、信用流、生产流、创新流以及社会生态的各个层面，这是一种全新的社会型企业，其价值取决于社会的参与度。

产业互联网时代消费者和生产者共同创造产品的价值，所有商品和服务的价值创新都是由威客和创客共同完成的。威客和创客都是社会型企业的合伙人，消费创造价值，与生产者一起享受商品红利；当然创客也会和乔布斯一样创造新的价值流主动服务威客，让威客参与分享，共同完成新的价值流的闭环。与传统商业闭门造车，然后花费大量广告费用去推销商品完全不同。

产业互联网生态系统是传统企业（包括 BAT 等传统互联网企业）的支撑，服务于传统企业又超越传统企业。

传统企业只有转型，把自己的所有资产包括债务转换为数字资产，参与协同共生的生态系统建设，通过所有创客形成的新的价值流，带动生态系统闭环的高速流转，形成价值增量，实现天下无债、天下无忧的全球社会化经济良性循环的生态环境。

传统商业围绕物进行，一旦走进死胡同便无法正常运转；而围绕人的价值实现构建的产业互联网生态系统，协同共生，共创共赢。就如王维写的诗描述的境界：行到水穷处，坐看云起时。作为传统企业家没有必要悲伤，只需要转变思维，学习产业互联网知识，培养互联网思维，一定能绝处逢生。

四、产业互联网时代的中国

国家与国家的竞争，先后经历了资源竞争、制度竞争、文化竞争三个阶段。一个国家的财富最开始靠自然环境，比如战国时代各国互相征伐，目的是掠夺土地和粮食；后来开始依靠制度，比如西方率先发生了资产阶级革命，然后诞生了现代社会制度和体系，并发生了工业革命。未来靠什么？靠文明！一个国家的文化最终决定了这个国家能走多远、飞多高！

中国经济的增长动力先后是"权力驱动""市场驱动""需求驱动"。最开始的改革开放是政府引导，所以权力发挥作用很重要，后来逐渐切换成市场主导，但是导致无序化竞争，出现了产能过剩。产业互联网时代，一切生产都是以消费者的需求为出发点，以创造价值为目标。威客和创客共同完成个人价值的实现，共同创造新的价值流。

产业互联网时代"按需求生产，按需求分配"，创造无限接近需求，实现增

益付出超需回报。

中国商家和消费的关系可以分为三个阶段：买卖关系、服务关系、共生关系。以前买和卖是商业的基本逻辑，核心是"产品"，才有了差价和利润；后来以满足消费者一切需求为基本逻辑，核心是"服务"，产品要虚拟化、增值化；产业互联网时代商家和消费者的界限越来越模糊，威客和创客共同完成产品的价值创造，价值共享。威客和创客角色都是随时在变换的。个人的自我价值与社会价值实现协调统一，每个人很容易完成个人价值实现，也是作为人的最高层次需求得到满足。

中国人的财富形式先后经历了粮票（花钱的权力）、存款（现金数字）、房产（固定资产）、估值（虚拟财富）四个阶段，产业互联网时代的财富形式一定是虚拟资本，趋于虚拟和抽象，只是一个数字资产。你拥有多少财富，并不代表你就可以随便花这些钱，而是代表你有支配这些钱的权力，财富多少意味着调动资源的多少。究其本质，是整个社会越来越共享化、公开化、公共化。

在产业互联网时代，天下无贪成为现实，去中心化的生态系统依靠利益关联进行互相制衡，区块链技术的运用，个人所有行为被绑定，虚拟信用决定了他在生态系统中生存的环境如何。

五、产业互联网时代世界的变革

产业互联网是围绕人的价值实现构建的，时代的前进动力是个人，产业互联网时代是个人主义的时代，因此一切理论的研究重点必须从国家与企业、企业与政府的关系，转移到人与人之间的关系，传统而经典的理论也正在逐渐失效，社会的经济规律、法律制度、价值观和行为也将发生变革。

人类社会的发展路径为部落社会、村落社会、家族社会、家庭社会、个体社会。世界正变得越来越细致、周密。以前各种关系是面对面发生的，后来发展成了线对线，产业互联网时代的世界，是由各种"触点"（个体）构成的。个体崛起也就意味着各种"组织"的"下沉"，一切组织都必须下沉，把舞台留给具备互联网思维的"个人"。

世界各国政府不得不按照人民的意志运作，作为全球生态系统组成部分的各国系统，从你死我活的互害关系逐步过渡为协同共生的关系，世界各国大小系统之间的关系其实与人体的微生态系统一样，一荣俱荣一损俱损，产业互联网时代天下一家。

"一带一路"国际合作高峰论坛一共来了29国元首，130个国家派代表参加，传统西方发达国家美英法德意都派出代表团参会，日本都没有忍住，最后也来了，社会经济的高速发展推动上层建筑变革，每个国家系统都是由人民组成的，人民的意志不可违背，意识形态的东西在互联网时代容易沟通理解交融，互联网连接全世界人民，人民关心的是如何协调共生共荣共创。全球化的协同共生的生态系统即将形成。

未来已来，产业互联网时代的明天即将降临！

互联网思维是什么

我们重温一下互联网大咖对互联网思维的论述，看看我们对互联网思维的认知的差异究竟在哪里？

刘少丹：互联网思维是给你一个立足点，让你发现和世界全新的关系；你是一滴水，也可以让大海向你注入。

李彦宏：互联网思维是一种思维模式，可能你从事的行业不属于互联网，但你的思维方式要像互联网的方式去思考问题。

阿里巴巴前总参谋长曾鸣教授：互联网的未来就是任何人、任何物、任何时间、任何地点，永远在线、随时互动，而今天我们能连起来的东西还不到1%。"互联网精神"的层面，平等、开放、互动、迭代、演化。平等是互联网非常重要的基本原则；开放变成一种生存的必需品，连接越广、连接越深，价值越大；双向的互动才创造价值；通过一轮一轮的迭代来逼近真实的用户需求；不是借助计划而是通过演化来逐渐优化、接近更好的状态。

马云：我一直认为互联网不是一种技术，是一种思想。如果你把互联网当思想看，你自然而然会把你的组织、产品、文化都带进去，你要彻底重新思考你的公司。今天很多人都说网上营销好，但是营销好了，麻烦也就开始了，你整个组织、人才、思考、战略都要进行调整。你以为是你的胃口太好，但换一只胃，你的肝也出问题，脾也出问题，因为所有内部的体系是连在一起的。这世界没有传统的企业，只有传统的思想。

张瑞敏：互联网思维是零距离和网络化的思维。

周鸿祎：互联网思维是常识的回归，主要有以下四点。

（1）用户至上：在互联网经济中，只要用你产品或服务的，那都是上帝！很多东西不仅不要钱，还把质量做得特别好，甚至倒贴钱欢迎人们去用。

（2）体验为王：只有把一个东西做到超出预期才叫体验。

（3）免费的商业模式：硬件也正在步入免费的时代。硬件以成本价出售，零利润，然后依靠增值服务去赚钱。电视、盒子、手表等互联网硬件虽然不挣钱，但可以通过广告、电子商务、增值服务等方式来挣钱。

（4）颠覆式创新：你要把东西做得便宜，甚至免费；把东西做得特简单，能打动人心，超出预期的体验上的呼应，能赢得用户，就能为你的成功打下坚实的基础。

雷军：互联网思维就是专注、极致、口碑、快！专注就是只做一款47寸的电视，其他型号不考虑。极致就是干到你能力的极限。口碑是互联网的核心，没有口碑靠广告一点戏都没有。快，只有互联网企业能实现，都是24小时值守，有问题立即解决。

王志纲工作室创始人王志纲：互联网思维充分体现了"平等、尊重、参与、分享"的价值观，进入移动互联网时代，老板对组织、产品、用户的认识必须要全面通过互联网卖产品还是技术思维，必须把互联网思维上升到企业战略的高度。

格兰仕集团执行总裁梁昭贤：相信选择比努力更重要，速度再快都不能发展，所以方向比速度更重要。任何时候不管大环境怎么变都好，我们要主动出击，干在实处。我意识到，在新时期，我们需要转变，做制造业必须要用互联网的思维去做实体，要从过去以生产为中心，转化为以消费者为中心。

领教工坊创始人肖知兴：互联网给中国商业界带来的最大改变也许是新一代人的价值观的变化，中国传统的集体主义、威权主义价值观让位于以"平等、参与、分享"为核心的个体主义、自由主义价值观，这才是所谓的互联网精神或者互联网思维的真义。能够扎扎实实在企业内部管理中贯彻以"平等、参与、分享"为本质的互联网精神，把每个个体的创造性、积极性、主观能动性发挥出来的公司，才称得上真正的互联网企业。

独立新媒创始人申音：互联网思维的核心在于"思维"而非"互联网"，开放、平等、协作、共享、去中心，这些是互联网的核心精神。互联网思维不是做加法，不是说传统企业建个网站，搞个App什么的。而是做减法，减掉面向终端用户的不必要的环节，减掉不必要的资源消耗，减掉一切与最终用户直接沟通的障碍，减掉层层加价的中间渠道，减掉组织多余的架构层级……

前微软亚太研发集团主席、百度总裁张亚勤：互联网思维分为三个层级。

层级一：数字化。互联网是工具，提高效率，降低成本。

层级二：互联网化。利用互联网改变运营流程，电子商务，网络营销。

层级三：互联网思维。用互联网改造传统行业，商业模式和价值观创新。

互联网思维关乎互联网，却不基于互联网。

中国古代的老子、孔子、庄子等人，他们的思维方式就颇具互联网思维。

我们很多人学的是互联网知识，嘴上讲的也是互联网知识，但在意识和行为上并不具备互联网思维。

老天在中国人的思维里，并不是上帝，它不说话，也没有代言人，更没有信徒，却代表了世间一切可知与不可知的规律和法则。老天是所有意识维度的总和。

人的思维，在老天面前，只是自觉不自觉的片面感悟。

不同的人，触及了不同的维度，便有了不同的意识和行为，也有了彼此的理解与不理解、合作与不合作。其结果，便是尊卑荣辱、爱恨恩仇。

人海中，那些在多个维度中穿越自如的人，就成了别人眼中的极客。他不是老天，却是思维的优胜者。他站在后天告诉你明天的事，还了解你心中的需求，而你却不自觉。

思维的核心，不是思，而是维。思考上没有绝对强人，维度上则有无限差异。

互联网大佬们思考的能力都非常强，但对互联网思维的认知度却差异很大，是因为在不同的维度看问题。大家有没有发现刘少丹老师的维度最高，但较难理解？

同时在一个屋檐下一起听刘少丹老师讲互联网思维，理论知识是一样的，但因为每个人的维度差则领悟出现很大不同，与学历无关，与自身生长环境和心是否内求有关。那到底什么是互联网？

问：什么是禅？

答：什么都是禅。

问：什么不是禅？

答：什么都不是禅。

问：为什么什么都是禅，什么都不是禅？

答：因为如果不是你的心在禅中，就是禅在你的心中。

心中有禅什么都是禅，禅是什么？吃饭就吃饭，睡觉就睡觉；鼻子竖着长，嘴巴横着长；禅是互联网。正如六祖慧能大师所说：如人饮水，冷暖自知。

爱孩子，由于父母的维度差，具体体现在孩子身上结果完全不同，父母都知道溺爱孩子有害，但有的父母却分不清什么是溺爱，更不了解自己家里有没有溺爱。对孩子表现出溺爱，比如过分袒护、轻易满足孩子，大鱼大肉使劲喂孩子，失去理智、直接摧残儿童身心健康；有的父母知道爱孩子就是让孩子感受到自己的价值，让孩子从小能自立，对孩子不能太好，并不因为自己小时候缺衣少食难得吃肉，就把大鱼大肉当成好东西拼命喂孩子，而是尊重科学膳食喂养孩子。一份简单的爱，不同人表现出来的思维方式却截然不同。

大家应该理解了互联网思维为何这样难培养吧？对互联网思维的认知因为存在维度差，内心的理解不同，表现出行为差异，直接的结果就是不同频。互联网思维用文字表述确实不太难，关键还是你的内心能不能完全装下并引发内心开悟。

我对互联网思维是这样理解的：互联网思维是一种思维方式、思考方式，是内心对自身与宇宙的全新关系的重新审视和定位，其中包括：一种如何实现人与人、人与自然、人与社会关系和谐统一的思维方式。

当然，互联网链接全世界的人，有无数开放的接口，不同的人站在不同的维度丰富着对互联网思维的认知，这并不重要也无所谓对错，关键还是你心中有禅，就能彼此连接，那什么都是禅，什么都是互联网。

产业互联网之定制商品

通过产业互联网的链接，专家的智慧知识不断迭代，产生核聚变一样的威力，这个问题对我来说比登天还难，但对于许许多多研究产业互联网链接的专家来说估计就是小菜一碟。

威客们中可能有各行业的专家，也有和我一样需要这种产品的客户，或者只是看好这种产品的资本投入者，我们一起努力，共同创造出这种新价值，然后再去链接能开发这种产品的创客，最后大家一起投资完成这个产品的开发与生产，通过这个商品赚钱，因为其有价值。参与的所有人都能赚到钱，因为大家都投入资本：有钱出钱，有力出力，有智慧出智慧，共同完成了产品的价值创造。这就是产业互联网时代定制商品的过程与逻辑。

一、传统商业的弊端

传统商业是围绕物的商业，在生产制造方面存在弊端。由于传统商业模式中制造商直接面对的并不是消费者而是中间商、零售商，因此，生产商并不能第一时间了解到消费者对于产品的评价、建议及要求，具有一定的滞后性。

传统商业模式在运输环节上存在弊端。从生产商到中间商到零售商最后到消费者的售货模式明显不能满足现代生活的需要，因为这种传统的模式与生产商直接到消费者的无店铺模式相比较，造成了很多人力物力和财力上的浪费。就拿水果销售来说，传统的销售模式中水果从很远的地方运到中间商再到零售商，在这个运来运去的过程中，不仅增加了交易的成本而且造成了巨大的浪费（许多的水果在搬运过程中坏掉）。

传统商业模式在成本上的不足。在生产运输环节的不足，使其交易成本增加，最终导致产品价格高而竞争力下降，这都是不利于企业发展的。

传统商业模式在销售方面的不足。随着人们的时间观念的增强及社会老龄化程度的加深，越来越多的人不愿意采用传统的购物方式买东西。因为传统的购物方式既花费时间又花费精力，而且并不一定能够买到中意的商品。传统的销售不仅在消费者方面不讨好，而且销售商还要雇用一大批销售人员，这无疑又增加了销售成本。所以在销售方面，传统商业有着其无法避免的弊病。

资本为了追逐最大利润，靠规模化的大生产降低成本，最终造成生产与消费的脱节，产品库存量巨大，去库存压力剧增。

商品极大丰富的同时，我们却不知道去买什么？无休止的降价打折已经无法激发消费者的激情，社会这个大系统的人是互相关联的，卖衣服的老板卖不出衣服，导致生产衣服的厂家停产倒闭，厂家倒闭导致工人失业，工人失业导致餐厅等服务行业生意锐减等，总之一句话，社会经济的流通突然停止不动了。经济危机不可避免地发生。

传统商业时代，犹太人把钻石营销做到了极致，一颗颗使用价值不大的钻石，犹太人通过自己的智慧，卖到全世界富贵人家，而且几乎不贬值。资本主义时代应该说经济发展是非常成功的，但围绕物的商业有发展极限，最终人无法实现自我价值和社会价值。

二、产业互联网时代的商业逻辑

产业互联网时代的商业模式是围绕人的价值构建的。人的价值分为个人价值和社会价值。人有生理需求、安全需求、社交或情感需求、尊重需求、自我价值实现五大需求。个人价值在传统经济时代是很难实现的。资本的意志决定了人只是配角不是主角，只有到了产业互联网时代人才真正成为主角。

产业互联网是将信息流融入生活流、服务流、价值流、信用流、生产流、创新流以及社会生态的各个层面，在全球范围内形成社会化运作模式，威客和创客身份随时都在互换，个人自我价值实现与社会化价值实现高度统一。

新的价值创新点很容易实现。自我价值和社会价值高度协调统一，个人价值实现将会变得非常简单。

传统商业的定制商品服务仅仅只是一种营销手段，没有根本的改变，比如定制服装，过去是直接买成品，现在是量身定做，没有价值增长点。手机个人定制应该很难实现，个人的创新需求也很难定制，只有在产业互联网生态系统中才能真正实现商品的定制。

极客引领潮流，威客共同创造新价值，形成新的价值流，带动创客一起实现新价值的完成，威客和创客组成社会化协作组织，完成商品的创新、设计、投资、生产、流通、服务、利润共享等。在协调共生的生态系统中，完成一个个定制商品项目是非常容易实现的。

商品交换价值＝自然价值＋劳动价值。

自然价值很低，基本没有生产原料的浪费，中间营销成本大幅度降低，交换价值很低，具有传统经济时代不可比拟的巨大优越性。商品价值高，价格低，非常容易被更多的消费者接受，人的社会价值更大。

三、定制商品的意义

产业互联网定制商品项目拉动世界经济增长，促进生态系统高速流转，为系统增信赋能，释放全社会每个人的隐形资源和闲置资源。只要参与就能创造价值。

产业互联网生态系统让系统每个人拥有数字资产，个人的方方面面都可以形成数字资产，都可以赚取数字资产。比如自我能力、自我需求、自我价值都可以成为资本和资产，可以用来赚取更多的数字资产。

数字资产在系统内成为国际通货，支付方便简捷，流通更快。全球化的流通公平交易更容易形成，促进全球经济发展。

芦广华作品*

小　山

　　清晨，当东方的天空刚刚蒙蒙亮，寂静的小城里的人们在黎明前还熟睡在梦境之中的时候，我便早早地起了床，走出了家门，去登山。我绕足市区向城东方向的山边走去，走了半个多时辰，就来到了群山脚下，我选择了一座小山进行攀登。

　　抬头仰望，这座小山并不算高，也不陡峭，山上既没有奇峰险谷，也没有参天古树，更没有亭台楼阁。这只是一座极为平常的小山，像这样的小山在中国辽阔的大地上、泱泱的山河中实在是太寻常了。

　　当我准备好了开始登山时，左寻右觅，发现小山无径，想要向山上攀登，得依靠自己独"斩"荆棘，踏路前行。于是，我只好随意地选择了一处登山的起点。这样一来，在我向上攀登时，每攀登一步，都要用双手拨开湿漉漉的荆草。攀登了一阵子之后再回头望去，踩踏过的痕迹便在身后留下了一条隐约的路。

　　登山途中，我一边攀登一边观赏着山中的景致。山上的树木郁郁葱葱，走进了树林如同走进了一片绿色的海洋。林子里生长的树木虽然不是那么的高大和粗壮，但是，树木的品种有很多，有柞树、槐树、椴树、榆树、黄柏树、楸子树、山梨树、水曲柳树、桦曲柳树、白杨树、白桦树以及青松等十几种。各种树木交错地生长着，枝叶浓密，叶叶相连。漫步林下，仿佛荡舟在绿波之中。

　　除了观赏这葱茏翠绿的树林之外，在难得的一个峰回路转之后，在山腰间，偶尔也会遇见几种叫不出名但鲜艳可人的山野花在那里迎风摇曳，竞吐芬芳。有蓝色的花儿、有黄色的花儿、有白色的花儿，也有粉红色等不同颜色的花儿。有的花儿扎根在草丛里；有的镶嵌在岩峰中，贴近了可以闻出一股淡淡的香气。

　　看到这些不以无人而不芳、不因清寒而萎缩，生于贫瘠却清香远播的山花，

---

　　* 芦广华，男，67岁，吉林省舒兰市人，大专学历。1975年参加工作，是吉林省舒兰市的一名矿企工人，1977年就读于吉林省吉林市财贸专科学校。1980年毕业后又到企业工作，2016年退休，工作之余在舒兰市《细鳞文艺》、吉林市《江城日报》、吉林省《当代审计》等发表散文随笔20余篇。

我对它们顿时产生了敬意。这不禁使我想起了唐代诗人李涉所写赞美山花中的两句诗："六出花开赤玉盘，当中红湿耐春寒。"还有明代的诗人薛网为赞美山花所写的"西风寒露深林下，任是无人也自香"的诗句，以及南朝诗人柳恽所写的赞美花儿的佳句"不摇香已乱，无风花自飞"。我想，此时此刻，用这样的诗句在此赞美这些山花，它们是当之无愧的美景。

攀登了一阵子，我来到了一处称不上俊俏的山崖下面，在这里，我抬头仰望，突然看到山崖上生长着一棵婀娜多姿、针叶茂盛的岩松时，惊喜地前去观望，走近了才觉得它既没有婆娑的姿态，也没有屈曲盘旋的虬枝，与名山古刹中的老黄松相比差远了。但是，当我再仔细看着它"咬定青山不放松"的坚韧不拔身姿时，从内心产生了一种由衷的敬佩之情。

风儿轻轻地吹着，微风抚过树梢，吹得树叶沙沙作响。几只鸟儿在树枝上相互追逐，飞来飞去，叽叽喳喳地嬉闹着，给寂静的山林增添了一份欢快的气氛。蔚蓝色的天空中没有一丝云彩，几缕阳光透过树叶间的空隙，悄悄地照射到地面上。

我稍息片刻后，继续向山顶登去……

一边登山一边欣赏着山上的景致的我并没有感觉到登山的时间有多么的漫长，很快就登上了小山的顶峰。置身峰顶，我极目远眺，看到的是小山的后面还是山，峰峰相连，峰峦叠嶂，群峰就像一条巨龙蜿蜒起伏着。

再朝山下望去，跃入我眼帘的是一条如柔软的丝带一般，弯弯曲曲、波光粼粼、清澈明亮的小河。此河中生长着一种全身洁白、头小、无鳞、肉质细嫩并且对水质要求比较高的小鱼，按照它的生长和习性，人们给它起了一个比较好听的名字，叫"细鳞鱼"。因此，当地人称此河为"细鳞河"。河岸的两旁，是土地肥沃以至于一眼望不到尽头的千亩良田。

看到这里，也许有人会问，这不就是一座平平常常的小山吗？并没有什么好看的，这难道也算是风景吗？这么一座无名的小山，比起那些名山大川来说可真是差远啦。但此时，我突然感到，这样的小山虽无华丽和壮观的美景，但就是这平淡无华的景致，却展现了小山那最朴素的美、最纯真的美、最自然的美。

小山的美，虽然是漫漶的、散乱的、平淡的；小山的美，或风化在岩石上、或飘荡在树林间、或翩跹在鸟儿灵巧的羽翼下……但是，小山的美，就在于它不矫作、不炫耀；没有被开发的景致、没有人文的雕琢。在这里，它的一石一木均保留着最原始的姿态，具有处女般的安宁与从容。

不仅如此，小山的美，在自然界里，更在于它对人类做出的无私奉献和所发挥的作用中。你看，当冬季来临时，它把漫天飞舞的雪花拥到自己怀里蓄积起来，起着天然的蓄水池的作用；到了春天，冰雪融化后，它又将积水汇成涓涓细流，像乳汁一样滋润着山下的良田；而当雨季来临时，它又将雨水蓄进自己的身躯，避免山间洪水的大量倾泻而淹没山下的良田，土地守护着人们的劳动果实，守护着人们的平安。

除了这些作用之外，小山还为我们人类无私地奉献着天然的氧气、野生食材、药材以及木材等资源。

如此，小山有着这样的胸襟，这样的只有贡献、不图索取，勇于担当、甘于奉献的精神，它是这样的坦荡无私、这样的朴实无华、这样的无私无畏，难道你就觉得它只是一座小山吗？难道你就不觉得它正象征着我们的中国共产党的高贵品质吗？难道你就不觉得它不正如同我们的中国共产党一样，守护着人民的安宁，守护着人民的快乐平安和美好的幸福生活吗？

让我们热爱和高声地赞美小山吧！

略说古城西安

说起古城西安，人们都知道，这是一座名扬海内外的历史名城，是中华文明和中华民族的重要发祥地。但是，你知道这座古城建都或者立都的历史吗？今天，我们就来说一说中国各个朝代在古城西安建都或者立都的演变历程。

据史料记载，古城西安从建城那天起，至今已有3000余年的历史。早在西周时期（西周是我国继夏、商之后第三个王朝），就有了西安城了，不过，那时的西安城还不叫西安城，叫丰镐城。始建于西周的丰镐城，是由周朝的第一位统治者周文王和他的继承者，也就是他的儿子周武王分别兴建的都城（丰镐城是丰京城和镐京城的合称）。

原来，丰京城是周文王兴建的国都。当时是从岐山迁都到丰京城的（周朝的国都原来在岐山，今陕西省宝鸡地区岐山县），迁都到丰京城的第二年，周文王就病逝了，周文王死后，周武王继承了他的王位。为了让新王朝显得更气派，周武王又开始兴建镐京城作为国都。

经现代考古学家鉴定，"两京"分别位于今西安市的长安区马王镇和斗门镇的沣水河畔的东西两岸，面积约为17万平方千米。"两京"建成之后，"丰京"

城便成了周王室宗庙的供奉地和蓄养禽兽、供帝王玩乐的园林；而镐京城就成了周朝的首府，也就是周武王和他的继承者们居住和治国理政的地方，即周朝政治、经济、文化和军事的中心。

到了西周末年，西周最后一个国君周幽王荒淫无度，不理朝政，并十分宠爱一个名叫褒姒的妃子。褒姒在周幽王面前始终不愿露出笑脸，为了博得美人一笑，周幽王曾经点燃"烽火台"戏弄各诸侯，可见其荒淫程度。公元前771年，申国（今陕西省宝鸡地区眉县东北部）的国君申侯联合犬戎（活动在今陕西、甘肃地区，游牧族群）合力出兵攻打丰镐城，丰镐城陷落，申侯和犬戎攻入城后杀死了周幽王，并将城内财物洗劫一空，西周从此灭亡。

西周始于文王，终于幽王，共传位12王。作为西周沿用了约286年的都城，丰镐城在幽王末年遭受到了严重破坏，失去了往日的辉煌。

周幽王死后，他的儿子，即宜臼继承了王位，历史上称其为周平王。鉴于丰镐城已残破，又处于犬戎威胁之下，翌年，也就是公元前770年，周平王宜臼由丰镐迁都于洛邑（今河南洛阳），历史上称东迁后的周朝为东周，残破的丰镐城也从此慢慢地被淹没在历史的尘埃中。

东周时期，也就是从公元前770年开始，春秋战国时期拉开序幕。在这个时期，各诸侯国争霸，最后形成了齐、楚、燕、韩、赵、魏、秦，战国七雄。到公元前221年，秦始皇统一了六国，建立了大秦王朝，战国时期结束。

在秦朝建立之前的战国时期，战国七雄当中的秦国早在公元前350年，也就是秦孝公十二年，就由雍城（今陕西宝鸡凤翔境内）迁至新建的咸阳城内，将咸阳城作为都城了。秦始皇建立秦朝以后，仍将咸阳作为国都。所以，历史上的咸阳城既是曾经的秦国的都城，又是大秦王朝的国都。秦王朝在咸阳历经三世君主，传位14年，公元前207年，秦朝被汉朝所灭。

秦朝灭亡时，"西楚霸王"项羽曾经领兵杀进咸阳城，杀死秦王子婴（秦始皇的第三个儿子），火烧咸阳皇宫宫殿，大火烧了三个月，咸阳城当时成了一片废墟。

秦朝灭亡之后，楚汉相争便开始了，汉王刘邦最终打败了西楚霸王项羽。汉王刘邦统一天下后，公元前202年，建立了汉王朝。定国号为汉，史称汉高帝。定都长安（今西安），意即"长治久安"，史称西汉。长安城当时在中国，乃至世界上都是最繁华的大都市。丝绸之路开通之后，长安成为东方文明的中心。

公元9年，王莽篡权，建立新朝。他坐上皇帝宝座后，定国号为"新"，改"长安"为"常安"。至此，西汉灭亡，西汉历经14世君主，传位231年。王莽篡权后，刘秀（汉开国皇帝刘邦九世孙）起兵于南阳，后打败王莽（王莽在位14年），光复汉室，刘秀称帝后，定都于河南洛阳，因洛阳在长安的东面，故史称东汉。

东汉末年，也就是公元190年，汉献帝刘协于都城洛阳被董卓胁迫迁往长安。次年，董卓被杀后，汉献帝因李傕郭汜之乱又迁回洛阳，汉献帝在位13年。公元220年，汉献帝禅位给曹丕。

公元313年，也就是西晋时期，西晋末代皇帝司马邺，在经历八王之乱后，在众臣扶立下迁都长安，在位3年。公元316年，西晋被当时的北方蛮族所灭。

到了十六国时期，公元304年，匈奴贵族刘渊在左国城继汉王位（今山西离石区北），改国号为"汉"，公元308年刘渊称帝。公元319年，其侄刘曜继皇帝位，迁都长安，改国号为"赵"，史称"前"赵，在位10年。公元328年，前赵被后赵所灭。

十六国时期的前秦，公元350年，氐族首领苻坚建立前秦王朝，定都长安，历经六帝，传位44年。公元394年，前秦被后秦所灭。

十六国时期的后秦，在公元384年，羌人贵族姚苌所建立的后秦王朝，定都长安，历经三帝，传位34年。公元417年，后秦被东晋所灭。

南北朝时期，中国的南方和北方处于分裂割据的状态，南朝有宋、齐、梁、陈四朝，承自东晋。北朝有北魏、东魏、西魏、北齐、北周五朝，承自十六国。南方各朝的国都全都建在建康（今南京），只有北朝的西魏和北周将国建在长安。陈是南朝最后一个国家，被隋朝所灭。

西魏，公元535年，是由北魏分裂出来的一个小王朝，首位皇帝元宝炬，是在将领宇文泰的拥护下登基的，国号"魏"，史称西魏，建都长安，历经两代三帝，传位23年，公元557年被北周取代亡国。

北周时期，公元557年，西魏被宇文泰之子宇文觉所代替，宇文觉自称皇帝，改国号为"周"，史称北周，建都"长安"历经五帝，北周存在24年。公元581年，杨坚受禅代周称帝，即隋文帝，改国号为"隋"，建都长安，并将长安更名为大兴城，结束了自东晋末年以后三百余年南北朝分裂割据的混乱局面，完成了中国历史上第二次大统一，隋文帝在位23年。公元604年，隋炀帝杨广继位，迁都洛阳。隋朝共历经三帝，传位37年，公元618年被唐朝所灭。

公元618年，唐高祖李渊灭隋称帝，改国号为"唐"，建立唐朝，将隋更名的大兴城又恢复长安城之名，定都长安。公元878年，黄巢起义动摇了唐朝统治的根基。公元907年，朱温篡权，唐朝灭亡，唐朝共传位21位帝王，存在289年。

唐朝时期的皇帝，除了武则天在洛阳以外，其他人都将长安作为都城。

至此，古长安城作为中国的政治、经济、文化中心，共有 13 个朝代在这里建都或立都，在历史上长达一千二百多年。

到了明朝时期，开国皇帝朱元璋将长安改名西安。此后，长安便称西安，西安之名由此而来。

闲话"美酒"

人类自从酿出了飘香四溢的"美酒"，"酒"就与人们如胶似漆、形影不离了，它成了人们的知心"朋友"。

壮士出征，"美酒"为战士壮行；诗人作诗吟唱，"美酒"为诗人助兴；亲朋好友相聚，"美酒"在亲朋好友之间架起了情感的桥梁。千家万户的婚丧嫁娶，"美酒"更是与之相伴、如影随形。就是独自小酌，"美酒"也为之添享解馋，抑或消忧解愁。

在诗人的笔下，飘香的"美酒"为后世留下了数不尽的佳作。浪漫的诗篇中，挥洒出的是人生中的理想、追求、信念、欣喜、乐趣、思念、凄凉、苦涩、孤独……

三国时期的政治家、军事家同时又是诗人的曹操在其《短歌行》中写道："对酒当歌，人生几何！譬如朝露，去日苦多……"借酒道出了他对完成统一大业理想的追求，他认识到人生时间的有限，已经失去了太多，建功立业，需争分夺秒，只争朝夕，抓紧时间，招揽人才，完成统一。唐代素有"诗圣"之称的杜甫，少年好酒，向来有"酒圣"之称，他借酒赋诗颇多，他的"白日放歌须纵酒，青春做伴好还乡"，通过写酒描绘出了畅饮归乡的喜悦之情。唐"诗仙"李白，他的诗更是"酒"气熏天，他在《襄阳歌》中写"百年三万六千日，一日须倾三百杯"，借酒写出了人生中饮酒的乐趣。"愁肠已断无由醉，酒未到，先成泪""浊酒一杯家万里，燕然未勒归无计""遥知湖上一樽酒，能忆天涯万里人"，这些诗句，都是通过写"酒"，浓浓地表达出诗人对故乡、对亲人、对朋友的思念之情。王维的"劝君更尽一杯酒，西出阳关无故人"，通过写"酒"，表达出了对友人离别不舍的情感。"明月几时有，把酒问青天。不知天上宫阙，今夕是何年"，宋朝大词人苏东坡更是通过写"酒"，把思念亲人之情畅快淋漓地抒发出来，留下了中秋望月思亲的旷世杰作。唐代李商隐的"心断新丰酒，销愁斗几千"，也是通过写"酒"，描绘出了作者对现实的不满，他的内心充满了苦闷与绝望。范仲淹的《苏幕遮·怀旧》中的"酒入愁肠，化作相思泪"，道出了诗人借酒浇愁的惆怅之情。杜牧的《清明》中的"清明时节雨纷纷，路上行人欲断魂。借问酒家何处有？牧童遥指杏花村"，还有李白的"花间一壶酒，独酌无相亲。举杯邀明月，对影成三人"都是通过写"酒"，描绘出一个人在外的孤独与凄凉……

飘香的"美酒"，助诗人写出了抑扬顿挫、激情澎湃的诗句；飘香的"美酒"，助勇士驰骋疆场、立功杀敌；飘香的"美酒"，助歌唱家唱出优美动听的"祝酒歌"；飘香的"美酒"，在餐桌上给人们带来无穷无尽的欢乐；飘香的"美酒"，还能做新型能源替代燃油……

"酒"真是人们物质和精神上的享受啊！

然而，"酒"有时候也不是什么好东西。你看，因为带一个"酒"字，"酒"便给一些成语留下了一世的贬义与臭名，真是冤死它们了。

还有，因"酒"出车祸、因"酒"发生火灾、因"酒"得各种各样的疾病、因"酒"破坏了别人和自己的家庭、因"酒"耍流氓……总之，因"酒"发生了各种各样的犯罪，出现了形形色色的事故。

更为可悲可叹的是，因酿"酒"还浪费了许许多多的粮食。

"酒"啊"酒"，有的时候，我真是想不明、看不清、弄不懂你到底是好还是坏，有用还是没用？人们是应该亲近你呢，还是应该远离你？

"酒"啊"酒"，你到底是什么？请你告诉我！

要写好文章，必须多读书

提到写文章，常有人说，拿起笔来总是感觉无从下笔、无话可说、无字可写，往往憋了很长时间也写不出什么文章来，即便勉强地写出些东西来，也是枯燥乏味、如同嚼蜡。为什么会出现这种情况呢？究其原因，不外乎是个人读书少，知识面窄，语言知识匮乏。

从文科角度讲，一个人无论上了多少年的学，从小学一直到大学，在课堂上读的教科书就只有十几册，所学到的语言和知识就如同沧海一粟，是非常有限的。可以说丰富的语言知识，几乎都是从课堂外和走向社会后勤奋读书得来的。只有读书，而且是多读书，才能让你获得丰富的语言知识，提高写作能力，增长个人的才华。

古语说得好，"读万卷书，行万里路""读书破万卷，下笔如有神""书山有路勤为径，学海无涯苦作舟""腹有诗书气自华""读书万卷始通神""熟读唐诗三百首，不会作诗也会吟"。这些名言名句，都在告诫人们，想要写好文章就必须多读书。

还有许许多多古今中外的名人名家，他们阐述多读书的至理名言不胜枚举，在此就不一一列举了。

因此，对我们每个人来说，要想写好文章，唯一的途径就是多读书。读书是写作的基础，是通往理想的桥梁。胸怀大志的人，没有理由不爱好读书。但是，如何读好书呢？这里简单地阐述一下作者本人的观点。

观点一：读书首先要培养兴趣。

做一件事情如果没有兴趣，是很难投入其中的。俗话说得好，"强扭的瓜不甜"，就是这个道理。读书也一样，对没有读书兴趣的人来说，如果强迫他读书，他是读不进去的。但是，每个人的兴趣都不是与生俱来的，都是需要靠后天培养的。所以，读书的兴趣也一样，也需要靠后天的培养。

那么，怎样培养后天读书的兴致呢？这就需要你平时把读书当作一件乐事，而不是将其当作一种负担，不要强制性地让自己看书。一定要先找自己感兴趣的书进行阅读，不妨先试着进行一些自己喜欢的小说、散文或者是诗歌等阅读，哪怕是看小人书都可以。比如，有的人刚开始喜欢看小人书版的四大名著，看着看着就上瘾了，然后就想看原著，这样慢慢地就使自己爱上了读书。另外，看书看上瘾之后，还可以交一些书友，这样互相可以推荐一些好书，逐渐地养成了读书的习惯，你就会热情地投入读书之中了。

观点二：读书要持之以恒，不可一日曝十日寒。

怎样才能持之以恒呢？读书要有坚毅的决心，下定决心必须坚持不懈，每天都要读书学习。要养成有时间要读书，没有时间想办法挤时间也要读书的习惯。鲁迅先生曾经说过，时间，就像海绵里的水，只要你挤，总是有的。所以说，要写好文章，就必须抓紧每天的时间去读书学习，不断地充实自己的头脑。

读书还必须专注，不能浮躁，也就是说必须要静下心去读、扎扎实实地学，不能急于求成，要一步一个脚印，坚持走好每一步。因为知识不仅是靠一朝一夕学来的，还是靠一点一点努力积累换来的。

荀子在《劝学》中说道："故不积跬步，无以至千里；不积小流，无以成江海。骐骥一跃，不能十步；驽马十驾，功在不舍。锲而舍之，朽木不折；锲而不舍，金石可镂。"这段话的意思就是告诫人们，学习上如果没有刻苦钻研的心志，就不会取得好的成绩。读书学习就好比爬山，不怕步子小，就怕不敢迈。掌握丰富的知识，不是靠短时间的冲刺得来的，而是靠长期努力积累取得的。

读书还要有恒心、有耐心。苏秦刺股、匡衡凿壁偷光、吕蒙手不释卷、车胤囊萤映雪等真实的历史故事至今仍广为流传。这种酷爱读书的精神，给后人树立了光辉的榜样。

在现实生活中，有些人在对待读书的问题上，存在着懒惰思想，他们不爱学习，不爱读书；有些人忍受不了寂寞不爱读书；有些人沉淀不下心来读书。这些人，一说到读书，总是给自己找各种各样的理由充当借口，总想明天再看。就这样，一天又一天，一年又一年地混过去。岂不知，明日复明日，明日何其多。到头来，时间也就无情地、悄悄地溜走了。

所以，读书学习如逆水行舟，不进则退，"业精于勤，荒于嬉"，这话一点不假。

观点三：读书需要泛读，但也需要有选择性地精读，泛读和精读要恰当地结合起来。

泛读就是指广泛地阅读，也就是指博览群书，古今中外不同风格的优秀书籍，自然科学的、社会科学的书籍，等等，能读到就尽量去读，博采众家之长，集大成于一身，从而丰富知识，武装头脑。

但在泛读的同时，还要有选择性地精读。因为书籍浩如烟海，对读者来说，谁都做不到精读每本书，读书越多知识面就越广，吸收书中的营养就越多。但每个人泛读的时间和精力都是有限的，要知道，一个人一生中所读的书籍绝大部分都是通过泛读来读完的。

所以，在泛读的同时，对好的书籍、好的章节、好的段落也要有选择性地进行精读，甚至对好的句子、好的词汇还应当默背下来。一是采取反复地背诵，扎扎实实地印在脑子里；二是对于不容易记住的东西，先将其记在本子上，或在书上画上标记，然后再反复地温习，时间长了，也就逐步地记住和消化了。

对于精读，比如说看《红楼梦》，有人就说过，看《红楼梦》最少看三遍才有发言权。可见，像《红楼梦》一样的书籍，就需要精读。也就是说，对经典的书籍要仔细阅读，多多思考，反复琢磨，反复研究，边分析边评价，从中吸取精华。所以，精读是一种重要的读书方法。

观点四：不动笔墨不读书。

读书动笔墨，是获取知识最重要的方法之一。俗语说得好，"好记性不如烂笔头"。我国杰出的革命教育家徐特立先生也有一句名言，叫作"不动笔墨不读书"。这些话都是告诫人们，读书对一个人来说，无论他的记忆力再好，也不如烂笔头管用。

读书动笔墨，就是说要边读书边领悟、做笔记。你可随时摘录书中那些经典的语言材料，如摘录文笔优美的段落语句、短小精干的名篇名章、名扬千古的诗词歌赋、精彩绝伦的古文古词、字句精妙的俗语及歇后语。另外，可记下你的所感、所想，还可以进行点评分析等，可以称其为读书日记。这样做，既可以强化记忆，又可以锻炼思维，将书中的内容读懂、读细、读透、读烂，达到掌握书中的内容和精华的目的，化书本的知识为自己的学问。

古往今来，名人名家读书都有不动笔墨不读书的习惯。有些人每读一本书，都要在重要的地方画上圈、杠、点等符号，还在书眉和空白的地方写上批语，或赞、或叹、或争论、或批判。

明末清初的著名学者、大思想家顾炎武（他有一名句"国家兴亡，匹夫有责"），规定自己每看一本书都要做笔记、写心得，他的一部分读书笔记，后来编纂成了史上著名的《日知录》流传后世，这也是我国史上典型的读书笔记的代表作，给后人留下了启迪，我们每个人都应当从中得到借鉴。

学问是光明，蒙昧是黑暗。读书吧！

林晓耕作品*

仲夏月下的感怀

"明月照高楼，流光正徘徊。"时值仲夏之夜，此境更为宜人。

行径弯弯。时光的河流，穿过暮春四月的蒙蒙迷雾，带上浅热五月的绵绵诗意，来到仲夏六月的翠翠岸边。

此时，午金光流溢，营造晴空万里；晚明月当空，洒下漫山银辉。

但相形之下，我喜于明亮月色里流连忘返。因为此刻，如诗如画，教人坠入如痴如醉境。

步履匆匆。岁月的脚步，辞别清明时节的潇潇春雨，携着轻曼初夏的脉脉含情，踏上热季中期的茵茵绿野。

此情，日艳阳高照，展现烈焰千重；夜皓月长明，倾泻遍野光芒。

而对比之中，我爱在清朗辉光中独行漫步。缘于此景，光环若练，让人产生如梦如幻感。

接踵浅夏的退隐，仲夏好时节可谓自然而来。

携手夜幕的降临，月下妙景致就此如约而至。

仲夏月，它不像妩媚碧春月的那样柔美透亮，轻洒苍茫四周——那更像一片柔美可人、温润适宜的绿色梦中情怀。

仲夏月，它不似如水中秋月的那般长天一色，遍染无限大地——那恰似一袭清爽诱人、圆满和美的金色诗意存在。

仲夏月，它不同酷寒严冬月的那种晶莹闪耀，光映稀疏丛林——那宛若一道冷艳沁人、斑驳陆离的灰色彻寒展示。

仲夏月，它有着独特若淡描的这等光影如水，辉泻漫山遍野——这可是一重热情醉人、围山绕野的银色光芒呈现。

---

* 林晓耕，笔名"耕耘希望"，男，55岁，广西东兴人，本科学历，会员情况：中国诗歌学会会员、广州市作家协会会员、中国作家网会员、中国诗歌网会员、中国百家文化网会员、江山文学网会员。职称：工程师、茶艺师。发表文章数量：约300篇（散文、散文诗、诗歌）。

当夏之皓月约会婷婷袅袅、灿烂绽放之荷花的时候，带着对于"出淤泥而不染"这高风亮节的无限崇尚，我漫行山边荷池曲折路，去感悟仲夏缠绵夜月与灵巧荷花的交相辉映。

这个时候，我看见：饱含缠绵情的月光，照在这亭亭立枝、袅袅粉瓣、点点柔芯与顶顶碧伞间，也照在曲折池路上、九曲塘桥里。

我看见，月照立枝，亭亭荡雾；月照粉瓣，袅袅生烟；月照柔芯，点点闪耀；月照碧伞，顶顶覆露。

我看见，月照池路，曲折前进时华光漫射。

缓缓迂回于月下塘桥，我还可悦赏，这明月与荷花的并肩互映！

沐浴月之光，身在荷花中，我的感慨油然而生：两千多年前，万古的屈原、绝世之诗魂，其光辉灿烂的人生之路，不就是那如荷般"出淤泥而不染"高尚品格的真实写照吗？

逢夏之朗月携手依依绵绵、万条垂下之杨柳的时刻，想着观赏"摇曳惹风吹，临堤软胜丝"那摇曳生辉、摆动飘香的别样风情，我移步河畔柳岸蜿蜒径，去慨叹深夏如水月色和翠绿杨柳的奇幻共舞。

那一时刻，我目睹：充盈曼妙意的银辉，洒于那纤纤主干、翠翠梢头、细细绿叶和垂垂柳条处，亦洒于蜿蜒岸径中、斜斜河堤面。

我目睹，辉洒主干，纤纤绕晕；辉洒梢头，翠翠朦胧；辉洒绿叶，细细镀银；辉洒柳条，垂垂闪亮。

我目睹，辉洒岸径，蜿蜒走行时莹辉满怀。

慢慢移步到泛辉河堤，我仍能察觉，那银光和杨柳的携手生辉！

相拥月之辉，移步杨柳下，我的惊叹骤然起：明明仲夏月，昭昭示人生。月柳共舞的美好时刻，其并不多见，它短暂易逝，像极了人的青春岁月啊！

有鉴于此，但愿你和我，不负美时光，珍惜佳年华，奋发勇向前！

仲夏，月下，这是我的感怀。

烟花三月，最美阳春

烟花三月。如烟柳絮伴风飘，似锦百花共绽放。

最美阳春。双飞燕子随春回，层叠千树同泛绿。

烟花三月，最美阳春。

"谁家玉笛暗飞声？"走上乡间道，忽闻妙笛耳畔响。

那美音，悠扬，像娓道烟花三月的故事；那韵味，绵长，似婉述最美阳春的传说。

听之，我感觉如痴如醉；品之，我觉如梦如幻；赏之，我心绪被染绿。

一直，我在想——是谁，让那《三月里的小雨》出自一管玉笛？

终于，我知晓——三月的烟花，将灵动的气息，融入青青的玉竹；阳春的丝露，把碧翠的神韵，送进长长的笛管。

如此这般，乐人潇洒、美曲空灵、妙律舒展，烟花三月美色显，最美阳春丽景现！

烟花三月，最美阳春。

道道金光洒下漫野明艳；朵朵花绽奏出满园春韵；阵阵和风送上浓郁柳香——烟花三月，来了！

"故人西辞黄鹤楼，烟花三月下扬州。"在此时此刻，承太白好意，好似相邀浩然，我和唐人，畅游三月维扬里……

群群归燕报告绿颜无限；棵棵树绿诠释勃勃生机；场场丝雨唤来翠意盎然——最美阳春，到了！

"试问春归谁得见？飞燕，来时相遇夕阳中。"对此情此景，应绿燕恭请，恍若相约稼轩，我与宋将，醉卧绿季春色中……

烟花三月，最美阳春。

当烟花三月的艳阳柔情普照时，我来感受那明媚的春光。

你看，阳光当彩笔，田野为画布，仲春的艳阳，正挥毫泼彩，创作着一幅田野春色图。

你再看，阳光映柳絮，柳絮生金晕；阳光照百花，百花更娇艳；阳光耀绿树，绿树枝叶茂；阳光洒绿地，绿地满春情！

当烟花三月的和风缓缓拂过时，我去感叹春风送青。

你瞧，春风吹来，那绵绵如烟絮，纷纷扬扬，映草长莺飞；那依依岸上柳，褪去残败，碧情又重回。"万条垂下绿丝绦"，记得季真《咏柳》中，生动形象地描述着。

你再瞧，春风拂过，那片片河边草，由黄转绿的演化已然完成，青葱漫目、碧情荡漾、绿意盎然啊！

烟花三月，最美阳春。

当最美阳春的燕子华丽回归时，我来瞩目燕归报春。

蓝天上，白云诗情走飘；窗檐下，燕子画意回归。眼看那飞来飞去的可爱精灵，装饰了蓝天，伴美了白云，点缀了青瓦，染碧了窗檐！

我有心问燕儿，你会长住吗？燕脆鸣作答，金秋再南飞！

好一段燕春相随的精美情！

当最美阳春的小雨无约而至时，我去感悟春雨温润。

我感到，远离了数九的肃杀凄凉、辞别了早春的乍暖还寒，三月的淅沥小雨，是温暖有加、不绝如缕。我看到，雨临山峡，山峡更油绿。

我听见，雨沐山林，山林传沙响；我察觉，雨洒山径，山径添洁白；雨泼山坡，山坡流晶莹。

好一派阳春丝雨的润物景！

对于三月，对于阳春，"阳春二三月，草与水同色"，这句古诗的相应描绘，可以说是非常到位了。

烟花三月，这是最美阳春！

我爱金秋的韵律

爽风的足印，穿越七夕曾驻的山林，朝九月延伸。风韵灵闪，节律动人。

仲秋的脚步，踏上夏日走过的小径，向晚秋迈进。秋意渐浓，秋黄更甚。

我爱，金秋——艳阳金风的韵律展露无遗。

金秋是一轮艳阳高挂，光漫天地散暖意的情景舒展。

不同于夏日的赤炎恰似火，秋阳，它烘托着一份情：暖。

这温暖秋阳，照耀白云，白云朵朵镶金更飘逸；照耀青山，青山座座铺金显妩媚；照耀碧树，碧树棵棵披金更诱人；照耀沃田，稻浪滚滚流金待收成！

好一种温暖的情景舒展啊。

金秋是一阵金风送爽，天高云淡又舒坦的开心呈现。

有别于热季的流风携热，秋风，它书写着一个字：爽。

这清爽秋风，吹拂大地，大地热意渐退变清爽；掠过四野，四野炽焰将尽化舒爽；轻抚千树，千树摇曳透出声声响；柔触秋花，秋花舒心开绽好景致！

好一片舒坦的开心呈现啊。

我爱，金秋——枫红独到的韵律尽致淋漓。

金秋是一季"枫情"流露，万山红遍显诗景的情怀坦露。

这个时候，我登上远处高山，去感悟枫红的婆娑与深沉。

我看到，阳光普照里，簇簇枫红，耀眼非常；爽风吹拂中，点点枫影，摇曳浮动。

我倾听，呼呼作响，是清爽秋风所致；唰唰有声，为赤色枫叶所送！

好一段"枫情"满怀的坦露啊。

金秋是一种"枫雨"飘洒，千叶聚集现画境的姿彩展示。

那一时刻，我漫行石径泥道，去感叹那红叶飘落的壮美。

我能见，艳光倾洒下，红红晕辉，夺目无比；爽风扫来时，片片枫叶，如雨落下。

我可闻，沙沙低吟，是金风拂叶所赠；啪啪浅唱，为漫道落红所呈！

好一幅"枫雨"画境的展示啊。

我爱，金秋——月静泉响的韵律秀丽不已。

金秋是一道皓朗当空，三分明月映天下的梦幻存在。

看：月色真如昼。一夜明月升，这光影似锦，那银色如练。静静的月儿，照着天地山川，赠世间秀丽无限。

听：如梦如幻时分。好像名句身边响："天下三分明月夜，二分无赖是扬州！"

我得说：唐人虽说赞扬州，但借花献佛，我将三分明月，敬赠全天下！

此时此刻，假如徐凝有知，当不会责怪于我吧？

金秋是一袭金泉长流，五彩绵情送你我的诗意表达。

看：清泉流诗情。一湾清泉淌，载层层残花，覆片片秋叶。汩汩地流泉，携上五色情怀，送你我精彩纷呈。

听：泉流确有声，淙淙奔大海，此生不复回。

再来细赏：如诗如画时刻。似乎好诗耳畔吟："明月松间照，清泉石上流。"

此情此景，如临夜晚，恍若携手王维，他我醉卧爽秋金泉中！

我爱，那金秋的韵律！

爽风的足印，穿越七夕曾驻的山林，朝九月延伸。风韵灵闪，节律动人。

仲秋的脚步，踏上夏日走过的小径，向晚秋迈进。秋意渐浓，秋黄更甚。

刘宇隆作品[*]

最爱我的人，少了一个

姥爷走了。

走之前，他在我梦里和我道了两次别。第一次在去年年底，第二次是他走的前几天。第一次道别，他没说什么话。其实，我刚看望过他——可能就是和我没待够。第二次，他对我说："娃儿，我走了！"

自姥爷罹患阿尔茨海默病以来，几乎只和我说过话。说得最长的一句是："娃儿回来看我了！我高兴！"抚着那已被抽去精神的空荡荡的残躯，我哀号得似一匹野兽。这……这曾是家里的主心骨、顶梁柱啊！

姥爷走在过年之前。后来听姥姥说，当晚他吃了一大碗饭，如常睡下，至半夜，忽然不行了。水已不能喂进去，不多时，便走了。死在他最留恋的老宅里，那张他待得最久的床上以及最疼他的老伴身边。

听姥姥说，姥爷刚死时合不上眼，姥姥趴在他耳边念了几句："娃儿们在外地……你放心吧……"再用手轻轻一带，姥爷合上眼——完完全全地走了。姥姥没有立即告诉离家最近的亲友，第二天早上才说。

大舅也是那天早上才告诉我爸，我爸马上给我打了电话，只说："姥爷住院了，可能要不行，大舅他们都在准备后事。"我嘴上支应着，心里却明明白白：姥爷走了，他已和我道了两次别。电话里，马上和我爸定了几件事：

"（1）不能告诉我妈，她身体差、心事重；（2）不用担心我，我知道我姥爷已经走了；（3）我俩把我们家该做的事、能做的事定下来……能做的马上做，该做的慢慢补吧；（4）我找个理由回去，跟着我妈几天，尽量不让她知道，还要防范她万一知道后的崩溃。"

见到我爸时，我妈正在筹备年货，并不断征询我俩走亲访友的安排。我忽

---

[*] 刘宇隆，男，33岁，祖籍南阳，现居北京。政治学博士，文学爱好者。曾出版《浪掷的余味》《喂，亲爱的世界》等四部随笔集。曾在高校工作，现创业，业余时间读书、写作，带自己的孩子学习文史知识。

见我爸眼神不对，紧贴过去："不能哭。"自姥爷走的那天起，我和爸妈基本是形影不离，妈不断地说："这个年过得是几十年最开心的一次！"当我妈这么说时，我在心里会默默对姥爷说：

"你专意走在过年前，放心，我们一定过好这个年。"

事实上，这个年也是我近几年过得最开心的一次。深夜时，我会把一天干了什么仔仔细细说给姥爷听，他报我以一口大牙、眼睛眯成两条缝。我一遍一遍地对他说："你专意选在年前走，为了你，我也让大家过个最开心的年。""中！中！中！"

姥爷是个很酷的人，酷了一辈子；也是个规矩很大的人；更是个只要自己能行，绝不麻烦别人的人；而且，是个爱开玩笑并开得起玩笑的人。小时候见过鬼子进村；刚结婚时从两百千米外挑煤，走着回家；有文化，做过干部；做腻了拉人盖房子；又腻了种地；自学打铁……唯一一段不折腾的人生，是从他六十岁到七十多岁，每天给我做早饭，再给我水壶里灌满水，等着我放学……从幼儿园，一直陪到我上大学。婚礼上，轮到我讲话时，竟一个字都说不出……我的半生，他的晚年，爷孙俩一次也没拌过嘴。

大年初七，上班时间到，和我爸约定好告诉我妈实情的时间也到了。怎么说啊？只好直说，这么大的事弯弯绕绕一点用也没有……又陪了我妈几天，看她基本想开，安心了……我的第一滴泪，就今晚，落下来了……

然后是第二滴……流啊流啊……

滚烫的脑浆子仿佛流进了耳朵，姥爷的说话声我再听不到了……

最爱我的人，少了一个……

余昌开作品*

不高估自己，不低估别人

我们不要高估自己，也不要低估别人。

在我们的一生中，做事情，要有自己的思想和判断，不要高估自己，也别低估别人，因为你也不清楚自己的潜力，别人的能力。

因《寄兴》有云"黄金无足色，白璧有微瑕。求人不求备，妾愿老君家"，从而衍生出了一句：金无足赤，人无完人。看来，世上没有完美无缺的人，也没有一无是处的人。

就像杰克·伦敦在《海狼》中所说的那样，"每一个人都把自己当作钻石，而在别人眼中看起来，却只不过是钻石的同素异形体：碳"。

人最大的愚蠢，一是高估了自己，二是低估了别人。

俗话说："井底之蛙，自以为是；夜郎自大，自视甚高。"而这些，都是要不得的。

的确如此。狂妄自大，认不清自己；目中无人，看轻别人。太把自己当回事，很容易给自己招致灾难。

一只四处漂泊的老鼠在佛塔顶上安了家。佛塔里的生活实在是幸福极了，它既可以在各层之间随意穿越，又可以享受到丰富的供品。它甚至还享有别人所无法想象的特权，那些不为人知的秘籍，它可以随意咀嚼；人们不敢正视的佛像，它可以在其周围自由休闲，兴起之时，甚至还可以在佛像头上留些排泄物。每当善男信女们烧香叩头的时候，这只老鼠总是看着那令人陶醉的烟气，慢慢升起，它猛抽着鼻子，心中暗笑："可笑的人类，膝盖竟然这样柔软，说跪就跪下了！"有一天，一只饿极了的野猫闯了进来，它一把将老鼠抓住。"你不能吃我！你应该向我跪拜！我代表着佛！"这位高贵的俘虏抗议道。"人们向你跪拜，只是因为你所占的位置，不是因为你！"野猫讥讽道。然后，它像掰开一

---

* 余昌开，男，瑶族，1985 年 8 月出生于广西壮族自治区平南县。喜欢研究马克思主义。文学爱好者。

个汉堡包那样把老鼠掰成了两半。

老鼠为什么觉得自己代表着佛？

因为老鼠居于佛塔之上的位置，而善男信女的跪拜给它这样一个印象，它就自以为自己代表着佛。它不清楚，人们跪拜的是佛，它高估了自己，因而狂妄，因而亵渎它所在的位置，最终自然会失去这个位置，即便没有野猫。

谁给了老鼠特权？

未必是佛给了老鼠这样的位置，老鼠是流窜到佛塔之上。老鼠产生嘲笑众人的心理，是众人的盲目崇拜行为让它产生的自我幻觉，因而，这不是真正的位置，也不代表真正的能力，它必然在野猫的利爪下破灭。

有段话说得好："别把运气当才华，别把平台当本事。有智而气和，斯为大智；有才而性缓，方为大才。"抛开平台的光环加持，才是你的实力，遵守规则，谦卑谨慎，才是智慧的人生。你要明白，每个人都是一个个体，离开平台剩下的，那才是你的本事。

很多时候，别人对你的毕恭毕敬只是因为你的位置。不要在阿谀奉承中得意忘形，滋生出盲目自信，高估自己的能力，而要认清现实，看清自己。做人最大的愚蠢，就是盲目自信。

"自信是优点，但不能盲目自信。"很多人容易将自己当成世界中心，却忘了这世上还有很多更优秀的人。人最怕的是没有自知之明，最难的是有自知之明。不高估自己，不低估别人，保持谦卑低调，人生才能走得顺畅。

"严于律己，宽以待人。""己所不欲，勿施于人。"在生活中，无论遇到什么事，都应该先从自己身上找原因。不指责他人，不推卸责任；常常自省，弥补不足。

真正厉害的人，往往都很低调。老子有言："大音希声，大象无形，大隐无名。"真正厉害的人，懂得"藏"的智慧。"木秀于林，风必摧之；堆出于岸，流必湍之；行高于人，众必非之。"

曾看过一段话："我以为别人尊重我，是因为我很优秀。慢慢地我明白了，别人尊重我，是因为别人很优秀，优秀的人更懂得尊重别人。"

原来，一个人越强大，越懂得低调做人，谦卑处世。不高估自己，不低估别人，低调做人，认真做事。

劳 动

从哲学高度看，劳动是主体、客体和意义的内涵集成体。

劳动是人类运动的一种特殊形式。在商品生产体系中，劳动是劳动力的支出和使用。马克思给我们下了这样的定义："劳动力的使用就是劳动本身。劳动力的买者消费劳动力，就是让劳动力的卖者为其提供劳动。"

任何劳动都具有能动性和受动性。能动性是指人们按照自身对自然界的规律性认识改造自然的过程；受动性是指不论人们是否认识这些规律人们总是受这些规律支配、不得不按照这些规律进行活动的过程。在一定意义上，这两个过程同时并存，是一个过程的两个方面。

唐震把人们在这个过程中能动的一面取得的成果叫作"自由自在的劳动"，并赋予其作为美的本质规定。换句话说，在劳动过程中，当"自由自在的劳动"在劳动中占据主导地位时，人的感受就是美的。他认为，劳动作为人与自然的关系状态，是自然界给人类下的一个诅咒，人类永远无法摆脱它，而只能在它的伴随下实现自由。所以，人类劳动的目的不是别的，就是人在自然面前获得自由，当他获得这种自由时，他同时获得了一种超越时空的感受——美感。他据此提出了创造美的劳动具有二重性的观点：

（1）所有创造美的劳动都是具体的劳动。个体在其与对象的对立与僵持中，需要劳动来解脱。只有劳动能把个体从对象关系中解放出来。由于个体所面临的对象是多种多样的，个体的劳动形式也就是多种多样的。从表面上看，个体的劳动过程是满足吃、穿、住、用的过程。它是那样的实在，那样的俗不可耐，不少人甚至诅咒是劳动使他变得辛苦起来。然而，劳动对于人，就像生命对于人一样是不可或缺的。恩格斯说得好："劳动改变了人本身。"如果没有劳动，也许世界上至今没有人类；如果没有劳动，人们不可能有今天这样丰富的生活。人们可以改变劳动的形式，但不能取缔劳动本身。

（2）所有创造美的劳动的共性是自由自在性。虽然每一种创造美的劳动都是具体劳动，比如种植活动、建筑活动、舞蹈活动、歌唱活动、绘画活动等，但是，这些具体形式的劳动活动都有一个共同特征：每一种具体形式的创造美的活动都是体现劳动的自由自在性的活动，那种凡是体现了人类劳动的自由自在性的劳动成果则被看成美的东西。

人类需要劳动来帮助自己生存，需要劳动来解放自己。在这个问题上，劳动做到了；但劳动又使人被奴役，劳动让人在形式上变得不自由。如果说，劳动的内容使人获得了物质方面的目的物，那么，他们就失去了精神方面的目的物。显然，在劳动中，物质需求和精神需求被分裂了。

恩格斯对生物进化、劳动进化的看法是建立在科学水平的基础上的。从完全的意义看，所谓生产力，乃是人类征服自然、改造社会和塑造自我的能力，归根结底，是人类的本质力量在历史中的全部展开。

通过劳动和劳动所创造的文化和技术的发展人类不但能够在自然界中幸存下来，而且能够不断地加强社会的生产力以至于这个似乎无限的生产力的发展开始威胁到地球的生态系统和人类本身的存在。从20世纪中期开始越来越多的历史学家开始注意到劳动的这个历史意义。

劳动过程随着社会的规则和法律的不同而变化。而一个社会的规则和法律又有很大一部分是由社会所拥有的生产关系所决定的。生产关系可以看作调整一个社会的劳动资源的供给、分布及劳动结果的方式。也就是说，劳动随文化和社会的变迁和差异而不断地变化。生产关系决定劳动的经济和政治目的和意义。每个文化时期和历史时期都有其特有的劳动形式。

劳动是人类特有的，为满足自身的物质和精神需要，有目的地调整和控制人和自然界之间的物质变换过程的一种改变自然物的社会实践活动。

人世间的一切幸福都需要靠辛勤的劳动来创造。劳动创造了财富和价值，是推动人类社会进步的根本力量；劳动是个人幸福的源泉，通过劳动，我们可以实现人生梦想、改变自身命运。

回首过往，中华人民共和国的大厦是靠一块块砖垒起来的，千千万万的劳动者正是大厦的基石，是时代进步的推动者。

新时代，我国的工人阶级和广大劳动群众用智慧和汗水营造了劳动光荣、知识崇高、人才宝贵、创造伟大的社会风尚，谱写了劳动的新篇章。

当前，我们正在向着全面建成社会主义现代化强国的第二个百年奋斗目标迈进，这是一项前无古人的伟大事业，根本上还是要靠劳动、靠劳动者创造。以中国探月工程为例，包括港澳地区在内的全国数千家单位、众多科技工作者参与其中，有的来自航天央企和配套科研院所，也有的来自高新技术企业等民营机构。无论是建设科技强国，做强实体经济，保障物流畅通，还是促进服务业繁荣发展，都离不开辛勤劳动、不懈奋斗。

劳动光荣，劳动最美，劳动是一切幸福的源泉。"不惰者，众善之师也。"

无论从事何种职业，只要辛勤劳动，都能干出不平凡的业绩，都能够成就闪光的人生。

我们要以长远的眼光看待劳动的价值、重视发挥劳动的作用，努力创造新的时代辉煌。

水

老子《道德经》第八章："上善若水。水善利万物而不争，处众人之所恶，故几于道。居善地，心善渊，与善仁，言善信；政善治，事善能，动善时。夫唯不争，故无尤。"

老子首先用水性来比喻有高尚品德者的人格，认为他们的品格像水那样，一是柔，二是停留在卑下的地方，三是滋润万物而不与万物争。水化身形于大地，融生命于万物。

老子在自然界万事万物中最赞美水，认为水德是近于道的。而理想中的"圣人"是道的体现者，因为他的言行有类于水。为什么说水德近于道呢，王夫之解释说："五行之体，水为最微。善居道者，为其微，不为其著；处众之后，而常德众之先。"以不争争，以无私私，这就是水的最显著特性。

那么，何为水文化呢？水文化是指以水和水事活动为载体，人们创造的一切与水有关的文化现象的总称，包含水利文化的全部内容。水文化是从全社会的视野来看待水和水利的。

水文化是以水和水事活动为载体形成的文化形态。水文化并不是说水本身就是文化，水只是一个载体，载体是指承载某种事物的物体或介质。水文化是人们以水和水事活动为载体创造的一种"姓水"的文化。

水文化是水在与人和社会生活各方面的联系中形成和发展的文化形态。因为水与人的生命、生存、健康、生产生活方式等方面都有十分密切的联系，水与社会的政治、经济、文化、军事、生态等方面有十分密切的联系。

水文化的内容博大精深。既有物质形态的水文化，也有精神形态的水文化。界于物质形态和精神形态之间，还有一个制度形态的水文化。这三种水文化形态的关系我们可以这样来认识：人类与水的联系作用于自然界，产生了物质形态的水文化；作用于社会，产生了制度形态的水文化；作用于人本身，产生了精神形态的水文化。三者之间，互相联系，各有侧重。

水文化具有母体文化的特性。因为没有水，就没有人，也就没有文化，水是文明之源，也是文化之源，水文化渗透到所有文化的各个方面。

水文化的三种境界，水文化与人类的渊源。在卡西尔（现代西方哲人）看来，在对宇宙的最早的神话学解释中，我们总是可以发现一个原始的人类学与一个原始的宇宙学比肩而立：世界的起源问题与人的起源问题难分难解地交织在一起。这位被西方学术界公认为21世纪以来最重要的学者，事实上揭示了一个醒目的文化现象：世界与人同源。水，作为自然的元素，生命的依托，以它天然的联系，似乎从一开始便与人类生活乃至文化历史形成了一种不解之缘。纵观世界文化源流，是水势滔滔的尼罗河孕育了灿烂的古埃及文明，幼发拉底河的消长荣枯明显影响了巴比伦王国的盛衰兴亡，地中海沿岸的自然环境显然造就了古希腊、罗马文化的摇篮，流淌在东方的两条大河——黄河与长江，则滋润了蕴藉深厚的中原文化和绚烂多姿的楚文化。

水，以其原始宇宙学的精髓内涵已渗入人类文化思想的意识深层。在漫漫的历史长河中，伴随着人类的进化以及对自然的认知，由物质的层面升华到一种精神的境界。

搜寻中国的文化典籍，几乎所有史实文献，都蕴含着丰富的"水文化"的内容，对"水"的描写、吟诵、歌咏，也一如那些被视为"永恒"的题材，成为世代文人笔下旷古不衰的"文学母题"。一部中国文学史，倘从"水文化"的角度去审视，说它是渗透着"水"的精髓的人类文化史卷，亦绝非是一种牵强之谈。《山海经》载"女娲补天""精卫填海""大禹治水"的故事，民间口传文学所述远古洪荒、洪水滔天的传说，于今看来虽是一种"神话的感知"，但这种"原初层"的原始智力所独具的文化体认，仍可使我们感悟到"水文化"的内涵。及至《诗经》时代，无论是《周南》里的《关雎》《汉广》，《秦风》中的《蒹葭》，还是《魏风》中的《伐檀》，《卫风》里的《河广》，其写爱情、描现实、言思乡，已明显表现出寓情于水、以水传情的文化取向，遂使"关关雎鸠，在河之洲，窈窕淑女，君子好逑""蒹葭苍苍，白露为霜。所谓伊人，在水一方"这样的诗句成为千古绝唱。至于其后的《庄子》《楚辞》、汉代的乐府民歌、唐风宋韵、明清小说，也莫不在描情写意上，因水得势，借水言志，以水传情，假水取韵。卡西尔在《人论》中曾表述了这样一个观点："人不可能过着他的生活却不去时时努力地表达他的生活。这种表达的方式是多种多样无穷无尽的，但它们全都证实了同样的基本倾向。"以这一论断去推论"水文化"对中国文学的影响，我们不难发现：水，不仅影响了中国文化的产生，在文化进程中演绎出多姿多彩的面貌，而且随着历史的演替，人类文明的发展，已成为中国文化阐释的一个"对象主体"，并使这一文化体系生发出一种特异的艺术光彩。

"仁者乐山，智者乐水。"面对山水形胜，古代圣贤亦难免动容，一个"智"字，既反映了先哲对"水"的认知，又破译出"水"所蕴藏的无尽的文化内涵。自然界中，草木无言，山水无知，自古长江东逝，黄河奔流，其势丝毫不以"人"的意志为转移，当其成为视觉的范畴，无知无觉的水便会化作"文化精灵"，超越千年历史时空，成为具有鲜活生命的审美载体。细读中国的经典文学，几乎无水不写，写则涉水。水作为人的对象物，浸透着古今"智者"博大精深的人文精神，人类的心理、情绪、意志以及个性、气质、人格，人对客观世界的感知、认同乃至意识与哲理的升华，甚而包括人生所特有的喜怒哀乐、生死歌哭，古往今来皆曾以"水"为载体而被表达得淋漓尽致。

当年，子在川上曰："逝者如斯夫！"表达的是生命易逝、年华不再的慨叹心理。唐李白不满现实所发出的"抽刀断水水更流，举杯浇愁愁更愁"，表露的显然是如水流般的长恨情绪，而此情在南唐后主李煜的笔下又化为"问君能有几多愁，恰似一江春水向东流"这样的千古浩叹。至于以水诉相思，写怨女，描柔情，抒胸臆，思乡怀古，描绘战争之作，古今之例，不胜枚举。

战国时期的思想家告子在论及"性无善无不善"时曾巧妙地以水作比："性，犹湍水也，决诸东方则东流，决诸西方则西流。人性之无分于善不善也，犹水之无分于东西也。"荀子《劝学》中曾说："不积跬步，无以至千里；不积小流，无以成江海。"魏征《议政》则曰："求木之长者，必固其根本；欲流之远者，必浚其泉源；思国之安者，必积其德义。"唐太宗李世民有感于前贤警策，亦常与后人言"载舟覆舟"之说。

凡此说明，"水"为"智者"提供了丰富的文化源泉，"智者"亦开发了"水"无穷的文化矿藏。正因为如此，"水文化"的源流才生生不息、百川汇海，在有着五千年文化历史的华夏文化中占据特殊地位并进而构成人类文明史中光辉璀璨的一页。

道家主张无为而治，这种"无为"并非真的无所作为，而是以"无为而无不为"，其实质还是一种有为，这一点，与水之"以柔克刚""柔中见刚"的社会性情极为相似。道家以水象征道在流变，比喻柔弱可以战胜刚强，天下"攻坚强者莫胜于水"。可见，道家思想与水，其实是一种"无为而无不为"的"以柔克刚""柔而隐则于内"本质的共同展现。

道家《老子》《太一生水》《管子·水地》等作品中都有关于水性的深刻阐

述。《老子》一书中许多章节的内容都与水有关联,如"上善若水,水善利万物而不争,处众人之所恶,故几于道矣"。在《老子》中,"水"是"道"的物理原型,"道"是"水"的哲学升华,二者如影之与形,关系十分密切。《太一生水》承袭了老子的尚水思想。"太一生水,水反辅太一,是以成天。天反辅太一,是以成地。"这体现了在宇宙演化中,太一生成天地之先,水起了关键的作用,"太一生水"说是对老子"尚水"思想的承袭与发挥。《管子·水地》从宇宙发生论的角度,第一次明确提出了水为"万物之本原"的学说。它发挥了老子尚水的思想,强调了水的作用。

道家有关水的论述体现了"道"柔而不争的无为之道的德行,它与茶性、人性可以说是一体的。可见水的性质水动不息,静则保在其中。所以水被老子喻为上善。它随着自然的运行与变化而存在。它在方为方,在圆为圆,顺自然而成行。世上万物生长都离不开水,它总是向低处流。它的特性构成了老子道家思想的核心。

由于水对生命的重要意义以及它的独特特性,在文学、神话、艺术等文化的各个领域中,经常会出现带有特殊寓意的水的形象和借代。现代城市的发展和繁荣同样要得益于水文化的发展。"上有天堂,下有苏杭",杭州之所以闻名天下,正是因为有了西湖。然而西湖美景名扬中外同样是与它的水文化底蕴分不开的。从远古的神话传说到苏轼笔下的"欲把西湖比西子,淡妆浓抹总相宜",西湖的繁荣总是有着深厚的水文化底蕴的。而今,杭州市打出"人文之都""爱情之都"的旗号,将西湖人文发挥得淋漓尽致。此外,杭州市将西湖作为文化根基进行再开发,以西湖为平台,重新恢复西湖博览会来招商引资,通过文化娱乐活动如烟花大会、茶文化节活动等打造西湖品牌。这正是一个拥有水文化、善于利用水文化的完美体现。作为同是令武汉人骄傲的景致,东湖除了是中国最大的城中湖、全国首批顶级4A级景区、国家级名胜区及其面积是杭州西湖的6倍这些参数以外,似乎没有让人想到更多,于是就产生了"东湖大,西湖名"这样的评价。东湖年游客接待量不及西湖的1/10,旅游收入不及西湖的1/6。武汉东湖虽然经历了50多年的开发建设,但在旅游景观、设施、交通等方面尚存在许多不尽如人意之处。加上水质恶化、湖面一度被填占、资源丧失等问题,更是不断困扰着东湖的发展。东湖要发展,在水文化上做文章应是其重点之一。

"水能载舟,亦能覆舟",水多洪涝,水少旱灾,关键还要能够正确认识水、使用水,发展水文化。2200多年前蜀郡太守李冰修建的都江堰,保证了大约300万亩良田的灌溉,使成都平原成为旱涝保收的"天府之国",至今仍发挥着无可替代的巨大作用，灌溉良田 1000 多万亩。都江堰市也因此而建立发展起来，如今，青城山—都江堰被联合国教科文组织遗产委员会列入《世界遗产名录》。

　　由此看来，一座城市的兴衰，与水是息息相关的。拥有水，并且能够科学合理地利用水，让水与城市完美地融合，城市才能得到良好的发展。纵观历史，无论是外国还是中国，水资源丰富的地区历来就是人口经济最繁荣的地方，著名的意大利威尼斯水城就是典型之一。反之，水资源匮乏的地区其人口数量、经济能力均明显逊于前者。

　　城市的发展和繁荣要得益于水文化的发展。然而，随着城市向高度文明发展的快速步伐，水文化建设方面也存在很多问题。人类生存发展离不开水资源，城市的生存发展更是要依靠水。绝不能让城市的快速发展建立在破坏水资源、破坏水文化上面，那样就如同饮鸩止渴。

孙越英作品

思 乡

> 床前明月光，疑是地上霜。
> 举头望明月，低头思故乡。
>
> ——李白

伴着诗人李白的这首诗歌，我走过了几十年的时光，每当念起它的时候，乡愁就会不由自主地扰乱我的思绪，让我久久不能释怀。

那浓浓的乡愁里有我家乡的一草一木，有我上学的校园，有我魂牵梦萦的故园情怀。

朗朗的读书声里仿佛还有我的声音在里面，仿佛我还要背着书包急匆匆地走向学校，在课间的校园里，嬉笑打闹。

无忧无虑的快乐时光里，有我在舞台上的歌声，有我在舞台上的舞蹈，那时的我，仿佛是一只振翅欲飞的小鸟！

成长的时光里，有银头山的滋养和阳光的照耀，有老师们的教导。耳畔，似乎还能听到他们的声音，时而安静，时而活泼，都写在了生命的见证里。

银头山上的老一辈在那里留下了他们的足迹，洒下了他们的汗水，在那些苦乐年华里，岁月用它那沧桑的手，留下了一代又一代人的年华和岁月痕迹。曾经在简陋的土房里度过的春夏秋冬，伴着多少奋战在矿山和井下的岁月！克服了多少困难和险段，把功与名利不放在眼下的矿山人！可歌可泣的纯朴，默默付出的艰辛，让我们永远记下他们的奋斗历程！

在那一缕缕的思乡情绪里，时光把我带向了远方，当年的那个小女孩，她那无忧的快乐和青春，在记忆里，变得渐行渐近，又变得渐行渐远，刻下了留

---

* 孙越英，女，1956年生，福建省厦门市人。厦门市海沧区作家协会会员，海沧区美术家协会会员，海沧区摄影家协会会员，海沧区朗诵协会会员。爱好写作创作。

恋的目光，让我永久收藏。

老一辈的身影变成了银头山的依靠，那曾经肥沃的土地不知何时变得那么荒凉？

再也听不到机器的轰鸣，再也听不到开拓的炮声。再也听不到欢笑，再也看不到上下班的人们走在路上，连着矿区和居民区的路上，曾留下过多少人的美好的时光。

不知道是什么时候，岁月就遮掩了曾经的场景。

在那浓浓的乡愁里仿佛还有父母的叮咛，仿佛还有父母的牵挂，仿佛还有他们辛劳的身影，它无时无刻不在我的心中萦绕，在时间的长河里，它走得匆匆又忙忙。

在我还没有记住它的好处时，它就逃离了我眼前，让我欲诉不能。当我再想转身仔细看它时，我却找不到那熟悉的呼唤，再也看不到慈祥的双亲，找不到少女的身影，找不到青春，只有岁月的流逝和沧桑在心中碰撞。

我站在远方向家乡遥望，眼中噙满了苦涩的泪，思乡的情还那么长，我曾有的岁月，曾有的时光，让我怎能不向往？虽然时光的手改变了它的迹象，我还是念着它，想着它，不能把它遗忘。

岁月有痕，记忆有声。记忆留下了它的美好，让身在远方的游子永不相忘。

我那家乡"银铅矿"，它在美丽的草原银头山上，铭刻在我思绪万千里的长长丝线，吐露的情丝是牵绊里绵长的思乡情！

握住生活的手

小的时候，我无忧。在少女的时候，我懵懂。

在青春的时候，有梦想，但不会把握。

在中年的时候，辛勤地工作和奔波，想要挽回失去的东西。

在步入老年的时候，回头去看得到多少，对与错不再重要。

生活，是生命旅程跋涉的调味剂，有了生活，才会记录下生命的每个瞬间。

生活，是柴米油盐酱醋茶的交响曲，是酸甜苦辣咸的体会。

生活，是起起伏伏的波涛，是在惊涛骇浪沉浮里的博弈。

生活，淘洗了每个生命，洗了又洗，炼了又炼，抛到熔炉里百炼成钢。褪去了柔弱的外衣，铸造了坚强。

看得通透，才会活得明白。只有握住生活的手，才会让所有的失落，变成内外兼修的依靠。

人生，从无知到有知，是一个成长的过程。生活是一种选择，你要走哪条路很重要。

选择了一种生活观点，生活态度就会起舞而生。不同的人生观点和态度造就不同的人生。

生活，是一种心态，让你在跌倒爬起来的过程中，去学会如何面对人生。

生活，是打翻了的五味瓶，让你尝尽五味杂陈时，得到历练。

生活，是引领者，在风雨中洗礼，在迎风中站立。

把握生活，才能把握生活质量。生活是度量衡，它对每个人都不偏不倚，只有看你去添加了多少。

一切皆在路上

生命是一场长途跋涉的旅行，走在路上，会遇到很多人，很多事，很多的风景。

生命是一个不断变化的个体，每个生命都有自己的轨迹。每个人面对的环境不同，成长的境遇就会千差万别。

一切都在路上，生命在人生的每个阶段，会发生很多事情，这些事情会让你铭记一生，会陪伴你走过生命的里程。

一切皆因为生命，生命在践行里得到了一切，让每个生命在如约而至的旅程里，投入其中。

在日月星辰流转里，人在旅途。甘苦与共的身心，不知要走去哪里，不知道会遇到什么，一切都是未知。一切都在路上。

因为前方的未知，我们梦想着，探索着，奢望着，在深深浅浅的路上，磕磕绊绊，在千回百转里徘徊，在风云里起起落落。

在感叹里驾驭真实的生存是生命的一种本能，从先天的无知里逐渐学习到生存技巧，就是生命的智慧。

人生的生存法则犹如四季的变换一样，有时风和日丽，有时暴风骤雨，有时天寒地冻，有时炎炎烈日，有时雾气环绕、扑朔迷离。

　　无论遇到哪一种，生命都会积极地适应这个法则。这就是生命本身的顽强。无论天气如何阴沉，阳光总是会出现。因为阳光像我们生命的母亲一样，将我们滋养，将我们照耀，将我们抚育。

　　小学的时候，上学的地方很远，每天要很早起来，冬天上学是很痛苦的一件事情。上学的路上，几乎没有什么可以挡风的地方，房屋离路面很远，那时冬天的天气冷得出奇，有时会冻得心都在打战。

　　记得妈妈为我做了一件大条绒红色的棉大衣，帽子的边缘上面还有一圈狐狸皮，下雪的时候，狐狸皮上面一点雪也不会粘。

　　我的脚会穿一双粘疙瘩鞋，这样的鞋在寒冷的地区很常见，是属于蒙古人的鞋，就是针羊毛放在一个鞋楦子里做成的鞋，它有很多高度不同的鞋腰。我的手套是用羊皮做成的，是只有一个手指头的大手套，这样戴起来，手指头不会感到很冷。即使有这样的装备，有时手脚还会冻得麻木，失去知觉。

　　每年冬天，冻伤的手脚都青紫、肿得很厉害，又痒又痛，涂擦防冻膏也没有什么效果，其他的偏方竟都不管用，只有任它每年肆虐我的手脚。在距离我们家不远处，有一个比我高几届的女孩。她小时候得了小儿麻痹症，双腿不能走路。她家在我家对面，姓什么不记得了。她的爸爸是赶马车的，家里孩子多，有时是家里的大人背着她去上学，而更多时候是她自己去上学，在上学路上，我们经常会遇到。

　　不知道她要起来多早，有时我快到学校了，她还在半路。

　　每次看到她，她都在用一个方木板，把木板放在前面，两只手在旁边的路面上往前面支撑一下，然后，那两条无力的腿在上面挪动一下，累了，就在木板子上面歇一歇。

　　冬天独自上学的时候，正常人都难以忍受的寒冷她是怎么忍受的？她没有我这样厚的棉大衣。她穿着一件薄棉袄，头上只有一条墨绿色的方头巾，棉手套也很薄。在这样的生命状态里生存虽然是一种定性，但是，她的生命是如此的顽强，她用残疾的身体支撑了精神。

　　那时，我很弱小，没有帮助她的能力，每次看到她，就会回家和妈妈提起她，很同情，但又对她有一种敬佩，从心里佩服她的毅力。

　　小学要毕业的时候，铅矿发生了一件事情，一条疯狗咬伤了几个人，其中，就有这个女孩子，因为她没有躲开的能力，在上学的路上就这样被一条疯狗咬伤了，其他的两个人家里条件还好，及时去了有条件的医院就医，后来保住了生命。

而这个女孩子的家里条件困难，没有及时就医，一段时间后，就再也没见她去上学了。听说她开始怕水，怕阳光，怕风声。她家里人怕她伤及别人，把她独自关到了黑屋子里，不知道她在清醒时，心里是什么滋味？

一段时间后，她完全疯了，没有多长时间就死去了。后来听说她死去的消息，我的心里感到很难过。

虽然，我与她没有什么交集，但是，她拖着残缺的身体，克服困难，坚持去学校学习，为自己短暂的生命曾经抒写过坚持，让我心生敬佩。

长大以后，虽然过去了几十年的时光，我仍没忘记这件事。让我感触的是，生命在很多的状态下会遇到很多事情，生活是残酷的，在我们得到多少的期望里有时不是努力就能够达到的。一路上很多不确定的事情会发生。所以，我们要珍重生命的每一天。有一次，在看到路边的石头缝隙里长出一朵娇弱的小花时，我驻足在那里欣赏了好久，在那么贫瘠的夹缝里生存，它还骄傲地伸展着腰肢，绽放的花朵素雅美丽，那丁香般的身姿，在阳光下无所畏惧地绽放着。在感慨它的顽强时，也会感动于它独处一隅里的毅力，让我看到了生命本能里体现的那种坚忍和耀眼的精神。

没有一成不变的事物，没有一成不变的人。每个人都有自己的心态，每个人都有自己的旅途。当你打起伞走在雨中的时候，雨中的风景也是给予你生命里的一段别致风景。

我们会打着这把伞在风雨里，穿行在生命里，你也许会带着感怀的心去饮下这杯自酿的酒，也许会在酣畅淋漓里痛饮你的感知，去细细地品味这一路的风景。

一切皆在路上，如果你有思想，要在你有生之年去找到那颗种子，让它生根发芽，去实现一场真正的旅行。

绚丽的风景给予眼睛和感官体会，看到天空里的风情，广袤的浩宇，囊括了深意的内涵，你要走多远就走多远。

一路上，生活的积累是一笔财富，它会滋养眼界和心境，它和金钱无关。机遇是给有准备人的馈赠，积累是艰辛的过程，有这个过程，人生才会到达一个高度。

一切皆在路上，蓝天飘动的云，变幻着模样，在抓不到、摸不着里让我们懂得了生命的流动，就像飘动的云朵，在变幻里流逝。

一路同行的人不知道会在什么时候掉队，不可预料和未知，坦途和凶险一直在没有预知里如影相随。

来来去去的人生，在不断变换地演绎，来的人燃尽了热情。然后，在无声里离去，把足迹留在了熙熙攘攘的世界。

  一切皆在路上，如果你遇到可人的咖啡厅，请你去坐一坐，在那里去回味你路上的一切，在温馨里体会生命消逝的过程。

  如果你想笑就要痛快地发出心里的笑意，如果你想安静，就去为自己斟一杯茶，让流淌的音乐充盈你的内心。

  一切皆在路上，从开始到终止，一切有生命的物体，都会发出自己的声音，然后在未知的时光里消逝在尘埃中，融入大自然。

徐培作品*

当代愚公

> 虽我之死,有子存焉;子又生孙,孙又生子;子又有子,子又有孙;子子孙孙,无穷匮也……
>
> ——《愚公移山》

你可曾听闻黄土能把人掩埋?在甘肃省武威市古浪县北部,腾格里沙漠南缘,有这么一块"无人之地"——八步沙,八步沙是腾格里沙漠南缘突出的一块沙漠。据说,100多年前,这里只有八步宽的沙口子,所以被称为八步沙。"出门八步就是沙"说的就是这里。这里饱受风沙肆虐之苦。"秋风吹秕田,春风吹死牛"曾是人们对于八步沙最深最痛的印象。每年沙尘季,从沙漠深处刮来的黑沙暴遮天蔽日,"沙魔"在这里以每年7.5米的速度吞噬农田村庄,八步沙危在旦夕。但是,八步沙人没有放弃自己的家园。1981年秋,土门公社的石满、贺发林、张润元、罗元奎、程海、郭朝明六位老汉以联产承包责任制的形式,承包治理八步沙。没有任何现代化的治沙设备,手头仅有一头毛驴、一辆架子车、一个大水桶和几把铁锹,在7.5万亩的八步沙面前,平均年龄49.6岁的六位老汉显得极其渺小。但六位老汉还是用最原始的"一步一叩首,一苗一瓢水"的土办法,开始了这场用时间换空间的竞赛。

"六老汉"坚守沙乡,势与沙魔做斗争,并且做出约定,六家人每家必须有一个"接锹人",不能断。从此,便有了当代愚公精神,一代代的治沙人老了,但是八步沙却越来越绿了。

1983年,"六老汉"中的郭朝明,为了那份绿色的决定,毅然决然地让自己的儿子郭万刚辞去了人人羡慕的"铁饭碗",回到家乡,回到八步沙,来顶替病重的自己继续着这看不到头的工作。郭朝明把儿子拽进了沙窝窝,可是刚刚

---

* 徐培,男,20岁,甘肃省武威市人,中国诗歌网会员,目前本科在读。

参加工作就被父亲强制辞职的儿子却充满了埋怨与质疑。"治理沙漠是几个农民能做得了的事情吗？沙漠大得看都看不到头，你却要治理，以为自己是神仙啊。"父亲也没有多说，只是说了句，"共产党人就是为人民服务的，建设好自己的家乡，就是共产党人的职责和使命"。

郭万刚留了下来，开始跟着父辈们学习"一步一叩首，一苗一瓢水"的土方法，向沙漠进军。可是郭万刚的不满还是没有减退。然而，1993 年的一场沙尘暴彻底改变了他的想法。1993 年 5 月，正是春意浓浓、万物竞生的季节。那天下午，晴朗的天空突然平地起风，转瞬间黑风裹挟着黄沙扑面而来，随即眼前一片漆黑。当时正在巡林的郭万刚还没反应过来就被吹成了滚地葫芦，狂风掀起的沙子转眼将他裹在了地里。后来，死里逃生的郭万刚得知：这场沙尘暴卷走了古浪县 23 个人。一场大风，就造成了如此大的灾难。郭万刚流下了泪水，从此不再埋怨，卷起铺盖住进了沙漠。擦干眼泪，卷起袖子接着"战黄沙"，活人不能让沙子欺负死。

在以郭万刚为代表的两代治沙人的努力下，如今的八步沙大片的柠条、梭梭枝繁叶茂，绿意盎然。微风吹过，树叶沙沙作响，林场鲜花怒放，任谁也想不到，这草木成荫之处，在 40 多年前竟是一块不毛之地。

1982 年，30 岁的郭万刚顶替病重的父亲进入林场；1991 年，贺发林老汉去世，21 岁的儿子贺中强接过了父亲的铁锹；1992 年，石满老汉去世，22 岁的儿子石银山顶了上来；2002 年，罗兴全接替年迈的父亲罗元奎老汉进入林场；2004 年，程生学又接了父亲程海老汉的班；2016 年，王志鹏代表岳父张润元老汉加入林场，成为八步沙第二代治沙人。紧接着，2016 年，郭朝明老汉的孙子、郭万刚的侄子郭玺加入林场，八步沙又有了第三代治沙人。

新一代的治沙人踏着坚定的步伐继续向大漠深处走去，我辈复登临，欲与天公试比高。治沙，有我；为民，有我；祖国，有我。

醒来发觉甚是想你

又一次从睡梦中惊醒。

惊醒我的不是噩梦，而是美梦。

我下意识地看看腕表，8 点 43 分。不对，这个时间不对。眼前黑乎乎的一片，这不是晚上 8 点多的样子，更不会是早上的 8 点多。对，这是英国时间。送你登上去往希思罗的飞机之后，我才买的这块腕表，并且将它的时间调成了英国时间。我只是想我的脉搏与你同在，我想跨越时间的界限与你依偎，或者说让我流淌在你的心河。

相思是篇冗长的腹稿，可发表出来往往很短。我渴望拥抱你，对你说一千句温柔的蠢话，然这样的话只能在心里默念，即使在想象中我见了你也将因羞愧而低头，你是如此可爱而残忍。将对你的想念，都化在目光里，想为你吟唱一首歌。

夜晚 8 点 43 分的伦敦应该刚刚日落，泰晤士河畔今天的晚霞是否红得热烈？跟我对你的想念一样热烈。伦敦眼应该亮起了灯光，像是彩色风筝一样伫立在伦敦的夜幕之中。诚然，伦敦的晚霞热烈、伦敦的夜景高雅且富有古典艺术风格、在风中摇摆的肥皂泡市政厅标新立异、晶莹剔透的玻璃金字塔的碎片大厦惹人眼球，但在我这里，想起伦敦就只有你。因为你亮起来的时候，全世界的光都黯淡了。

你在距离我 9218 千米外的伦敦政经过得怎么样？适应伦敦的温带海洋性气候吗？伦敦的空气比北京湿润得多，你的鼻炎应该会好点吧。去伦敦也有一个月了，有找到正宗的华人餐厅吗？不要觉得我絮叨，我只是比较关心你生活的点点滴滴。

我梦见我们真的从校服走到了婚纱，当你为我穿上永恒的白色婚纱时，我们四目相对、一时无言——心里只有彼此，距离越来越近，呼吸前面碧空中的空气，看到了彼此眼中的天。云和枝在黄昏里接吻，我和你在晚霞之下，在摇椅上，慢慢摇。

我多想长睡，多么不愿醒来，就让我沉醉在这个梦里，可好？

"如果没有那条运河，就没有爱情可言。"是啊，水是生命之源，它承载着生命、承载着希望、承载着美好。你在塞纳河畔，我在钱塘江边，虽然隔着彼岸重洋，但有水的存在，我依然觉得你就在我身旁。你就像流进诗里面的潺潺水声，流进了我的心门，拥抱了我所有的恨，滋养了我干涸的心灵。我相信我就是你的。

一别如斯，仿佛还能看见昨日两串脚印的走廊，仿佛还望见你眉间的痴情缠绵。你对我微微笑着，不说话。但为了这一刻，我已经等待很久了。唯有相思似春色。

"已属君家，且更从容等待他。"我想，没有什么能隔断感情的联系。国界不能，时间亦不可。等你来，无论多大风多大雨，我都要去接你，我的心永远为你打着伞。如果你望我一眼，你会发现你在我的眼睛里眨呀，你会发现我内心夹岸的群花盛放。

半夏已过，仰望天南星。伊人独卧重楼，何日当归？唯与穿山甲，车前倾诉相思情。杜仲栀子情，携手桂枝还，人参合欢。

我一天一天愈更深切地想你。

我的疯狂总是被隐藏在内心深处，只有上帝知道我有多想你。

寄你思慕。

茉莉飘雪

"你很喜欢喝茶？"

这是第一次相遇时，你对我说的第一句话。

是的，我很喜欢喝茶。

现在，又泡了一杯茉莉飘雪，看着洁白的茉莉在杯中翩翩起舞，如同一个个灵魂在水中游走，欣赏着茶叶曼妙的舞姿，听着怀旧的音乐。曾经我与你的时光，仿佛又回到了眼前。

那是一个炎热的午后，太阳显得有点糊涂，发疯似的照着人间，我特意泡了一杯茉莉飘雪，闻闻那扑鼻的茉莉香味，即便是酷暑，也不觉得难熬了。也刚好是那天下午，我与你成了同桌。便有了你问我的"你很喜欢喝茶？"。

我从小就喜欢喝茶，喜欢龙井幽而不冽的回味，喜欢白茶清香鲜醇的滋味，喜欢猴魁肥厚壮实的模样，喜欢正山小种细而含蓄的松烟香……但所有的名茶，都不及飘雪在我心中的分量。

对于你的问题，我只是简单地回答了一句。之后，我和你都没有说话，静静地听着窗外的鸟鸣。我承认我是一个比较害羞的人，不敢主动和人打招呼，于是，我与你陷入了沉默，直到我打开杯子，那浓郁的茉莉香味弥漫了整个教室，才打破了那无尽的沉默。真的是飘雪太香了吧，你忍不住问我："这是什么茶呀？怎么会有这么浓的茉莉味？"我与你的故事大概就是从这里开始的吧。你很好奇我为什么喜欢喝茶，我便每天带着不同的茶叶让你品尝。渐渐地，我们互相熟悉了起来，我们一起交流学习，互相分享生活中的点点滴滴。自习课上，我俩喝着茶聊着学习的场景，现在回想起来，还颇有点"赌书消得泼茶香"的味道。

那年，我带你尝过了许多种茶，你说飘雪是你最喜欢的茶。飘是花瓣的舞，雪是茉莉的洁。花引茶香，茶入花香，你走入我，我走进你。纯洁的少女，在我的心头长出了洁白的茉莉花；干净的声音，如同那悠长的清香，潜入了我的心头。你对于我，是来自伏天的茉莉，沁人心脾，缠绵心头，让我的回忆也变得甜蜜。

流光容易把人抛。红了樱桃，绿了芭蕉。我们没有逃过命运的捉弄，如今已是天各一方；没有抵挡住时间的变迁，如今已成了最熟悉的陌生人。曾经就只是曾经。青春的回忆载着岁月散在风里，飘雪的香味也被沸水几番泡过之后淡了香味，茉莉花瓣亦只能在杯中飘零，就像是我与你这段路途的终结。你已经走出了我的视线，但还没有走出我的回忆。茉莉花谢了还会再开，我与你的故事却在分别的那一刻戛然而止。那是我们最好的时光，我们一起在阳光下看着茉莉花的翩翩跹跹，一起闻着飘雪的香气，一起聆听属于我们的歌。只是，当时只道是寻常。有幸与你在飘雪香气馥郁的一刹那纵情，有幸拥有你出现在我生命的暖春盛夏。不幸我只能在梦境里寻找秋的果实，不幸冬日的雪掩埋了记忆，不幸我与你只剩难了的牵挂。

伫立在夕阳下，我又泡了一杯茉莉飘雪，回忆被拉扯出来，往事只能追忆茫茫。茉莉花还是那样的洁白，仿佛在祭奠我与你的青春。

茉莉飘雪也是我最喜欢的茶。

魏思吉作品*

与九寨沟的约定

四川，位于祖国的西南边陲，物产丰饶，景色美不胜收，被誉为"天府之国"。水旱从人，不知饥馑，是对四川人民生活的最好诠释。

四川的人文风情在悠久的历史长河中久久沉淀，大自然的鬼斧神工赋予了四川独特的自然风景。

九寨沟就是其中之一。九寨沟位于四川省西北岷山山脉南段的阿坝藏族羌族自治州九寨沟县漳扎镇境内。九寨沟距离四川省省会成都市400千米，是长江上游嘉陵江水系白水江源头的一条大干支流。

九寨沟得名来源于景区内的九个藏族寨子，这九个藏族寨子里的藏民世代居住于此，故名"九寨沟"。

九寨沟一年四季风景美不胜收，五彩池就是其中之一。

五彩池是九寨沟风景中的精粹，是九寨沟中最小的池子。池中的水能呈现不同的颜色：天蓝色、橄榄绿色、碧蓝色、橙红色。春夏秋冬，五彩池都呈现出不同的色彩，形态各异，多姿多态，四季宜人。

关于五彩池，还有一个美丽的爱情传说：五彩池是女神色嫫梳洗的地方，男神达戈每天都会为她从长海打水过来。日久天长，达戈的双脚在山崖上踩出了198级台阶，而色嫫脸上洗下来的胭脂也变成了这汪让人惊艳叫绝的五彩池。相爱的人们都相信，只要沿着这台阶下到五彩池边，再沿着198级台阶往上走，就一定可以终生相爱。

翠海、叠瀑、藏情、彩林、雪峰被称为九寨沟五绝。

九寨沟不仅有让人惊艳叫绝的五彩池，还有让你叹为观止的神奇瀑布。

珍珠滩瀑布，位于九寨沟五花海下游500米左右的地方，位于日则沟和南日沟的交界处，而这处令人叹为观止的珍珠滩瀑布正是86版西游记的取景拍摄

---

* 魏思吉，男，23岁，四川省成都市人，大专学历。爱好写作，喜欢与优秀的文章打交道。喜欢将所看到的事物写下来，记录当下精彩。

地之一。

九寨沟的四季会呈现出不同的色彩，让人置身其中，仿佛来到了世外桃源。

春天，大地万物复苏，植被萌芽，泉水叮咚流淌。九寨沟的植被披上一层碧绿色，当碧绿的植被与碧蓝的海水相互交融，留下的只有人们那无比的惊叹声！

夏天，天空中微风吹过，知了鸣唱，泉水清凉。九寨沟的夏天，空气不燥不热，如同进入了蓝绿色的海洋世界。瀑布垂直落下，空气中弥漫着水带来的清凉，真是一处清凉避暑的绝佳胜地。

秋天，落叶纷飞，九寨沟的秋色与碧蓝的海交相辉映，仿佛要将整个世界都变为童话世界一样，如果拾起一片秋叶，是不是可以把九寨沟的风景装进口袋！

冬天，九寨沟的所有事物都被白雪覆盖，尤其是那巍峨壮丽的雪峰，在白雪皑皑的映射之下散发出耀眼的光芒，整个冬天都围绕在它身旁，站在远处眺望，雪峰景色令人拍手叫绝，惊叹不止。

千百年来，九寨沟一直以神秘的面纱隐藏在川西北的崇山峻岭之中，鲜为人知。九寨沟内的藏民们更是过着与世无争的生活，人类活动也显得那么的微小。虽然九寨沟鲜为人知，但是每年来此的游客却络绎不绝。

今生有机会，一定要来一次九寨沟。神奇美丽的九寨沟不仅可以实现爱情的相守一生，还可以让人陶醉其中，感受自然的神奇之美，鬼斧神工。

让我们和九寨沟许下一次约定吧！

人生第一次

善待人生的每一秒，因为每一秒都是人生第一次。

——题记

我们的一生会经历许许多多的第一次，人生的每一个第一次都是我们人生的宝贵经历。许多的"第一次"串联起了我们一生最重要的节点，是描绘我们一生的真实写照。

人生第一次——出生

出生，是每个人来到这个世界必经的一个过程。我们来到这个世界上，开启了我们的一生之旅。这个过程可能你不会有什么感觉，但是你的家人一定会终生难忘。你的出现，不光是一个生命的诞生，更是一个家庭生命的延续。你为这个家庭带来了生命的活力与色彩。出生，一个人的一生从此开始。

人生第一次——上学

"一寸光阴一寸金，老师说过寸金难买寸光阴。"这是我们耳熟能详的一首歌曲，讲述的是我们天真烂漫的童年时光。生命和时间的双重变化总是很神奇，你无法察觉其中的奥秘。童年，是我们一生经历的最无忧无虑的时光，那时的我们不需要去考虑什么问题，在父母的呵护下每天认真读书，茁壮地成长。迈向学校的第一步就是我们要克服离开父母的焦虑，第一次上幼儿园有没有哭呀……从上学开始，我们逐渐开始迈向社会。

人生第一次——长大

父母脸上的皱纹已经凸显出来，头发增加了许多白色。当父母老的时候，我们也长大了。人生都在不断地经历成长，长大后我们最大的愿望就是希望父母健康平安，这就是我们的幸福。长大了，我们就要学会承受，无论是面对孤独还是压力。长大，一个人的社交从此开始。

人生第一次——当兵

读书和当兵是我那时最好的出路。读书让我明白了许多人生的道理，也慢慢懂得不可以向人生屈服。当兵，意味着我们的人生要去接受一次洗礼，它可以把一个男孩变成男人，它的意义在于磨炼我们未来遇到困难时永不屈服、退缩的意志力。

人生第一次——上班

以前小的时候不知道父母的钱是怎么来的，当我们上班的时候才发现，父母的钱真的来之不易。每天起早贪黑，目的只有一个，就是上班挣钱。我们不能总是依赖父母，也不能在家混吃等死，我们得去上班。

人生第一次——结婚

结婚成家会让生命变得更加完整,结婚是人生的终身大事,婚姻也关系着一个人下半生的幸福。结婚的意义,并不是只需要相互陪伴,还需要我们劲往一处使,心往一处想。或许只有当我们老了,和我们的另一半牵手在夕阳下散步的时候才能真正理解。

……

我们的人生有太多的第一次需要去经历,只有认真地去人生的"每一站"打卡,人生才能更加完美。

从青丝壮年到白发苍苍,我们的人生跨越了一个又一个的第一次。人生许多的第一次,是我们的一次经历也是一次成长,人生也正是由这些第一次组合在一起的。唯有珍惜人生的每个第一次,我们的人生才会更加完美,更加精彩。

人生的每一次,都是一生的精彩。

"他们"与这个时代的故事

赤胆忠心,铁血柔情。人民在心,使命在肩。

——题记

我们所生活的这个时代,幸福美好,人民安居乐业。可是在这个美好的背后,总有一些人在不停地默默付出,辛勤耕耘。

在这个时代,曾经有一种职业一度被称为一种高危的职业,他们不仅守护时代、守护人民,更在守护一份责任与担当。他们不仅付出青春,付出精力,甚至还付出了自己年轻的生命。他们是——人民警察。

警察不仅是祖国的钢铁长城、人民的忠诚卫士,也是法律的忠实执行与维护者。和平年代,守护时代、守护人民,是他们的使命担当;为人民服务,是自他们穿上警服的那一刻起在心中立下的亘古不变的誓言。

警察——人民的忠诚卫士。

人民警察人民爱,人民警察爱人民。当人民有需要的时候,他们就会挺身而出，付出自己的全部乃至生命。

  2002年2月1日11时，一名身绑炸药的犯罪嫌疑人，在新疆维吾尔自治区人民政府门前勒索居民财物。接到报警电话后，新疆维吾尔自治区乌鲁木齐市公安局小西门派出所民警赵新民迅速带领民警赶赴现场。此时沿街的行人、车辆川流不息，情况万分危急。赵新民指挥民警疏散周围群众和车辆，自己独自面对犯罪嫌疑人做劝导工作。歹徒不听劝告，还企图闯入天山百货大楼，一旦进入人流密集的购物场所实施爆炸，将给人民群众的生命财产安全造成重大损失。赵新民发现后，毫不犹豫地出手将歹徒拦阻。丧心病狂的歹徒看到罪恶无法实施，突然引爆身上的炸药。随着爆炸声响起，硝烟过后，大家都安然无恙，但是赵新民却倒下了，这一次他没能再站起来，献出了自己46岁的生命。

  他出于恪守人民警察的天职，无畏地走向危险。这一刻他无须选择，因为走向危险已经是他的职业习惯，因为在选择做警察的时候，他已经准备好了迎接这一刻。在爆炸带走一个朝气蓬勃的生命的同时，人们的心灵也被强烈震撼了。

  这是感动中国组委会给予赵新民的颁奖辞。自穿上警服的那一刻起，他就已经做好了牺牲的准备。当危险和死亡来临的时候，他没有退缩，而是冲上去保护人民的生命，自己却被死亡吞没。

  警察——法律的忠实执行与维护者。

  他们，被称作"刀尖上的舞者"。隐瞒身份，打入敌人内部，稍有不慎，便会引来杀身之祸，粉身碎骨。每天都会面对死亡，和危险打交道。这是对缉毒警察的最好诠释。

  1994年9月，时任云南省临沧市镇康县公安局军弄派出所所长的张从顺已是一位优秀的缉毒警察。在接到群众报案——一名境外的毒贩将携带毒品途经这里时，他带着几位民警在毒贩的必经之路设伏。在执行抓捕任务时，敌人蓄意引爆炸弹，发现情况不对的张从顺，为了保护自己的战友而不幸牺牲。张从顺牺牲的那一年，他的儿子张子权仅有10岁。"我坚持得住，不要管我，先送其他重伤员同志！"这是张从顺生前的最后一句话。

  父亲牺牲的那一年，年仅10岁的张子权就已经暗暗许下承诺，要将父亲没有走完的路继续走下去。2007年7月毕业于云南警官学院治安管理专业的张子权也成了一名缉毒警察。在一线奋斗的9年时间里，他破获了150多起案件，缴获的毒品达27吨左右。他继承了父亲的遗志，完成了父亲未完成的心愿。可是在2020年12月底的一次跨国犯罪抓捕中，年仅36岁的张子权却因工作劳累突发疾病永远地闭上了眼睛，和天堂里的父亲重逢了。

  在他的帮助下，最终抓获了6名犯罪嫌疑人，可是，他却再也回不来了。

他们是一群平凡的人，做的事情却是那么的不平凡。在这个岁月静好的时代，他们选择了后者，负重前行。

2012年，央视一套热播的电视剧《便衣支队》感动了无数人。电视剧讲述了在一线工作的便衣民警勇斗歹徒，不断提高业务水平，以出色的业绩和公安新机制守护社会平安，保障老百姓安居乐业的故事。

在当今这个时代，"警察"不单单是一个名词，更是一种责任和使命。无论何时何地，我们都要记住：因为他们的默默付出，我们才能安居乐业，我们的生活才能如此幸福。这个时代因为有他们，才变得更加和谐安定。

这就是"他们"与这个时代的故事。

哪有什么岁月静好，只是有人替我们负重前行。感恩有您，未来可期。

——后记

张富剑作品*

望故乡

2018年7月的一天，我再次回到阔别数年的故乡——陇东庆阳！这次回故乡的心情不再如往昔那般沉重，而是轻松舒畅了好多。可以这么说，继父母离世之后，我若一叶浮萍，四处漂泊、颠沛流离！对故乡的思念，只能在梦里回望！乡音乡情的温暖仅能在异地的乡亲们团聚时找寻！一次次聆听乡音，一遍遍体味乡情！我掩面而去，泪湿胸襟！而这次故乡之行是有缘由的，这缘由一是我接到了故乡举办"陇商崛起，对话庆阳"大会组委会邀请的通知；二是小时候的同窗学友借互联网微信群平台邀约回故乡团聚的盛情；三是爱女亚茹（乳名红彦）已到谈婚论嫁的年龄还未能随我回过家门访祖觅根。

车轮滚滚，凝视窗外，渐行渐远的都市喧嚣声，西边的天际染上了一抹橘红。行进中的大巴车传来深沉而舒缓的引擎声，勾起车厢内故乡人浓浓的思乡情，在不可名状的思绪里打开了记忆的门。

"爹！回去了一定要到爷爷奶奶的坟前去祭拜一下，让爷爷奶奶知道亚茹都长这么大了！"我低吟着，一阵温暖袭上心头，女儿长大了变得懂事了，我很欣慰！

"我今天去网上查了半天，也没找到。爹，您说那个名人说的'女儿是爸爸上辈子的情人'！这个名人好伟大啊！"回想着女儿陪伴在身边带来的乐趣，我渐渐熟睡。

一宿无事。

雨中庆阳，在初秋时节的蒙蒙细雨中异常美丽，若出水芙蓉般尽显清纯与脱俗。走出站台，手持各色雨伞的行人给这座城市增添了别样的景致，若如把雨中江南手持黄色油伞凝视雨落江面的意境冠以人间仙境的话，那么此刻的庆

---

* 张富剑，笔名蒙蒙。生于20世纪70年代，甘肃省庆阳市人，祖籍河南省南阳白水，著名作家，中国当代文学研究会会员，甘肃省庆阳市作家协会会员。长期根植于民间，对"民生百态，社会况味"颇有体会。著有诗歌《唢呐声水》《柳眉中》《辉煌》，散文《蝶恋花》，微型小说《落英时节》，日记体小说《过活》《白杨村》《成长的轨迹》等。

阳，这个最具西部艺术气质的陇上明珠便是这人间仙境的另一种版本，在不同地域的画面回放对比中尽显各自的神奇。这就是我的故乡——陇东庆阳！

　　故乡，当这两个字眼再一次滑过脑海时，我心中涌上一股莫名的苦涩。不由得使我发出一声低吟："唉！我回来了！"不知是细雨还是这心中无限的感慨，我的视线模糊了。女儿走上前来将雨伞向这边移了移，低声道："爹！您怎么了？"我没有作声，将眼镜摘下来擦拭。故乡的景色还依旧，往事却不堪回首！我叹息一声。"唉！人老了，眼睛时常干涩。"我揉了揉眼睛说道。女儿没有说话，静静地依偎在我身旁。

　　由于旅程的颠簸，加上初秋清晨的些微凉意，我便着急找寻驻地。

　　待女儿将房间收拾过后，已是12点钟。我俩便沿着事先通知的位置找到组委会。一路上，旅途劳顿，腹中饥渴。从组委会出来，就急奔天富亿美食街去了。

　　首届"陇商崛起，对话庆阳"大会组委会就设在天富亿生态示范基地，美食街就在天富亿生态示范园内东北处。离此不远，一条仿古建筑的步行街向前徐徐延伸。

　　故乡今年首次召开"陇商崛起，对话庆阳"大会，大会会址选在天富亿生态示范园内，其用意是显而易见的：一则是为了让全国各地陇商们将视角定位，关注故乡；二则是传递故乡官方对常年在外地兴业、置业、创业人士的一种姿态；三则借办会的初衷宣传庆阳，推出故乡特色产业这张名片。故乡的特色美食当然就位列其中了。

　　记忆中的美食一条街在市区炮台巷内，早些年在庆阳供职时，每逢周末总要去那儿吃一次陇东名吃——饸饹面！间或约几位文友择一居室小聚，仲夏之夜，在微微的清风里酒酣饭饱后各自散去。故乡陇东庆阳的饸饹面不仅在西部乃至全国都久负盛名，而且享誉世界！2005年5月，庆阳香包节期间，来自马来西亚的国际友人吃罢我们故乡的饸饹面赞不绝口！油汪汪的臊子汤上面撒几丝香菜，将事先用机子做好煮过的饸饹面捞入。吃起来满口生津，别有一番风味！

　　不仅饸饹面独具一格，故乡七县一区的美食都各有特色！较有代表性的要数华池县的荞麦面和高粱卷。早在20世纪二三十年代，老一辈无产阶级革命家在南梁镇开辟苏维埃革命政权创建南梁政府时期，荞麦面和高粱卷就是他们组织群众建立根据地，开展生产运动的主要粮食保障。现在的刘家堡子就是当年苏区的大后方，据年事已高的刘家堡子族人说，当年他们的祖父辈就是用收割的荞麦打碾成的荞麦面供给苏区领导。当时的家庭生活并不宽裕，为了支援苏区建设，有的家庭将高粱磨成面做成高粱卷拿来招待苏区领导。正是这种艰苦的环境才使得一个个根据地得以巩固，为后来长征红一方面军到达陕北提供了落脚点和解放全中国的转折点。

荞麦用途广泛，做工细致，不仅面可以充饥，而且荞麦壳可以装成枕头。研究证明，枕上这种枕头可以活血化瘀，可以预防高血压、脑中风等疾病。荞麦壳的这一特点在当地民间广为流传。但缺少对外的推广和宣传，才使得很少有人去种植荞麦，以致其在近几年来几乎绝迹。约是前年，驻青海的庆阳籍乡亲们借互联网平台邀约纷纷聚到一起，有"60""70"后上岁数的，也有"80""90"后年轻少壮的，多达80人，众宾朋欢聚一堂！席间乡亲们谈笑风生，往来敬酒。乐至半晌，酒酣耳热之际，大伙聊熟，猜拳行令，间或娱乐搞笑，满口的家乡话甚是中听，乡音乡情浓了！不知谁说了家乡特色美食，就有人大呼望梅止渴也！在席间上座的刘会长笑道："荞麦面家里有！"众乡亲闻讯，围到一起要吃稀罕荞麦面。正说着，嫂子的盘子端上来了，丫头晓丽紧跟身后，满满的一盘臊子汤摆在桌子上。大伙儿纷纷迎上，争先恐后地往各自的碗里盛。若在家里，吃着家乡的特色荞麦面，拉着家常，弟兄们的情感就连在一起了。此夜，凌晨两点方才散去。

说到这个高粱卷，现在的后生恐怕知之甚少。将高粱面摊成一页似圆状的面团，上涂一些胡麻油，撒些切好的葱花和盐等佐料卷起来，放锅里蒸，约半小时，其香味便四溢而出。出锅后的高粱卷，拌以汁子，吃起来余香满口。小时候家里穷，我就是吃着高粱卷走上求学之路的。

"爹！我想吃老家的凉皮！"

我正给女儿如数家珍般介绍故乡这些特色美食时，女儿的一声催促打断了我的话。抬眼一望，已走至美食街正中央。旁边就有一凉皮小吃店，于是两人信步进了凉皮小吃店。

连日来的阴雨使陇东这座小城少了以往的活力，阴沉沉的雾霾倒也不影响路人匆忙的行程。刚下过雨，路面积水大都聚在道路上，偶尔行驶的车辆趟进路面的低洼处，溅落一地水花，开车的师傅见有路边行人，便自然地减速谨慎驾驶而过。

和女儿从小吃店出来，已是午后3点多钟。天空放晴，红彤彤的太阳照耀着陇原大地，若久别的游子归来后深情的一瞥！享受着故乡暖暖的阳光，女儿和我徒步回到住处。

下午无事。

女儿回到房间卸妆后就早早睡去，我躺在床榻上任思绪无法平静。这些年由于心力交瘁，行动不便，回故乡的次数越来越少了。故乡的好多地方，都已不再是记忆中的情景了。故乡的人和事也逐渐疏远，互不往来。随着互联网的颠覆，人们都已习惯于网上了解时事。于是我便摸出手机想看看关于即将召开的"陇商崛起，对话庆阳"大会的筹备进展情况。突然，同窗学友们的几则消息跳了出来，于是便点开看了起来。

多年的在外漂泊，岁月渐老。加之长年在外的颠沛流离生涯，早已悟透了世间的人情冷暖，世态炎凉。生意场上的朋友大抵都为了各自利益而角逐，信任了合作几单，相对的情谊都无关紧要，唯独故乡的情结却与日俱增，对异地乡亲们的感情、同窗学友们的深情却是有增无减。每逢见到乡亲们抑或同学们的聊天页面跳出来，总是要进去聊个只言片语。

先是翠琴发了个表情，她见网上冷清。紧跟着，继红的文字发了出来。提起同学继红，二十年前的记忆清晰了，他是当时我们一班同学当中特别活跃的学友之一。三年的校园生活留给我的印象很深刻，记忆中每当上课的预备铃声响过或音乐课上，他总是能带给大家紧张学习后放松歌唱的乐趣。在那个年代，中国台湾歌坛上一首《童年》歌曲红遍大陆。他的座位在四组，每当他放开歌喉歌唱的时候，同学们便不约而同地附和着，同时着手整理桌面上的功课作业。曾记得有次写作课堂上，接连两节安排的都是习作。同学们都沉寂在习作的思考中，教室一片寂静。到了第三节课时，"池塘边的榕树上，知了在声声叫着夏天……"歌声唱响了，回过头去看看他，脖子仰得高高的，眯着眼睛，整个人徜徉在歌唱的欢乐中。只听得桌面上作业书籍滑落声阵阵，音乐老师走进教室。毕业季那年，同学们都为升不了重点而整日忧郁烦恼，而他呢，整天一副乐天派模样！现在想想，好心态对一个人的成长至关重要。继红同学正是身上具备这种优势，时过境迁，依然能使同学们处处感受到他给大伙带来的快乐。虽然经历岁月的磨砺，我们都已告别年少时的轻狂进入不惑，但孩童时的率真却依旧清晰可辨。

我们毫无拘谨地交流着，言语中知道他身在故乡的另一座小城平凉。当话题聊到我回故乡与学友们团聚的盛情上，我将驻地的位置发给了学友们。远在平凉有事在忙的继红急切地询问着，说是要往回赶。其他学友们也纷纷发来祝福词。一刹那，我多年在外寂寥的心被这浓浓的同窗学友情融化了。我不知道是怀念，还是……不知不觉中鼻孔辣辣的，两行清泪悄悄地滑落下来。

床头柜侧放有纸巾，我抽些出来擦拭眼镜。匆忙中弄出响声，惊醒了正在熟睡中的女儿。她坐了起来，伸伸懒腰，弓着腰爬过来，拿起桌上的水瓶，扬起脖子就往嘴里灌。见此情形，我嗔怪道："慢点喝，别呛着！"女儿是我的精神之柱，生命的延续。我命运多舛，幼年双亲早早逝去，失亲至痛非常人所能提及。半生近四分之一的时光里，我的世界一片荒芜，我曾把这段岁月记述为死去的清晨。女儿的到来似一盏灯塔照亮了我阴暗的世界，在女儿陪伴的季节里我走出孤独，是女儿给了我前进的动力。有女儿陪伴的日子里，我开始着手整理自己未完的书稿，却疏忽了岁月的利剑写满伤痕。时光啊，不能驻留。匆匆的半生中让多少弥足珍贵的记忆化为憾恨！在布满荆棘的从文道路上，我先后失去了八位至亲至重的亲人。最让我至今依然耿耿于怀的是大姐夫李百勤，四十五岁，英年早逝。天妒英才，我无力回天。在姐夫重症行将离去的前一个星期，我得空前去探视，他仍然不忘鼓励我勤劳勇敢善良。是姐夫让我懂得感恩，学会珍惜，在逆境中永不放弃。恍若梦中，他站在森王村口向我挥手。那是一个阳光明媚的日子，我一步一回头，踏上了青唐之旅，从此故乡恍若梦中。

喝罢水的女儿坐回到我面前。

说道："爹！第一次回故乡，感觉一切是那么的亲切！"

"哦！是吗？"我问。

"爹就出生在这片神奇的沃土上，这里就是我的根啊！"她说。

走进高原

粗犷与细腻构成西部板块的断层面
我在瀚海里诊脉
不小心触及阴暗与丑陋的支点
在没有外延的境地飞跃
若黄果树的瀑布飞流直下
撞击我的心灵
将触摸了一遍又一遍的福报
重回自然
多姿多彩的旷野

飞沙流石的驳离
在记忆里时时浮现
清晨，黄昏，中午的太阳
与大地亲吻
脚下沃土翻腾，花开富贵
我亲眼看见一座座里程碑
于是
高原有了异地黄花遍地的
壮锦

2022 年冬春

冯建荣作品*

回忆我和"小笔头"的情缘

南望"乔岳",北眺"飞凤",西傍蜀山,东依龙溪,一个亘古千年、山水秀丽、人文荟萃的传统村落。这便是我的家乡,也是父亲土生土长的地方。

在我小时候,义乌还很穷,村集体也没什么收入,生活资源匮乏。父亲和村民们也依旧过着古朴的农耕生活,但依然崇信"读可容身、耕可致富",格外重视教育。古往今来,从村中走出去的文人也多。据《义乌县志》记载,村上曾出过"祖孙九进士、兄弟两尚书",村民间也流传着"前半村出文人,后半村出武将"的俗话。清朝留下来的义乌最早创办的近现代学堂——端本学堂,已经残破不堪,只能勉强挤出两间好的房屋给一、二年级的孩子读书用。村里人咬咬牙,修建了几间新屋给小学高年级的娃就读。在我进入端本学堂前,一向寡言的父亲对我说:"认真读书,拿笔头要比拿锄头轻松。"当了七年兵的父亲,习惯了说话时用命令式的语气。

打小时起,我便很不善言辞。课堂上站起来回答问题,总是脸红到脖子根,紧张得手心冒汗,想好的答案到了嘴上就磕磕绊绊、语无伦次了。老师于是鼓励我尝试先写下来,再照着念,说这样不仅可以壮胆,还有助于训练表达能力。那时起,笔下的文字成了我最亲密的挚友。我也给笔取了个名叫"小笔头"。每学期我都会欣然地对"三好学生"的奖励——两支笔说:"小笔头,欢迎你们!"小笔头也坦然地住进了我的心里。

三年级时,老师从村图书馆里借了两本书,那时图书少,除了课本,大家几乎都没有什么课外读物,很是抢手,于是按成绩来,一人一周轮着看。我第一个拿到了一本《国清寺》。天台山国清寺光怪陆离的故事一下子吸引了我,我

---

* 冯建荣,笔名"冯乔",男,1979年出生于浙江义乌,本科学历。义乌市风向标教育负责人,艾青文学院"青苗孵化计划"义乌基地负责人。曾发表数十篇诗文、论文、散文于公众号、头条、百度、有书等平台,其中发表于《教师周刊》的《家庭环境对学生学习能动性的利弊关系》荣获全国优秀教育教学论文一等奖。

如获至宝，爱不释手，一有空就捧起书，逐字逐句地品读着里面的奇人怪事，惊叹着天下的无奇不有，不禁心潮澎湃，膜拜起作者来。想着一周后要传递给别人阅读，不舍之情油然而生。怎么把这宝贝留下来呢？"小笔头"坚定地点了点头："让我来！"可那时家里穷得紧，我和妹妹是班上少有的买不起校服的孩子，也开不了口向父母要厚本子。父亲从衣箱底搜出一个棉绳扎着的红布包，小心翼翼地打开红布，里面是几个工作笔记本。父亲翻了翻本子，递给我，说："这几本拿去写，两本没用过，一本写过字，别撕了……"那是父亲退伍时战友们留的联络信息和祝福语。有了本子就可以抄书了，于是，我抓紧利用中午饭后和晚上的时间，奋笔疾书。终于手抄了一本下来，我忍不住欢呼雀跃起来，就仿佛刚写完一本自己的书。"小笔头，辛苦了！"

　　"小笔头"也从没让我失望。三年级元旦前夕，老师在班上选派了三名同学去乡里参加写作比赛，我审好了题，微笑着望了手中的笔头一眼："小笔头，看你的了。"后来我一气呵成，并且捧回了唯一一个二等奖，别提有多高兴了！四年级元旦前夕，老师让大家准备海选节目，择优参加乡里会演。我和两位要好同学一组，一起商议表演形式和内容。那时候也不知道什么是小品，什么是相声，于是给自己的节目取了个名叫"三句半"。那会儿也没什么报纸看，没书籍资料查阅，更没有电视节目可模仿，全凭着念头自己动手编剧本。我编了一串三句半文稿，把平时儿歌用的洋火（火柴）、洋油灯（煤油灯）、洋车（自行车），几乎带"洋"的都编了进去。经过组员审阅、修改后完成了这一舞台剧剧本《谁最爱国》。老师读了读，说剧本写得还不错，有创意，让我们争取完美地演出来。班上初选时，我们三人站到前面，嘿！我早已成了关公脸，之前背得滚瓜烂熟的词儿，结结巴巴地表达不好了。老师笑了笑，对我说，上台表演时会化妆，看不出脸红的，不要紧张，还让我干脆演口吃角色，既可以掩盖紧张，又能增加笑点。于是，我们的节目被学校推送去参加了乡里元旦文艺会演。刚一上台，看到底下黑压压的一片，我立刻紧张得全身冒汗。此时，我心中响起了"小笔头"的声音："别紧张！来，做个深呼吸，我会协助你。"我深吸了口气，扫了扫前方的摄像头，嗯，摄像头那儿反正黑乎乎的，也没什么可怕的。我的身体也终于舒缓下来，听自己指挥了。演着演着，我渐渐地把真口吃演成了假口吃。看着台下同学们欢呼雀跃，听着热烈的掌声，我知道我们成功了！回家后，父亲挪了挪退伍军人的年画挂历位置，把我们得来的奖状和"三好学生"的奖状都贴在了八仙桌上头的墙上。看着这几张额外的奖状，我心中不由地念道："'小笔头'，谢谢你！"

转眼到了高中，教我们语文的是一位退休的高级教师毛老师。毛老师也经常会拿我的作文在班上读，夸我作文写得不错：记叙文情节完整、有起有伏、情感丰富；议论文论点明确、论据充分、文章结构合理，不失为拿高分的好文。毛老师常常教育我们"文似看山不喜平"，至今仍深深地刻在我心里。离高考还有两个月，毛老师因身体不得不休假治疗。临走前，毛老师强撑着身子鼓励我们："课虽已全部上完，但最后两个月，是你们一生中至关重要的两个月，万不可马虎，务必每天复习、巩固知识点；熟背课本中的现代文和文言文；多看好作文，打开作文思路……很遗憾，不能陪伴你们走完高中时光……祝你们成功，等待你们的好消息……"纵有万千不舍，大家也只能接受。学校一时半会儿也找不到好老师，便临时由校长夫人来接管我们班的语文教学。而此时，更大的不幸是奶奶也离我们远去了。父亲担心我考前压力大，特意安慰我说："你成绩一直都好，一模都考到了全校第四，肯定能考上大学，不要想太多。爸也帮不上你忙，家里的事你别操心，就算再难，我们都要供你上大学。"那一天，代课老师让我们写一篇作文。我内心依旧烦乱不堪，想找"小笔头"倾诉一下，于是破天荒地写了一篇抒情散文，抒发了积在自己心头的忧伤、压力、困惑和无助，情真意切、句句肺腑。不料，代课老师一阵批评："体裁不符，无头绪，看不懂……"天哪！委屈的泪瞬间喷涌而出，我奋力地拿起笔，猛地戳向桌子……"小笔头，我恨死你了！"

那以后，从上大学一直到工作，我便很少再写文字了。从奋斗拼搏到平淡安逸，自己渐渐地习惯了柴米油盐的日子，慢慢地淡忘了手中的笔……

几天前，在老家翻找物品时，我无意中走到了顶楼的休息平台，看到了一堆布满灰尘的书。很好奇，父亲怎么还没把我上学时的旧书卖掉。吹了吹灰，我翻了起来，原来是我大学的书籍和一些笔记本。倏地，一个土黄色的小本子滑了出来。角上起翘折叠的纸都已掉了很多，封面也磨损得厉害，只能隐约看出上面写着父亲的名字。我好奇地打开，发现内页很脆薄，几乎都粘在了一起，我不敢用力，生怕把纸页扯下来，上面的字都已经扩散和渗透串页了，只能隐隐约约地辨认出一些。我轻轻地拿给父亲："爸，这是你的战友信息吧？认不得了……"父亲缓缓地接过本子，架上老花镜，用微微颤抖的手慢慢地打开……许久，父亲张开了双唇："认不得了……爸老了，也用不着了，战友的名字有些也忘了，但是人都记心里了……后面这些是你小时候抄的书，还记得吗？"我急忙接过来，轻轻地翻到后面。是的，是那本《国清寺》，只可惜内容都已无法辨认了。我边仔细地翻着本子，边应着父亲："是啊，记起来了，要不是这个本子，还真记不得了，好记性不如烂笔头啊……"

翻着，翻着，字迹变得明亮了起来——不——是模糊了起来，我揉揉眼，抬头看了看年过古稀的父亲，眼角泛起的一滴泪花掉了下去，赶忙合上本子，转过身去，说眼睛进灰尘了。然后对自己的内心呐喊："'小笔头'，'小笔头'，你在哪儿？我想和你说说我的父亲！"

曾经的风景

那天，孩子们带来了期中试卷，刚到教室，便围着我兴奋地报喜："老师我95""我98"……唯独小胖静静地坐在位置上。我轻轻地走到他身边，问他是不是身体不舒服？或者遇到不开心事儿了？还告诉他，如果因为考试没考好而沉默，那老师更为他感到高兴，说明他懂得上进了……

小胖缓缓地站了起来，抬头看着我，双眼瞬间变得通红，闪烁的泪花透过了镜片。"老师……"小胖猛地扑了上来，紧紧地抱着我，"哇"的一声，终于大声地哭出来了。"没事，没事，老师知道你尽力了……"我安慰了好久，他终于不哭了。放开了拥抱，小胖擦去眼泪，却转而微笑着对我说："老师，我科学考了100分……我从小学一年级到现在六年级，有史以来的第一个满分。老师，谢谢您！"

我也瞬间眼睛模糊了，心里默默说道：孩子们，你们知道吗？是你们成就了自己。国家"双减"政策已经下来，很多机构都已告别学科。张邦鑫在学而思的告别会上说："18年，我们无怨无悔！"看到今天的你们，我已知道自己走得充实，无怨无悔了。

小胖是上六年级才转来我们辅导站的，是我亲自带的学生之一。刚来那会儿，小胖并不出色，成绩很是普通，身上还有许多坏毛病，每次对待学习都是一副无所谓的样子。

一次，我进教室，多数的孩子都正了正身子，端坐起来。但小胖依然跷着二郎腿，边弓着背，边抖着脚。见此情景，我对他们说，今天老师给大家讲个故事。于是孩子们个个都来了兴致，翘首以盼。我从大明王朝郑和七下西洋的故事讲起。郑和每次出海，动辄几百艘的船队，上万人的规模，浩浩荡荡，驶在世界的大洋之上。敢问那时世界上还有哪个船队有如此规模？泱泱大国，充满了自豪感，我们不是去野蛮霸占的，而是去结交朋友、宣传礼仪、友好通商的。到清王朝初期，我国的经济规模，达到了近全世界的三分之一，成了屹立世界之林的强大帝国。但因为清朝的闭关锁国政策，我们失去了了解世界的机会，错失了第一次工业革命和相应的发展机遇。

我拿出存在我手机里的一张老照片，这是1901年9月7日，清政府被迫与八国联军签订《辛丑条约》时的照片。"同学们，你们仔细看，西方的谈判代表，跷着二郎腿，交叉着手，无限蔑视地对着中方的'谈判'代表们。同学们！我们不仅要割地给西方列强，还要支付天价赔款4.9亿两白银，加上利息9.8亿两白银。这是何等的奇耻大辱？孩子们……"

"孩子们，每当我看到你们跷着二郎腿对着我，我都会想到这张老相片……同学们，你们难道还不想学好英语，去了解外国吗？难道我们还要不思进取，甘愿堕落，让历史重演吗？"

那以后，小胖再也没有当我的面跷过二郎腿，也愿意背英语单词和句子了，还常对我说："老师这道科学题我不懂……""好，来三个同学。你当太阳，你当地球，你当月亮，这样转，看看'月亮'——地球自转、公转、月相懂了吗？来两个同学，你们支住'桥墩'，老师从上面'走过'，有没有感受到力？力从哪边来？——这就是拱形……"

让自己释怀地笑一笑，教育，终于回归校园，回归本源了。最美的风景是曾经的拥有，这一路，我已无怨无悔……

人生的转折

——滑过指间的头发

那天晚上，拿着卡片给小儿子复习识字，翻到了一张"人"字，随口问儿子："这字像什么？"

"三岔路口。"

"哦，是吗？——哦，可不是嘛！"

人生，正像是走的路，有平直，有崎岖，更有岔口。从呱呱坠地到夕阳西去，我们的一生中，会不停地遇到选择的路口，和转折的关口。

有人说，转折是好事，没有马云的弃教从商，哪来的阿里帝国？没有任正非的下海，哪有国之骄子的华为？

也有人说，转折是坏事，顶流网红一夜走下神坛，彩票富翁沦落街头都是不争的事实。

每个人所走的路不同，有的跌宕起伏，甚至惊涛骇浪；有的只是微波细浪，或是涟漪潋滟。每一次的波峰波谷都是走向下一个波浪的转折，而这，不正是我们人生的风景吗？

面对人生的风景，我们可以激情高昂"晴空一鹤排云上，便引诗情到碧霄"，也可以淡定从容"一蓑烟雨任平生，也无风雨也无晴"。

对于年过不惑的我来说，转折已不再那么新奇，只是下一个选择罢了。回首过去，却也总能想起那些刻骨铭心的时刻，也会感慨不已。

2003年，"非典"一结束，我就急匆匆地搭上回国的飞机，抵达杭州机场时已是深夜，打车回义乌老家，已快凌晨一点，远远地，见二楼父母的房间还亮着灯。

父母一辈子都生活在农村，村里人普遍睡得早，八九点已很是安静。还没等下车，爸妈已走出大门，候在了车边。

"爸，妈……"

"弟儿（义乌方言，对儿子的爱称），回来了！"爸爸早已抢过我的行李箱。

"弟儿，回来了！饿了吧？赶紧去吃点！"妈妈看了看我，边说"弟儿，瘦了"，边示意我去厨房。

"不饿，在飞机上吃过了……"

爸爸插了句："妈妈知道你回来，特意给你做的汤圆，热在电饭煲里……"

"汤圆啊，那好吧，我去吃几只。"

爸妈静静地围在桌边，乐呵呵地笑着，只是频频说着："瘦了，黑了。"

第二天起来时已快晌午，刚下了楼，妈妈的双眼紧紧地看着："弟儿，起了？昨晚睡得晚，没叫你……哟，真变得这么黑了！……快去吃饭吧，还温在锅里。"

端起饭碗，边吃边聊的档儿，爸爸从镇上买了菜回来了，于是也问长问短地凑了进来。

我也喜滋滋地给爸妈讲起国外的生活："迪拜一年到头没有冷的季节，也没下什么雨，最高温的时候有五六十度，从店里到住的地方吃饭，走过去十分钟不到，全身上下都湿透的。晒黑也是正常了。"

我一直讲着，爸妈就一直听着，偶尔插句话："天这么热有没中暑过？""吃得怎么样？""东西贵不贵？"

说到贵，这才想起行李箱里还有些中东的椰枣、糕点什么的。"这些土特产换成人民币，还真贵，那边一块，相当于人民币五块五左右。"

"迪拜就是汽车和黄金便宜，"说着，赶紧拿出给妈妈买的一条金链子，边拆着包装边说着，"老板的工资国内发，这次向老板赊的钱用完了，下次再给爸爸买一条……"

"下次？你还回去吗？什么时候回去？"

我停住了手，认真地对爸妈说："这次回来是休假，一个月左右就要回去。不过我想和老板请辞……"

"嗯，辞职也好，现在义乌的生意也好做，商贸城里的生意也很好了……"

"妈，我想回迪拜做，那边生意很好做，都是现金，利润起码有七八倍，隔壁店的王阿姨是国企公派出去的，她见我人好，经常帮她翻译，劝我自己去做，她帮我重新去申请签证……"

"哦，呃，那你一个人回去做会不会太累？……妹妹现在在义乌上班工资也还不错的……"

我拿起项链给妈妈去试戴："迪拜也就这几年可以做，那边中国人不算多，不过比我前两年刚去那会儿多许多了，生意也有点影响，不过利润还是很高，赚两年就可以回来了……妈，你头发怎么感觉怪怪的？以前的两根粗粗的辫子也剪了，留短发了……"

妈妈低着头不语，似乎眼睛里进了什么，用手揉了揉。

"弟儿，妈是染了发……"爸爸轻轻地吐了几个字，用力地挤了挤沉重的眼，把头儿低了下去。

"染发做什么？以前的头发是棕黑发亮的，这个颜色是墨黑，但是没光泽……"

沉默一阵后，爸缓缓地开口了："你刚出国那会儿，妈的头发，没几天就变白了……妈妈，就是太操心，从你去杭州坐飞机就开始担心……"

我默默地愣着，静静地听爸爸说。"从小到大，你就没出过远门，这次，一个人外出，一去就是国外，那天晚上，妈妈一整夜没睡，想着想着，就流泪了，直到第二天，等到你电话打回来才好一点……"

"从那后，妈妈还是天天睡不安宁……家里的电话也打不到国外（那时开通国际需要申请过才行）……再说，话费也贵，每次电话里报个平安也就挂了。"爸爸忍不住用掌心抹了把眼睛，捏了捏鼻尖，深吸一口，继续说着。

"你是年前 11 月去的，两个月不到，记得过年前，妈妈头发就全白了，只好染了发……你不在家的两个年头，妈妈总说，年味也没有了，都是愁的……知道你要回来，前天特意去染了发。"

　　妈妈始终低着头，不时地抹一抹眼儿，混着湿润的鼻音说："哪里是愁的，别瞎说，是老了，本来就要变白……"

　　我呆呆地愣着，试戴的项链也没绕过脖子，直到眼睛模糊，我提起只袖子，吸了吸眼眶里的泪珠。放下手，轻轻地捋着妈妈的头发，穿过指间的头发，好似陌生，却依然有着妈妈的温暖。

　　"妈，我不出国了，就留在义乌……"

张小甜作品*

愿我的温暖能温暖你

我不是很想展开评论马里兰那名华裔女学生的毕业演讲，如果是为了欲扬先抑的效果，我确实替她感到尴尬。在所有的出国留学生里面，除了那些出逃来的，大部分都是为了一个更好的学习环境，如若有一天我有机会站在讲台（当然很可能因为这个我站不到演讲台），我会说我爱中国。

今天讲些我亲身经历的故事吧，送给在人流中的你们。

希望看到这篇文章的你们，能够暂时地远离喧嚣，品尝生活的美好。

我有点不太记得那时的我多大了，大概是上高中的时候。我还住在集团大院里，上下班的点，很多人低着头匆匆忙忙地行走着。

我和姐姐下楼去打羽毛球。天色有些暗了，但是被一天的雨淋过的空气格外清新。我和姐姐穿得很多，像两个小圆球，哈着气，抛球，接球，没接住，捡球，循环往复。

可能是因为天色暗了，也可能是因为到了下班的时间，人流量突然多了起来，总之，我一紧张，羽毛球就被打到了高高的树枝上。很高，我踮着脚拿着球拍都碰不到。

传达室的保安在门口溜达着，好奇地凑上来。"算啦，太高了，你们再买一个新的算了。"说完，摇摇头走了。

我跟姐姐还不太愿意放弃。试了各种办法，跳起来，拿石头砸，晃树干，但是都适得其反，羽毛球在树枝上卡得越来越结实了。

天色完全暗了下来，我们也开始变得沮丧。我还在做最后的挣扎，跳起来伸长手臂，但是落地的时候，意外地撞到了一个人。我一边鞠躬，一边道歉："不好意思，我们在取羽毛球……"

意外的是，他抬起头，看着树上的羽毛球，突然将挎包从肩上拿了下来，

---

* 张小甜，山东省济南市人，北卡罗来纳州立大学应用数学博士，喜欢阅读、写作、健身、美食。

朝树枝扔上去。速度快得我还来不及阻拦，挎包已被他稳稳地接住，但是行动失败了。

我的"谢谢"还没说出口，他已经进行了第二次尝试。抛起来，接住，再抛，树枝被他打得摇摇晃晃，但是倔强的羽毛球死死地扒着树枝不肯下来。他调试着角度，一直盯着上面，我说不出口的"放弃"在嘴边，不知道该吞下去还是吐出来。

我听到他的同伴在喊他赶班车，有些不知所措。面对一个人毫无目的的善意，觉得前几天还执着地要求同桌还橡皮的自己有些可笑。我一直看着他，感觉时间好像停止了，世界只剩下，他不停地抛，接住，换位置，再抛，我甚至忘了抬头去看羽毛球。

突然"咚"的一声，我被溅起的水花惊醒，看到他的包落在一个水坑里，我慌张地蹲下，看到眼镜盒、零钱、文件从包里滑了出来，我手忙脚乱地捡着，拿起来，起身，却看到他跑到了远处，捡起了羽毛球，跑过来，开心得像个孩子。

他简单地拍了拍包上滴滴答答的水，抓着包就跑了，我甚至没有来得及问他的名字。我和姐姐喊着"谢谢"，但他没有回头。他跑起来的样子很滑稽，有点狼狈，有点慌张。不知道为什么，我和姐姐突然就笑了起来，我们笑得坐在地上起不来，笑得眼睛里噙满了泪。我拿着羽毛球，眼泪就一滴一滴地落在球上。

回家的时候，天已经黑了，可我心中却长出了骄阳。

这件事发生以后的很长一段时间，我收起了自己的任性叛逆，开始笨拙地对所有人好。哪怕我做了好事以后被人误会，哪怕同学请求的一件事需要我花很长的时间、很多的精力去完成，我都在坚持着，我愿意做出一些回报。

我也不知道，是因为我付出了这些善意以后，这个社会变得更善意了，还是这个社会本来就是温暖的。当我拿着快三十公斤的箱子下台阶手足无措时，一个陌生少年匆匆走过去却又坚定地折回来，一声不吭地帮我拎了下去；当我失意地坐在街边，一位母亲拉着小女孩在远处看了我一会儿，然后派她天使般的女儿来给我讲笑话；我看到我的学生举着义卖箱卖着"天价"报纸给残障儿童募捐的时候，一位推着三轮车卖早点的小贩和等公交的老爷爷毫不犹豫地买下了十元一份的报纸。

奇怪的是，写下这些的时候我并没有哭，而是感觉心里暖暖的。

后来，我出国求学，遇到了很多人，其中不乏一些对中国有着刻板印象的人，每当他们说出我们国家落后等言论的时候，我都控制不住自己，冲上去辩解，我的祖国，她很好。我的爱国心一直在强烈地跳跃着，哪怕我在国内也会忍不住吐槽某些地区的不好，但是，在外面，谁也说不得我的国家不好。我知道我心中的那份温暖和骄傲来自中国，之所以在外求学，无非是想要多开阔眼界成为一个更好的自己。

我清楚地知道，无论我在哪儿，说着什么语言，我的心，都是中国心。

我和我的妈妈

记得当初全家在一起吃饭，妈妈夹起来一个菜帮子
我说妈妈你要吃菜心
妈妈却说菜帮子好吃
我认真地问妈妈是不是为了让我吃菜心所以才自己说菜帮子好吃
妈妈愣了一下，说菜帮子真的好吃啊，不信给你吃
说完把另一个菜帮子夹给我
嘿，我一尝还真的好吃
妈妈突然又说，她还喜欢吃鱼头和鱼尾巴
从此我便开始了和妈妈一起抢饭吃的日子

我出国前不太会做饭
偶尔也能做得挺好吃
出了国很想念妈妈做的卷心菜
潜心钻研了很久还是不得其道
我视频问妈妈怎么炒卷心菜
妈妈说你不会炒就加水煮，卷心菜生着都能吃
下一次我买了两个卷心菜，煮了一个，盖着锅盖焖了二十分钟
另一个切成丝生吃
吃得我这辈子都不想再吃卷心菜了
后来看了一个视频终于知道卷心菜要爆炒才好吃
我视频跟妈妈抱怨，我说煮着很难吃，爆炒才好吃
我妈妈说，对呀，煮着就是很难吃，但是能吃

我一直怀疑自己丢三落四的毛病是祖传的
经常我手里攥着的 5 块钱一走路就没了
前几天出去玩兜里揣着手机手里攥着相机盖
给路人拍完照相机盖就随手放在柜台上了
但是妈妈好像没我这么严重
只是偶尔身边的东西会莫名其妙地不见了
比如说梳子、头绳、文件夹、充电线
妈妈说，可能家里有一个爱吃这些东西的小妖怪
过一会儿东西就从妖怪肚子里跑出来了

妈妈说等我十八岁以后就什么也不管我了
我可以想干啥就干啥
我现在都二十了
可是一听我谈恋爱还是紧张得不行
看见我手机屏亮着就忍不住地瞄
有时候我敲篇文章发个照片也会忍不住评判一番
暑假我跑出去玩，就说我不干家务成天出去吸雾霾
在家看电视玩手机又说屏幕辐射伤眼睛
哎，当初是谁说不管我来着

我跟妈妈一直是单向联系
除了她的领导，应该其他人也是这样
因为她的手机只有三种状态
通着没人接、正在通话中、已关机
只要她不想找你，谁也找不到她
大概我跟我爸要打五八十通电话才能找到妈妈
每次妈妈都是一脸无辜地说
"我已经把音量调到最大了啊"
"我攥在手里的时候没人给我打电话啊"
"我就下楼买了个菜啊"
"哎，我刚给你姥打了个电话，没错过你啥重要的事吧"

我最讨厌睡午觉
但是妈妈特别喜欢
她说喜欢沐浴着阳光然后美美地睡一觉
一般我都快到妈妈要睡午觉的时候逃离她身边假装自己很忙
后来被妈妈识破了
妈妈开始撒娇
眼睛一眨一眨地说想跟我一起躺在阳光下
后来我在心里暗下决定，假装闭一会儿眼等妈妈睡着了就起来玩
结果眼睛一闭一睁天都黑了
真！是！的！

妈妈特别喜欢跟我散步谈心
我也挺喜欢的
只要别谈我的感情就行
其实感觉就是把过去的事情拿出来翻来覆去地说
说着说着妈妈就会突然愧疚
因为她发现当初自己可以做得更好
感觉妈妈就像一个小孩子
我反而像一个妈妈

小时候的考试卷子得签家长评语
每次拿给妈妈签妈妈都不知道该写啥
想一下然后拿着笔在卷子上工工整整地写：继续努力！
一签就是六年，无论我考多少分
有一次老师心血来潮让大家上黑板念家长的评语
有一个人大概念了五分钟
然后我正发呆，老师点了我的名字
我上去，立正，念"继续努力"，然后走下讲台
老师问我，没了？
我说，昂
后来班里同学都开始拍着我肩膀说继续努力了
真是讨厌，早知道我就再胡乱编一点了

妈妈总是告诉我一些很矛盾的事
比如说人心很单纯，但这个世界坏人很多
在妈妈眼里好像我身边的都是坏人，每天都在琢磨着怎么把我吃了
她身边的都是好人，天真善良无公害，即使做了坏事也是有苦衷的
她这样以为了至少二十年
我也就二十年没跟同学们出去玩过
出了国以后开始觉得自由，但也开始发现身边的危险
视频的时候我跟妈妈说，这人心有的不单纯
妈妈说没有，大家都对她很好
那是因为大概这个世界不忍心欺负你吧，我的好妈妈

前几天妈妈突然说我尊重你的所有决定
嗯，这句话在我懂事了以后每年听三十遍
可是，每次在重要决定面前
好像你还是会变成那个不听你话你就噘嘴生气的妈妈
那我能怎么办呢
毕竟我在你心里这么的乖巧听话惹人喜爱

我爸挺爱我妈的
但是我觉着妈妈不知道
我能记着的为数不多的镜头里面
就有我爸满眼爱意地看着我妈去厨房盛饭的画面
我爸嘴都咧到耳朵根了，还冲我挤挤眼
然后我妈妈盛饭出来以后假装严肃地说，饭不好吃？
不好吃啥呀，那一桌子都是我爸最喜欢吃的饭
我最喜欢吃的拔丝地瓜在我印象里就在高三冲刺的时候上过一次桌

心软成汤

昏黄的灯光，
像极了儿时回家的小巷，
还有高高举起的恨铁不成钢；

记忆里的车站，
总有个龙钟的体态，
消失在人群的熙攘之中；

慌慌张张，匆匆忙忙，
思念在心里翻荡，
是谁头也不回向前闯，跌跌撞撞；

爱自作主张，
只顾着反抗，
没承想，却两败俱伤。

你说思念放过谁呢，
还不是熬不过时间的漫长，
最后心软成汤。

半个地球，
说长不长，
思念架起桥梁，
谁都无法阻挡；
浩浩荡荡……

曹堪文作品*

一朝入京深似海

人生就是一个不断选择的过程，有得就有失。选择了一条自己要走的路，不可避免地会失去另一条道路上的风景。

我在临近不惑之年做了一个令人吃惊的选择，欣然地接受了进京工作的调令，成为"北漂一族"。

常有成功人士说起年轻时的北漂生活多苦多苦，他们住地下室、睡桥洞、吃干面、饿肚子，甚至放下尊严去乞讨，使人们对北漂有一种敬畏感，感觉北漂是普通人吃不起的苦。

其实北漂的滋味，我跟年轻人体会到的没有两样，该承受的一样得承受。如果有所不同，那就是我的年纪大了，成功的机会比年轻人更小了，上有老下有小，放不下的东西比年轻人更多了。

昨天，读高中的儿子问我在北京工作有什么感受？

为了不影响他的心情和学习，我有所保留地说："其他都好，就是有点想家。"

他哪知道，在北京工作真的不容易，有苦难言。

从南方到北方，气候差异相当大，水土不服。

我10月从海南到北京，那时候海南还是大热天，人们穿短袖还流汗，可是北京已经进入寒冷时节，羽绒服已经穿上了。

11月初，下了场大雪，气温连续下降，最低温度已经下降到零下6℃。

干燥加上寒冷，皮肤开始瘙痒，嘴唇干裂，阑尾炎两度发作，新冠肺炎疫情期间看病大费周折。

回家不方便，经受着思念折磨。

海口到北京约2630千米，横隔着琼州海峡，高铁未通，就算是通了预计也

---

* 曹堪文，男，1974年生于广东省雷州市。中共党员，高级会计师。1996年参加工作，任湛江市某国营陶瓷厂会计；2000年任广州市某投资公司财务负责人；2012年任海南省某金融企业财务负责人；2021年至今任北京市某集团总部财务管理高级专家。爱好文学写作，1994年发表处女作《画展》，获"长江文艺"文学大赛优秀奖。

要花 15 个小时才能到家，探亲的时间都花在路上了，因此来回只能坐飞机。

京城人才济济，产生严重内卷。

京城吸引着各地人才，敢于北漂的人必然身怀绝技，地下过道吹拉弹唱的流浪者说不定就是未来的歌星，谁都不能低看。

京城遍布名牌高校，每到毕业季，大批毕业生都想留在北京发展。

在北京，我所服务的集团总部对人才甄选要求非常严格。要求应届毕业生的学历是重点高校本科及以上，如果是社会招聘，那么要求人员的第一学历是重点高校硕士及以上。

我带着一身的基层工作经验入京，发挥着自身优势，想必能够稳定下来创造价值，为单位的发展贡献力量。

年纪不算大，心想，理应是事业的黄金期，可是企业是逐利的，在有得选择的情况下，必然是选择年轻人，因为年轻人人工成本低、潜力大。

所以身边走动的全是一批年轻人，高学历高智商。

这样也带来严重的内卷，有的年轻人工作多年了还在从事着打杂的工作。

突然感叹该是急流勇退的时候了吧，为了年轻一代。

生活成本高，经济压力大。

在三线城市的高收入者，到了北京就变成贫困户，扣除生活成本，实际收入应该符合申请低保的条件了。

怎么说以前也算是个体面的高级白领，到了北京过得太寒酸也有违自尊，决心保持基本的生活质量。

住地下室做不到，那租间地面的单间吧，5000 元起步，否则要到五环外去租。

买套房子吧，8 万元/平方米起步，否则要到五环外去买。

一个月回趟家吧，来回机票要 4000 元，否则必须选择凌晨 3 点的便宜航班，但三更半夜已经没有地铁和公交车，来回机场打的成本加起来甚至更高了。

进京工作遇到了很多挑战和不适，失去了很多东西，但仔细算来，却也收获不少。

譬如我失去了南方冬天的暖阳，却收获了北方冬天的冰雪；失去了跟家人的朝夕相聚，却收获了独处的自律和思考；远离家乡，亲朋见疏了，却游遍了京城的名胜古迹，增长了见识。

京城名声在外，不是想来就能来，一朝入京深似海，关键是要调整好自己的心态，把一切当成丰富自己人生的经历，然后随遇而安。

职业与悲悯

由于职业，我常常想起杜拉斯讲的那个故事，那一家人的影子此时会出现在我的脑海里，然后令我痛苦不堪。

那是几年前夏季的一天，东部的一个村镇，一个自来水厂的男职员来到这里，切断了一户人家的供水。

这户人家住在一处废弃不用的火车站里——高速列车是经过这个地区的，男人在镇上给一些人家打零工。

他们大概还接受镇政府的一点资助。他们有两个孩子，一个四岁，一个一岁半。

他们无力交付煤气费、电费、水费，他们生活在极端贫困之中。

这天，被切断自来水时，女人只是默不出声。她的男人不在家。

有人下达命令给那位职员叫他切断这户人家的供水，他就那么做了。他遵守他日程排定的工作：切断供水。那个女人无水供应，无法给孩子洗澡，没水给孩子喝。

当天夜里，那个女人和她丈夫带着两个小孩走到高速列车从废弃车站前通过的轨道上，躺了下来。

他们被轧死了。

这就是那个故事。

我总是在想，造成这样的悲剧，那个断水人没有错，那是他的职业，完成任务是他的责任。

那个女人也没有错，一个女人照料着两个小孩，她的精力似乎已经全部耗尽，没钱交水费，也不是她的错。

那个丈夫是不是错了呢？人们怪他无能，连个家都养不起。但那又怎样呢，他早出晚归打零工，已经拼尽全力了，因此我也找不出他有什么错。

两个孩子更不用说了，我敢肯定孩子不会有错。

那究竟是哪里错了？四条生命在安静中离去，不，也许他们还在小声地唱着歌，他们沉默了多年，最后也应该说着话离开。

他们到天堂去了，一次性宽容了这个世界。我却还在苦苦寻思究竟是哪里错了的问题，显得我非常的渺小和狭隘。所以，我不再去寻找答案。

自从听了这个故事，其实，可能不只是个故事。

我不能释怀，从此担心和害怕起自己的职业来。

我是从事财务工作的，不像那位断水人，手握着民生之阀门，也不像法官或者医生手握生死之天平和手术刀，没有什么好害怕的，就算有失公允，影响也没有那么大，不会有人因此而寻了短见。

我时常安慰着自己，做着心理暗示。

但面对冰冷的制度和无情的决策，我总觉得自己就是断水人的影子挥之不去。

我接待了一位刚参加工作不久的小姑娘，工资不高，刚够养活自己的样子。她因差旅费超标不能报销而哭泣，诉说着："到了目的地车站已经三更半夜了，不坐出租车能怎么办，自己那么辛苦还要自己花钱出差。"望着她可怜的样子，我也不知该如何安慰。

从此，我见到女人流泪便不知所措。

我还接待了一位客户，他的孩子住进了医院的ICU，向单位借一大笔钱救命，但我因不愿承担风险而犹豫。虽然最后那个小孩活了下来，我如释重负，内心却生出了罪恶感。

从此我听不得有人住进医院lCU的消息，料定这家人一定得倾家荡产，必定要借钱，都像要跟我借钱似的，借与不借的那种犹豫感很是折磨人。

职业限制了人性，还是人性改良了职业，留待哲学家们去研究吧。

此处我只在想，如果那位听话照做的断水人知道他断水的后果是要断送四条生命，他未必会那样做。

我能好好地活着，是我还有一份稳定的工作支撑着，我的运气好过卧轨一家人太多太多，上天对我真是太眷顾了，我很感恩。

但对于许多穷苦人来说，在他们眼中，有些职业一边是随时准备吞噬他们最后一线希望的魔鬼，一边是送来温暖让他们活过这个寒冬的天使，中间仅相隔着一层脆弱的悲悯之心。

刘景华作品[*]

八月的哀思

一晃,父亲逝世两年了。谨以此文献给天堂的父亲。

都说养儿为防老,可在您最需要儿时,儿却不在您身边。匆匆奔回,您只应了儿一声,就再也叫不应。儿将满怀的希望寄托给了120,可这十几分钟的等待是度秒如年,尽了力的120击碎了儿企盼您复醒的梦。儿真不相信,您撇下我们母子——走了。

您是位文人,付出的全是苦力。单薄的身躯养育了四个儿女。您从不让我们受一丁点儿委屈,家里再艰难,您也让我们读书,教我们做人,礼义仁智信,您是我们走向社会的引路人。您从没因小儿子是位专家而自傲、显摆张扬,总是默默地做着一切。

记得十二岁那年的晚秋,您赶着牛车带我去市里拉烤火的焦炭,往回走的路上,您给我买了碗肉丝面,您却就着面汤啃从家里带的窝窝头。您喝着面汤,嚼着那又凉又硬又黑的窝窝,吃得是那样的香甜。还边吃边夸:儿长大了,能给爸爸搭手了。

天呀!你不分好人何为天?地呀!你错埋贤士何为地?天不公,地不平啊!招魂幡你飘呀飘,飘不来爸爸的魂,晃不来爸爸的灵!长明灯你嘶嘶鸣,唤不醒爸爸一声应!天长地久有时尽,难报爸爸养育情!

山高,高不过爸爸的恩;海阔,阔不过爸爸的胸。在您的心里只有孩子们,从没想过自己,您在生命的终点都不愿意叨扰孩子们。您养儿大,可儿没有陪您到老啊!儿一生最恨遗憾,可这遗憾偏要陪儿一生。您若在病床上躺一天,儿陪您说说话也稍心安。十几分钟您就走了,永远地走了,儿的心怎么忍?怎么安?儿无能啊,没有尽孝。

八月中秋月圆人不圆,雨打秋荷难觅并蒂莲。儿只能和您在梦中相见,可梦中的您笑得是那样的开心!泪湿巾的儿子竟天真地想是不是我们不长大,您

---

[*] 刘景华,男,1962年生,河北省正定县人。自幼喜爱读读写写,1981年高考落选。后到正定一建工作,现居于正定新区。人生信念是急火攻心肠易断,知足常乐福寿安。

就不会离开？是不是我们再撒撒娇就会在您的膝前绕？您走了，留给我们根和翅膀，您的精气神是一部厚重的书，儿会用一生苦读。

绵绵的秋雨是儿的泪水，浓浓的云是儿的孝衣。淅淅沥沥的雨还在下……

辛丑年（2021年）八月十三

秋夜赏菊

秋天的夜晚比夏日来得早了许多。吃罢晚饭，忽而想起多日不见的菊园，在这满月的光里该别有风致吧！

清冷的月，似在水中洗濯过般明净，朦胧的云似纱一样轻薄、素淡，清凉的月光，玉般寒润，使原本寂寥的菊园更显得静穆。

菊园的一面被庙宇遮掩，三面由参差的杨柳环绕，中有一条幽曲的小径通至闹市。

月光是从庙宇的一角倾泻的。光下的菊比白日彰显得更翠润：密密的枝茎挤挤挨挨，宛如列队出征的士兵；碧绿的叶儿托着白色的花边，含着浅黄色的蕊儿，紧紧地抱在一起，恰似仙女织的锦那么绵延；那线菊如多彩的绒线缱绻，缓缓绽放，细而长的花瓣向外伸展，极似绽开的烟花。

独处这蕊艳香凝的菊园，虽有月光的朗照，却难寻蜂蝶的影儿。不由想起唐代诗人元稹的《菊花》："秋丛绕舍似陶家，遍绕篱边日渐斜。不是花中偏爱菊，此花开尽更无花。"

在菊园中徜徉着、思索着……远方的假山上飘来时而高昂、时而婉约、时而低回的琴声，那是德彪西的《月光曲》。霎时，微风过处，云缓缓地流淌，花迎风摇曳，星星点点，在绿丛中眨着眼睛，好似跳动的音符，又如追赶节奏的舞女。

"怀以贞秀枝，卓为霜下杰。"菊妖娆妩媚却不见轻浮，艳丽极妍却不显媚俗；少牡丹之霸气，无梅花之傲气，同红叶凌霜，与青松为伍。

菊无论是独茎还是分枝，抑或三叉九顶，都以其顽强的生命力，飘若浮出的独特风姿，迎风傲霜，紧紧地簇拥在一起。菊尚如此，况人乎？在这晚秋的夜里，什么梦不能圆呢！

我赞美菊花。

辛丑年（2021年）九月十八夜

牛少青作品*

他乡之竹

文人，爱竹子的多。文同喜欢画竹，有成竹在胸的典故。郑板桥也爱竹，不但画，也题诗。王徽之见竹不见人，是竹子的知音。苏轼更说，宁可食无肉，不可居无竹。竹子于他们便是知交故旧，是良师，是贤妻，亦是象征了自己的风骨节操，甚至竹子就是自己，自己就是竹。

我也喜欢竹子，却不敢自矜，更不敢与他人相较。但他人能喜欢，我也一样能，竹无贵贱，人同样也无雅俗之别。我家在汝颍之上，地已偏北，竹子虽有却很少见。稀者为贵，罕者为奇，我对竹子自然另眼相看。其后到荆楚求学，才算是真真切切地见到了竹，"见"字又不是很妥，应该说是赏，更或者是瞻仰。但这里的人又似乎不懂竹，通常把几十棵种在一起，不光挤，还密不透风，莫要说错落有致，就是迎风摇曳都很困难。不过有竹子已是幸事，挑剔就大可不必。

后来为了生计，来到外沙。人地生疏，孑然无依，山水重重，又不见故乡。夜读韩退之文，忽然有慨。去桑梓之土，他乡为客，怀瑾握瑜，又无人识得。算不算是迁谪？柳宗元因革新而获罪，韩愈因讽谏而遭贬，苏轼陷于党争，进亦贬，退亦贬。穷山恶水，穷乡僻壤，穷风陋俗，不但身体饱受颠簸瘴疠之苦，精神更遭受摧残，才不得现，苦不得诉，冤不得伸，志不得酬，亲旧无音讯，知交半零落，此身垂垂老矣，而还不知埋骨何处！我竟感同身受，迁谪之意也骤然加剧，透息不得。

在外沙一待数月。那时去西河玩，路过一片竹林，风一起，竹影摇曳，沙沙有声。我忽然想起了心慧的句子，风来竹生韵，花比美人香。像是见到了故人，既喜又悲。我索性往竹下一坐，看天看地，直到日暮。不承想自己也有这么率真性情的一面。回到住处，我想着白天的所历，心里又有些兴奋。岭南也是有竹子的，正如岭南有韩愈、柳宗元、苏轼的足迹一样。

---

* 牛少青，已过而立之年，本科学历，出生于河南，成长于天山脚下，现在寓居广州，经营数百亩花田，以种花种草为业。平时写些文章自娱，也时常发表些作品。

我这人念旧，对于过去的东西，总是念及它的好，忘却它的不是。对外沙也是这样。我总该学会容让、释怀，还有接受。往后的日子，我认识了一些人，还有我那位相识了半生的故人，我没理由囿于困厄。

那日因故去白石，为了省时省路，我贴着山脚走。山麓上全是竹子，蓊蓊郁郁，蔚为壮观。我看得心潮澎湃，驻足了好久。都说竹子有节，有节的竹子都庐隐于此，此处必不是穷山恶水，即便是，山也因竹而名了。竹子既是我的故人，我也并非是举目无亲，一山的亲旧，便是穷乡僻壤也可做我的家乡。山中俱是高士，亦皆是故人，可为师，可相交，真是穷风陋俗又有何惧。

我爱上了这里的竹子。每次去白石，我都要从这儿走，去时看看，回来也要瞅瞅。相熟了，也不需要言语，而满山也皆是言语。竹影可观，竹声可闻，竹韵又可感可知。我知竹之切，竹亦懂我之深。任是心思如水，也能见微知著，互为宽慰。我渐渐有所了悟，青山绿水，炊烟人家，这般蛰伏的好去处，天下再无。孔子有陈蔡之厄，苏武有北海之困，天降大任，能苦之，劳之，饿之，空乏之者，才能成其大。柳宗元迁于潇湘，山水自娱，留下珠玉文章。苏轼谪于黄州，放舟江上，风流辞赋至今传颂。我人言俱微，虽不敢以前人自比，自勉还是无妨。

而今将要离开外沙了，想到一干故旧，又多有不舍。还好岭南湿热，适于竹子的生长，无论走到哪里，都有故人相伴。俗语又说，近朱者赤，近墨者黑，那么近竹者呢？想必一定不是俗物，我隐约便是竹子了。

人无新故

来外沙后，清闲了许多，但我又受不起清闲，总想寻些事做。那日买了本宋词，想这下妥了，以前看得散漫，这回正好花下补读，既增长见闻，又能坐消无事之福。谁晓得只翻了数页，竟是感今追昔，情不能已，徒添了不少新愁。

钱惟演的《木兰花》中云，昔年多病厌芳尊，今日芳尊惟恐浅。以前念到这句，都是爱它上口，一溜而下。如今心境变了，清茶入腹，慢慢品出了味道。记得离别前夕，诸友把酒话别。我因身体多故，推诿相辞，诸友怜之，以一杯为限，我仍耿耿不悦。而今人在外沙，诸友又四海飘零，相见无日，相聚无期，茕茕四顾，欲酌无人。追之悔之，亦已无及。

中秋前，我去西江踏景，芦草遮岸，江水又无端无涯，让我想起诸友渡长江的情形。风景不殊，人却不能再得。我一时情郁于中，不能纾解，独自踯躅于江畔，看着远处的江山，只想一醉。恨不西江化作酒，醉到梧阳始作休。可一江的秋水，终究不是酒，只是愁。那次小向阳来玩，我思及往事，又有了酒意，就邀他共酌。他人虽年幼，性子却很豪爽，连进数杯，还要索求。我见他有了醉意，不敢再斟，而他竟还不依不饶。本我邀他，此刻却是解劝，主客互易，实在有趣。我不觉抒怀一笑，酒意竟也去了几分。

我本不善饮，也不嗜饮。大约南海漂泊，又逢变故，相识的人少了，挂念的人却多了。点滴琐碎，便能勾起我无限的绮思。王维说，西出阳关无故人。李白也说，将进酒，杯莫停。酒与故人似有联系，不能分，亦不能独存。曹操又说，何以解忧，唯有杜康。白居易亦说，往往取酒还独倾。酒能消愁，愁亦思酒，酒愁又是一家。而我总是念起诸友，每念起又忧思满怀，便望酒能助我，而常常酒又无从助力。

晏几道的《木兰花·东风又作无情计》也有云，此时金盏直须深，看尽落花能几醉！我向来喜欢小山词，又兼它和前句相似，就抄了几遍。起初当是及时行乐，也未尽心。一次和诸僚檐下品茶，有花有月，举杯时，忽然又想起了小晏的词，看尽落花能几醉？顿生感慨，人浮一世，草木一秋，花能开几时？人又能醉几何？此时不爱惜，又等何时？管他是酒是茶，只要一杯入口，花月仍在，已是莫大的奢侈。我竟看得开了。

中秋过后，我与诸僚又到屋顶赏月，月圆犹皎，花影扶疏，更有茶香缭绕。举杯邀月，佐花而酌，人和景融，那么惬意。我记住了这一刻。以后诸僚如有煮茶，我都必到，还挑了个青白色的莲花杯占为己用。用得久了，渍了茶垢，冲上清水都有茶香，越发喜人。可惜一次茶事中，桌子倾覆，杯盘散了一地，独独碎了我的莲花杯，让我唏嘘了好一阵。凡事都不能长久，大概又应了前句。还好诸君在座，新盏旧盏，也就不计较了。

后来因故要离开外沙，诸君相送，触景生情，又忆起诸友把酒话别的事来。一岁之内，新知故旧，连别数番。聚散无期，阴晴难定，竟是这样相似。众人共桌而餐，言笑如常。夜深了，人仍未散。僚友又煮了茶，大约是最后一次，茶香如故，闻之欲醉。好一干新友。人有新故之别，而情却无，此番已记下。一杯入口，但惜今日，莫问明朝。

于今我人已在花府，闲极无聊，也常常感怀今昔。故人有故情，新人有新交，俱不得忘。只可怜此处无酒无茶，情到浓时，只有借书消遣，这也好，就当是花下补读。短短旬月，手下的宋词竟已全然记下。

彭泽美作品*

游杜甫草堂
——忆子美遗址

如果说夜晚的锦里带我重回了大唐繁华闹市，那么清晨的杜甫草堂便是遗落在成都的桃花源。它宁静、幽远、庄重、典雅。

下了车，站到景区门口，匾额上赫然写着"杜甫草堂"四个字，透过狭窄的检票口看到三米高的巨石上也刻着同样的四个字。虽然是早上，但是门口的人也不算少。

走了数百步，"里面应该不大"，我在心里想着。再走，走了数百步，恍若置身于山林中，周围笔直而高达百米的树木拦住了从天而降的雨滴。在这里看不到来来往往的车流，听不到汽笛声的喧闹，我已经想不起来此时的自己身处城市。一种"无边落木萧萧下"的凄凉感油然而生。

走过木桥，踏过石板，一路上皆是仿古的亭子、木质的阑槛，几丛盆栽，几株野花，江山丽，花草香，不知不觉间已来到浣花溪旁。清澈的水流肆意地回环，平静得如年迈的老爷爷在漫步山间。若是有阳光，水面应是波光潋滟，这种凄清应会稍减几分吧？

正是雨后，我的脑海里已浮现出"床头屋漏无干处，雨脚如麻未断绝"的窘境，迫不及待想要到达草堂旧址。

转了不知多久，也辨不清方向，终于来到了草堂遗址。我不禁想起杜甫"安得广厦千万间，大庇天下寒士俱欢颜，风雨不动安如山"的愿望。草堂已经是后人翻修过的，角落里都是映阶碧草的春色，周围还有很多类似的茅草屋、草亭以及各式各样的花木竹子，竹林下还有花廊，廊下还有供人歇息的石凳、石椅，若不是雨催得急，真该在此小憩一会儿。再走一段路，面前出现的是一栋古香古色的建筑，朱红的柱子，橙红的墙壁，青灰色的瓦砾下是各色彩绘。

---

* 彭泽美，女，28岁，云南省曲靖市人，本科毕业于云南师范大学，目前在一线乡村学校任教。平时喜欢写写游记、散文、随笔。"杏花疏影里，吹笛到天明，二十余年如一梦。"

在门的两旁，右刻"草堂留后世"，左刻"诗圣著千秋"。园中可看到杜甫石雕像，四周有盆栽花木点缀，使人想起"国破山河在，城春草木深"的凄楚。再看长廊下，游人或驻足仰望，或一人品读，或三两议论，或拍照摄影，走近一看，原来上面是以行草隶楷不同字体撰写的杜甫诗词作品。大概他也没想到，过了千年自己的作品会被刻在草堂边上，不曾想到草堂的外面已是广厦千万，也不曾想到他忧国忧民的博大胸襟影响了多少爱国志士。

　　跨过不知几道赤红的木门，当我看见熙熙攘攘的车和人，才惊觉自己已经走出来了。一种隔世之感顿生，仿佛它们都是从几千年后乘着时光机而来，而我也似乎并非走了短短几个小时。左侧高高的石墙上爬满了三角梅，她醒目又高傲地挺立在那里……心中总有些说不清道不明的东西：遗憾、释然、欢喜、惆怅……

　　我想，成都已用自己有力的臂膀圈住你，把你抱在了怀里，用力托举！这里早已没有了当年的城春草木深，没有了烽火连三月，地震、洪涝、疫情都不再能撼动你，天府之国已名副其实。而今日的祖国不也正是如此吗？

2021 年 7 月

校园的四季

　　"麻雀虽小，五脏俱全。"用这句话来形容五中最恰当不过了。

　　这个巴掌大的学校容纳了 1000 多名师生，操场、球场、实验室、图书室、教学楼、宿舍楼等皆囊括其中，除了足球场，一切学校该有和不该有的设施似乎尽在其中。正因如此，校园中一草一木的变化尽收眼底……

　　秋黄——枫叶由绿而青，由青而黄，由黄而红，再由红而落，仿佛就在一瞬间，又好似过了一个世纪。你想象不到这种景象居然会出现在同一棵树上，同一条跑道旁，找不到词语来形容，因为总觉得韵味还不够。中午查寝回来时我总是忍不住驻足，若遇晴朗的天气，那黄绿相间的叶与蓝天白云构成一幅绝美的水彩画。饭后，总有老师来此拍照，学生的手里也有三两叶子爱不释手，这里俨然已成了网红打卡点。

　　昨天，我看到 6 班的学生正在扫落叶，满地零星堆成了诗意，可我知道，当它进了垃圾桶里这诗意便不在了，它甚至连化作春泥护花都不能够了。学校里要求每日三扫，这光景是再难见的，只有我和小汪觉得可惜。我阻止不了落叶，就如我改变不了班级被瓜分的命运，亦如我教不好所有的学生一般。面对一系列"改革"，墨守成规和破釜沉舟到底哪一个才是最正确的选择，待来日才能知吧！难道只有我们对叶子如此牵挂吗？

冬韵——秋去冬来，曾经的黄已不在，校园里还有些许灌木披着绿衣，可生气已不复秋日。当柳姑娘把外衣褪去，纤弱的身姿在或晴或阴的光景里铺成一道水墨丹青。五中的冬天是没有冰霜的，难得会有雪，此时不惧风霜刀剑的玉兰和蜡梅悄然探头。一到下雪时，校园中又会恢复热闹，孩儿们不再停留在教室里，他们如欢快的鸟儿不惧严寒在操场上打闹追逐。冬天的韵味便在此处了。

犹记得去年那场雪，中午查寝回来路上遇到袁祥欢，他说："老师，我帮你打热水。"我说："我那里可以烧，你们自己打了用。"直到走到宿舍看到热水壶在门口才明白他说的是"我帮你打了热水"。在这样的严寒中心似乎也暖了。

春萌——春寒料峭，可春风叫醒了沉睡的枝丫，让校园从灰黄变成嫩绿，一袭朝气扑面而来。也许是因为新年刚过，校园里一派热闹景象，穿新衣的孩子们总是热情满满。如果够幸运，你能见到瑞雪兆丰年后的奇景——厚厚的春雪融化了，可凭栏倚望，在日光沐浴下的山尖还卧着片片洁白。不禁使人想到毛泽东"须晴日，看红装素裹，分外妖娆"的慨叹。到了三四月，一袭春风拂过，院里细瘦的枝丫上悄然爬满颜色。你会看到校园的另一奇景——柳絮纷飞，樱花浪漫。几棵古老的柳树如坚守在岗位上的老教师们，展现自己的魅力，让我们看到那种执着的美。可这番景象却苦了打扫此处清洁区的值日生。

男生院里那些光秃秃的树上不知何时爬满了粉色、红色的樱花，在它获得足够多的赞美和特写镜头之后，才让绿叶悄悄钻出来。这时绿叶更惹人怜爱了，它如那些暗暗使劲埋头苦读的孩子，也似那些默默无闻付出的老师们；而这样的景象让深夜还在值日的老师们多了一丝慰藉。

夏趣——百花斗艳过后，炎热的夏季总是有许多烦闷的事。没有空调，学生们在教室里坐不住，老师也怕进教室。女生院的长廊成了好去处，早读、晚读各班都争相前往，朗朗书声和不断攀爬的藤蔓映在眼中，在光与影的交错中，似乎有什么东西在心底滋长。待我细思量，又没有了着落。夏季的白昼总是格外的长，晚上六七点钟，太阳依然不肯下山，塑胶场地上有正在上晚读的学生，有躺着的，相互靠着的，闭眼背诵的，站起来走着读的，托着腮的，千奇百怪的姿态惹人驻足。烈日熠熠，为了诗和远方，学子们挥汗如雨，为了心中还未泯灭的教育情怀，老师们挥毫铺墨。再灼热的温度也挡不住孩子们逐梦前进的心，再刺眼的阳光也没有老师们为孩子们发出的光耀眼。

在这个 33 亩地的角落里，每天都在演绎着不同的故事，年复一年。深夜值日，学生已经入睡，我看着园中的斑驳点点红，不禁写下"一袭春风霓裳舞，跌落红尘无人顾。夜来篱下芳自许，唯有暗香沁泮宫"。百日后我的学生们要奔赴他们的下一个战场，他们在烈日的淬炼中变得刚毅，在风霜的打磨下更加不屈不挠。而为师者当如这暗香、如春雨般于无声处潜移默化地去改变他们，那么自然会桃李不言，下自成蹊。

我想许是今年的雪来得更大更急，所以樱花也才开得这般红艳！

冉华云作品*

我去摘下蓝天中那朵白白的云

少年的我，我要爬上山顶去摸天，去感知谜样的天。

青年的我，我要托起那轮亮的月，去拥抱心爱的她。

现在的我，我要摘下山垭口的云，去圆我姐姐的梦。

少年的我呀，是懵童一步一步地爬上山顶，去摘那片近在头顶上的白云。

青年的我呢，更是乘风踏云搂月摸星，拥着妻，舞在跑马山上，够风流倜傥、玉树临风，非常快活也！因为有的是无穷的青春力量和美好自由幸福的家庭生活。白云轻踏在我脚下，于是很舒爽地用五指顶起我姐想要的那朵白云。

现在的我吗，要送我姐姐她爱着的那朵好看的云，把云分成两瓣，再把那粉红如霞似桃花的两瓣，分别扎在她两齐肩美辫的近辫梢处的扎辫绳上。好美！脸儿更美！就这样，靠在她美美的肩上，懒懒地睡上一觉，再把美美的梦带回现实的世界，在这真实的世界和我最心疼的好姐姐一起幸福地欢歌跳舞，跳好看好美的广场舞！这是我们有共同喜好的青年、中年美梦中的一叶花瓣，组成美梦的一大部分。

乘风踏云搂月摸星，拥着心爱的——她！

野人山下传奇事

在湖北野人山下，发生了一件离奇古怪的传奇事。野人山下的一个村庄里，住着一户打猎的人家，家里有一个十分美而性感的妻子，叫大英，为人善良贤

---

* 冉华云，男，57岁，土家族，高中学历，重庆市石柱土家族自治县人。爱好文学、音乐和美术。如摄像师，用艺术的眼光记录和捕捉着生活中的美好，以丰富自己的精神生活。

惠，待人热情温和，特别是她的美，吸引了全村男性。可就在她在山上独自做农活时，遭遇一群雄野人，被弄到山上一两个月，回来后就生下了一个叫大壮的儿子，有点非人类样，体大强壮。虽然人们私下议论多，但孩儿长得快，十七八岁就长成了个壮小伙，对母亲特别好。又是在野人山下，壮儿子为救母亲，竟然用一双拳头打死了一只巨豹。

那是一个暖和的阴天，大英在干活，她解下头上的白帕子，和几个妇女聊着天。

突然，山上不远处传来一声野兽的嚎叫。众人举目望去，只见前面山头上一只巨大的金钱豹正趴卧着。又是一声仰天嘶吼，其后又慢慢弓起身，仿佛人伸了个懒腰，狠狠地盯着山下玉米地里干活的几个妇女，接着又拖着长长的身子，似男人见了美女般欢快地朝山下小跑而来，肚腹吊甩吊甩地晃荡着，有两米多长。女人们吓傻了，竟忘了躲避，只是痴痴地呆看着。

豹子以为美餐在等它，也高兴似的越跑越快，越跑越快。快跑近了，豹子也呆了，站立对峙了会儿，也许这畜生在想：别的人或动物见了我都吓跑了，怎么这些美女不跑。于是，豹子扫视着，扫描着每一个人，似在挑选哪个女人最漂亮可口。突然，这饿豹再一次弓起身来，准备着飞扑捕捉眼前美物。妇女个个吓得脸色惨白，说不出一句话来。

就在这野兽饿豹朝选中的美人大英飞扑而来的千钧一发之时，突然，传来一声惊天大吼："畜生，哪里去！"说着一巨石"轰"的一声朝饿豹砸去，重重击打在其腹部，痛得野豹摔倒在地发出一声嘶吼。接着其又猛地拱起身，愤愤地寻找砸自己、坏自己好事的家伙。

"快跑！"一个高大的约二十岁的壮伙子大喊一声。几个妇女这才惊醒过来，慌忙逃命。饿豹看准了一个人，就是美人大英，又飞身朝大英扑去，大英侧身一滚，滚下沟去，消失在深草丛中。畜生找不到目标，竟跟人似的，呜呜哀哭，好像在说，"不是的，我不吃你，我是想你了"。

一稍微胆大的妇女竟然勇敢地从林边钻出来，趁其不备，甩起锄头朝饿豹砸去："想吃我大伯娘，没门！"可锄头却砸在一树干上。饿豹正好没气出，又立起身子，准备朝砸自己的人猛扑过去。就在这关键时刻，又是一声巨吼："畜生，把我妈弄哪儿去了？看打！"

豹子还没反应过来，壮小伙就如巨石般，重重砸在它的背上，铁夹般紧紧夹住巨豹腰腹，双手紧抱住饿豹脖子。饿豹气急，正欲抓住美人好好戏耍一番，却不见美人踪影，焦急之时，又蹿出一好汉乱它好事，气得疯狂乱跳乱摆，欲摔下骑在背上的汉子。可壮小伙就是死死夹抱着不放，怎么也摔不下来，气得豹子没了辙。僵持一阵子，双方有点软了，豹子感到夹自己腹部两腿的力有点小了，又乱摆乱跳，想摔下背上坏自己好事的怪物。小伙突然想起了猎人父亲常说的一句话："豹子是铁头铜尾豆腐腰！"对，攻击这家伙的豆腐腰！于是，他突然跃起猛力往下坐，狠狠朝其腰部坐砸下去，只听"咔嚓"一声，巨豹腰脊骨折了，痛得饿豹嗷叫一声，软趴在地，疯狂痛嚎。大英的壮小伙儿不顾一切，又朝豹子头命门一阵猛砸乱打，一阵之后，豹子没气了。见巨豹没反应，小伙确认豹子没命了，才离开巨豹找自己的妈了。

大英从宽大沟的草丛中爬上来，乌黑美发蓬松，白帕子快掉下来了，花衬衣挂破了一两大块，裤带也快落下了。听见儿子喊妈，慌忙回答："娘在沟底，儿呀，那畜生伤到你了吗？"

"妈，这东西不是你儿的对手，我三两下就叫它乖乖趴下认输了。"大英幺儿大壮举着拳头炫耀。

"儿呀，没伤着就好，妈放心了。"大英摸着儿子的头高兴了。

大英儿子大壮打死巨豹的消息很快传开了，人们都慕名前来看望，被抬回的巨豹让大家亲眼见证了消息的真实性，再没人敢轻视大英这一家了。

月宫舞起来

夜静天低小，玉盘圆又大。
近看大明月，拂尘月镜飞。

轻踏月宫门，箫笛唤佳人。
嫦娥懒懒睡，举杯邀相随。
茶香飘飘绕，惊醒睡美人。
美仙娇娇笑，起舞歌声脆。
美人翩翩飞，仙境惹人醉。

性起随仙合，也同仙女乐。
我歌广场舞，嫦娥嬉笑学。
吴刚不伐树，也学傣家舞。

玉兔欣喜来，稚跳藏家乐。

召李白唤东坡，大家快来一起舞。
邀志摩呼金庸，我们出来一起乐。
今晚如此好，
苍宇这般美！
大家唱起来，
大家跳起来，大家舞起来！
大家快快舞起来！
月宫舞起来！
跳出美好新时代，
舞出美好幸福来！

歌曲动天地，美舞惊今古。
众神不值日，趁机与民舞。

月宫不寂寞，民乐万事和。
幸福永相随，万民皆欢乐！

夜钓月亮湖

飞临月亮湖，垂钓明月下。
波光平面镜，独坐钓鱼郎。
闲看碧波面，野鸭成双对。

凝视月玉盘，欲往月镜飞。
月儿悠悠静，箫笛声声远。
爱此处处美，留恋迟迟归。

美人泪

纤纤玉指宝石花，
美美花环束乌发。
指尖宝石放彩光，
凝脂玉体更丰华。
回眸一笑百媚生，
云衣花容天惊讶！
百花一见羞低头。
月中嫦娥云后躲，
百鸟朝凤她脚下。

可怜如此美人儿，
命消香殒兵乱时。

各位诸君且细看，
华清池波泪悲戚。
马嵬坡前哭冤魂，
明眸皓齿今何见。
风飘雨落滴桐叶，
似述当年龌龊日。

羞言古往今日事，
但愿今人更分明。
佳人有才更有德，
身健体美心宽悦，
她美舞醉惊天阙。

史晓飞作品*

我有一位了不起的好爸爸

史朔阳[1]

我的爸爸是做三轮车出租服务的,他聪明能干、吃苦耐劳、任劳任怨。凡是坐过我爸出租车的顾客,都说我爸爸长了一双锐利的眼睛,有着一副和蔼可亲的面容。其实,这真的一点都不夸张。我的爸爸,长方脸,五官端正,眉清目秀。他瘦高身材,足有一米七六,走起路来,刚健有力。性格开朗、精神抖擞,似乎时刻都充满着活力。

我的爸爸,是一位新时代的下岗工人。我的妈妈,是一位新时代的失业工人。生活虽然不尽如人意,但他们依然积极、乐观地努力生活着。他们重新扬起了生活的风帆,在老家的宁陵县城,做起了三轮车出租服务的营生。我的爸爸,十几年如一日,坚信:"以人为本,热心为民。"

我的爸爸,他一心为旅客需求着想,服务到位,赢得了许多陌生乘客的好评。

我的爸爸,经常因为接送顾客而早出晚归、日夜奔波。他常常风里来雨里去,他也常常不记得妈妈的嘱咐,不能按时吃饭。

他一心想做好三轮车的出租服务,总是在尽最大的努力去满足客人们的需要,他很少考虑自己。

我的爸爸,他用辛勤的劳动,换来了全家人的美好生活。

我的爸爸,脸蛋变瘦了,眼窝变深了。可是,我的爸爸仍是那么精神抖擞,他似乎在三轮车出租服务这个行业,收获了无穷无尽的乐趣。

因此,我常常能听到别人对他的夸奖。做出租车服务的同行说我爸爸:"是一个不知道劳累的'钢铁巨人'。"

---

* 史晓飞,男,出生于1964年,中国社会文学散文诗联情感自由创作者,河南省商丘市宁陵县人,现居于河南省宁陵县。人生格言为努力创作,圆梦自我。

[1] 史朔阳,就读于河南省宁陵县第一初级中学,史晓飞的儿子。

我的爸爸，人品好、心肠好。他经常帮助别人，尤其是老弱病残之人。我的爸爸，看不得大街上那些残疾的乞儿，每次看到，都会掏出口袋里的钱，给那些沦落街头、孤苦伶仃的他们一点温暖，似乎只有这般，他才能心安。

　　我的爸爸常常提起我们县城信陵路东街那儿落难的一个孩子，八岁回族的关小娃。原来，我的爸爸，得知了关小娃的爸爸在外打工、妈妈已另嫁他人，只剩他与年迈的奶奶相依为命。我的爸爸，每天中午都能在宁陵县老十字大街上看到关小娃的身影，他每次都会停下车，将口袋里的一些零钱给他。每当关小娃接着钱，高兴地跑到县城老十字街偏东南角粽糕摊位前，买到几个香甜可口的热蜜枣江米粽子时，就会偷偷地瞧着我爸爸骑着三轮车载客远去的背影。

　　可我的爸爸从不舍得在街上吃零食，他自己也不舍得花三毛钱尝尝那个白糖蜜枣江米粽子的滋味。平常，我爸爸会控制我的零花钱数目，不准我在学校里乱花钱。记得有一年，春节期间，农历正月初六，我和爸爸妈妈，一起去我姑姥姥家走亲戚。在姑姥姥家吃晌午饭时，我看到爸爸开心地吃了三个我姑姥姥亲自用苇叶包煮的蜜枣粽子，看着爸爸吃得津津有味的样子，不禁觉得手中的蜜枣粽子更加香甜起来。现在的我回想起那时的场景，想着、想着……便落泪了。

　　我的爸爸，在骑三轮车找客源的过程中，常常帮助一些人。在车站附近看到衣着平凡的人时，他总会热心地上前问几句，若得知他们是长途奔袭，来看望自家孩子的家长时，他常常将他们免费送至目的地。可能，他是将心比心，让家长们能省下一点车费。

　　我的爸爸，出生于贫农家庭。他十九岁丧父，之后辍学当了工人，后来失业下岗，做了如今的三轮车出租服务。他深知挣钱的不易，也知养家糊口的辛苦，不仅供应着我与哥哥上学，还常常给一些比我们家庭更困难的邻居送去帮助。他和妈妈一起辛勤劳动，养大了我和哥哥。

　　我的爸爸，虽然一直奋斗在三轮车出租服务的事业上，但在他的心中仍然有着一些美好意愿。夜间的他，时常自学苦写，埋头钻研，补充着自己缺失的知识。他的心里，装着中华民族的伟大复兴梦，装着早日富裕起来的殷切希望。为了这份期盼，他努力地提升自己，他知道，他不仅在为了自己的"小家"而奋斗，更是为了"大家"在奋斗。

　　为此，我深以爸爸为傲，我的爸爸是一位了不起的爸爸！

　　每当我看到坚持自学文化知识的爸爸时，我也会认认真真地对待自己的作业，因为，我的爸爸在潜移默化中，让我懂得了知识的重要性。

　　为此，我深以爸爸为豪，我的爸爸是一位了不起的爸爸！

在爸爸的影响下，我下定了决心；在学校里努力学好科学文化知识，在家庭生活中用心扮演好儿子的角色；等待将来长大成人后，用自己的实际行动，做一名合格的对国家、对人民、对家庭、对自己严要求的"有用人才"——做个高尚的人。

本　色

早晨，天空飘洒起了春日里的雪雨。上午，雨渐渐停了，太阳出来了。一时，晴空万里，春光明媚，这里是初春的宁陵，处处透露出美好、和谐的生活气息。

这天上午12点30分左右，我在县城的张弓路跑三轮车出租时，经过了宁陵县公安局门前，就想进去找李局长问点事儿，还是小儿子史朔阳报考驾校的事儿。我已经忙活了好几天，也找过辖区城关的派出所，但都没有办成，所里说："必须请示局领导，经他批示方可。"此时此刻，我站在公安局前，抱着试试看的侥幸心理，来找李局长，看看我小儿子这个事儿是否能办成。正赶上他们中午下班，属于休息时间，听门卫讲：李局长仍在自己办公室里工作，还没吃饭休息。听到这儿，我健步跑上公安局的三楼——李局长办公室门口，我看了一眼手表，12点43分。在门口，正巧遇到了局里的两位民警，他们从楼梯上下来，手里掂着白色透明塑料袋，袋里装着两个馒头和一小纸碟的海带丝。他们推门进了李局长的办公室，我也跟在他们俩身后进去了。我喊了一声"李局长"，打断了李局长的工作。李局长开口直问："你有什么事情，请讲。"我抓紧时间说明了来由：因自己的疏忽，在儿子史朔阳户口注册登记时，年龄登记小了一岁，如今孩子急于报名驾校学习技术，但年龄差了一岁，不能及时入校学习。李局长的亲切态度，让我在陈述事实时渐渐放松了下来，当他翻开我家的户口本和一张加盖着村委会调查情况属实的申请更正表时，非常及时地给了我反馈，并给了批示，告知我再次过去辖区城关的派出所办理业务就可以了。

李局长解决好我的难题之后，我又看了一眼手表，13点20分。我看着办公室里茶几上已凉透的馒头、海带丝，外加六块咸炸豆腐片，我不由奇怪地问了李局长一句："局长您每天中午都是这样在办公室简单就餐的吗？"李局长只是"嗯"了一声，又说了句"没什么"。另外两位民警插话说："这是李局长一贯的生活作风，生活上向低标准看齐，工作上向高标准看齐。坚持发扬'艰苦朴素、廉政为民'的工作作风，长期从不间断地给全局公安民警树立了工作榜样。"

听到此话，我心中发出了一连串的感叹和称赞：多好的宁陵县公安局局长，多好的共产党员，我看到了为民办实事的人民公仆"本色"！

13点55分，我按捺着激动的心情，走出了宁陵县人民公安局办公楼的大门，再三回首，望见的是庄严，是责任，是担当。

三月阳春

三月美丽/阳光明媚/桃花盛开/万物皆春/三月带来春天的希望/带来春天的温暖/带来心中的梦想/带来花草的海洋/三月是伙伴绿色的盛装/是麦叶风情的阳光/是燕子回春的喜悦/是蝴蝶飞舞的歌唱/三月迎聚了两会的东风/迎聚了团结的力量/迎聚了女神的节日/迎聚了龙虎的奋腾/春天可爱欢声笑语

天马梦歌

悠悠的蓝天我的爱/变成骏马飞起来/奔腾祖国大草原/穿越梦想中的故乡/高高的白云巍巍的山/曾经从心缘中走过/炽热的爱满天的星/搏击着青春的烈火/燃烧黎明时的黑夜/不息生命的沸腾/充实生存的能量/紧跟不舍人生的末班列车/载着自己的情与爱/驰向梦寐以求的远方

风雨拼搏中起航

坷坷人生路/岁岁日月光/杯杯美酒醉/朵朵鲜花香/春回大地燃希望/勃勃生机触心芳/祖国到处展宏图/拼搏奋斗在起航/心灵呼唤/秒针对唱/美丽世界/多彩梦想/希望田野/身旁发亮/几回风雨几回秋霜/几次挣扎几次渺茫/拼搏中扬帆/奋斗中向上/向往明天/向往辉煌/向往祖国繁荣富强/命运中国/大海沧桑/洪流中共济/曲折中坚强/疫情中患难/风雨中同航/中国特色社会主义道路/全国人民奋勇直往/共同富裕目标方向/时时刻刻不能动晃/全民上下齐心努力/小康生活必定蜜糖/一心跟着共产党走/幸福花开心窝之上

梨园春

万亩梨树系真情,
勤笔舒心话梨农。

梨枝招展迎虎年,
一派生机梨园春。

梨园乡情

在这梨花开放的地方,
到处都是花的海洋,
春风吹绿了大地,
梨花格外芬芳。
梨农心喜迎春,

园鸟放声歌唱,
平安中国人人向往,
甜蜜生活梨园风光。
我在这里插上翅膀,
飞向祖国蓝天海洋。

春 天

春天很美万物复苏,
桃梨结伴花开争艳,
花海世界河南中原,
万亩梨花千亩桃园,
开放宁陵花美人间。

孙建华作品[*]

我的抗癌日记

当我接到诊断通知书的那一刻，面对结肠癌四期的诊断结果，如何生存下去，怎样站立起来继续生活，就成了我生命中唯一的话题。

从 2021 年 4 月底开始，我的生活发生了彻底的变化，在媳妇儿的劝说下，我去医院做了胃肠镜检查，当时发现两个息肉，切了一个，还有一个大点儿的，医生说先住院，过几天请个专家来切，于是我就住院了。

两天后，当医生让通知家属来的时候，我就明白了，事情可能不是想象中的那么简单了；当媳妇儿和女儿告诉我检查结果有点问题，医生说应该到市里大医院做进一步检查时，我已经明白了问题的严重性，但万万没想到的是，到了协和医院后，医生告诉我，是结肠癌晚期。

现实就是这么残酷无情，还没有来得及思考，命运已经把我推到了悬崖边上，面对这样的结果，我并不觉得恐怖和后怕，事已至此只能面对现实，我调整了心态，决定迎接命运的挑战。

一开始的时候，我觉得医生应该先给我做手术，然后再进行化疗或其他方法的治疗，但医生团队却拿出了先化疗的方案，我虽然有些疑惑，但还是尊重了医生的意见。

半年的住院治疗，十二次的化疗和靶向药治疗，三次评估，医生终于同意手术了，这时，我似乎明白了治疗方案的正确性；11 月，七个小时的结肠切除手术，把我从死神手里夺了回来，再后来继续进行靶向治疗，使我经受了生与死的考验，虽然瘦了将近六十斤，但我还是活下来了。

我渴望过正常的生活，我知道这样的生活来之不易，应该倍加珍惜，我更明白，未来是个未知数，我现在要做的应该是懂得如何活在当下。于是，我静下心来，对今后的日子做了一个明确的规划。

---

[*] 孙建华，男，59 岁，北京市房山区人，在职硕士研究生学历。北京摄影家协会会员。

（一）

重新翻开新的一页，要努力正常地活下去，该吃吃，该喝喝，有事别往心里搁，开心快乐每一天；用心记录每天的生活，绝不能稀里糊涂地混日子，要有质量、有尊严地生活下去。

躺在病床上，突然间想起《西游记》中的一段故事来，话说那石猴做了一个梦，阎王爷派来两个差人，要索那猴子去阎罗殿，结果那顽皮的猴子不但不认命，还把阎王爷的生死簿给扯了；后来，不但换回了一个"美猴王"的称号，还大闹了天宫，搅了个天翻地覆；被如来佛祖压在五指山下，经过五百年的沉寂，终于得到了陪唐僧去西天取经的机会，历经九九八十一难，最终修成正果。

现在这个时代，癌症早已不是什么"不治之症"，既然轮到自己头上，只能是认倒霉，但是我不能认命，经受病魔无情的折磨，我不能趴下，要跟它比试比试，谁胜谁败还不一定呢，不能这么就认怂了，俺"老孙"偏不信邪，拉开架式就跟它斗上了。

为了对付化疗的痛苦和病床上的寂寞，我只好把读书作为消磨时间的工具，结果竟然找到了当年复习备考的感觉；正像作家梁晓声先生所说的那样，为了使自己具有抵抗寂寞的能力，读书吧！一旦具备了这种能力，某些正常情况下，孤独和寂寞还会由自己调节为享受的时光哪！

（二）

开始抗癌生活，必须听医生的话，敬畏生命、尊重科学。在医生的指导下，积极配合治疗，一丝不苟地完成每一次化疗任务，运用中西医结合的方法去治疗；而后的康复路程是漫长的，不但要面对痛苦和煎熬，还要使免疫机能全面恢复，读书这样的苦差事，让我的康复过程有了完全不同的体验。

只有当一个人独处时，他才可以完全成为自己。只有静下心来，专注于读书学习，才能提升自己的知识水平和实践技能。

杨绛先生说：读书不一定能改变外在命运，不一定能让你拥有想要的生活，但是却能改变我们的内心世界，让我们拥有智慧、信仰和丰富的心灵。一旦我们拥有了智慧、信仰和丰富的心灵，我们就拥有了创造无限可能的机会，拥有了强大的自己和无畏的勇气。

（三）

重新打造自己，通过读书学习一些新知识和技能，不断提升自己。俗话说得好，活到老学到老。不要把自己沉沦在失败的边缘，只要让自己做一些小小的改变，那么我们的人生就会开始与众不同，当你学会改变自己时，一切都将改变。

只有当一个人甘于寂寞的时候，他才可以完全成为自己。只有静下心来，专注于读书学习，才可以提升自己的知识水平和实践技能。

从2022年年初开始，我报名参加了两个网课班，一个是读书变现训练营，一个是短视频创作课堂。读书学习是对付寂寞的一剂良方；寂寞的时候，修炼自己的本领，提升自己的技能，让自己掌握新的赚钱技术，在生活中就会有更多的成功和幸福的底气。接受寂寞，享受寂寞，才是生命的成熟和成就自我的开始。

在读书训练营里，我尝试做了许多以前没做过的事情，突然发现，自己还有好多潜力可以挖掘。不但收获了专业知识和行业引领，还收获了老师的精心指点和耐心辅导，更收获了同学们共同勉励、相互信任、并肩战斗的友谊。

读书使我明白了，要克服疾病的困扰，成为一个热爱生活的人，就不要被疾病吓倒，只要科学合理地治疗，运用好中西医相结合的方法，加上对自己的有效管理和不懈努力，一定能够战胜病魔，让生命焕发出新的活力！

活着，就是一场充满未知的修行

在近现代中国，有一位最长寿的"女先生"，她就是被称为"最贤的妻，最才的女"的杨绛先生，她那以平常之心，活出最好状态的生活态度，给了我们的人生太多的启示。

杨绛与钱钟书，在疾病、战火、生离死别中，相互牵绊，相濡以沫66年。在他们的相伴里，没有惊天动地的爱情传说，只有彼此的陪伴和体谅，让他们执手一生度过荆棘坎坷，也走过花好月圆。

让我们一起来探寻杨绛先生的情感世界。

真正的爱情，是在苦难里的相互陪伴。

杨绛和钱钟书先生生性淡泊，名气、地位、财富对他们来说只是身外之物，他俩在新婚后不久，便一同前往英国留学，为了节省开支，杨绛选择当了自费旁听生，但是在毕业时，竟比钱钟书的收获还要多。杨绛打趣钱钟书说："我这个旁听生厉害吧！"

因为女儿钱瑗的出生，他们提前回了国。他们的生活也从安逸稳定，变成了居无定所，四处奔波。为了维持生计，杨绛当过家庭教师、小学代课教师，写过剧本。然而，不论处境多么落魄，她总是能让一家人的生活充满欢声笑语。

有段时间，杨绛和钱钟书先生终于安定了，虽然只是很小的一间屋子，但是他们很满足。甚至在领导多次提出要改善环境时，两人都拒绝了领导，理由是这里离文学所和图书馆近，还能跟所里的年轻人交流学习。

即使困难，但是有着对方的陪伴，就是在这样的陋室里，钱钟书翻译了毛泽东的诗词，杨绛翻译了《堂吉诃德》，这应该就是相互陪伴互相成长最好的写照吧。

在杨绛看来，世间浮躁又喧嚣，但越是在复杂环境中，越要做简单而淡然的人，他俩这一生，始终过得低调、朴素，却活得比谁都满足。

真正的爱情，是不追求物质的精神共鸣

早年间，杨绛在翻译诗人兰德的诗时，被这样一句话打动："我和谁都不争，和谁争我都不屑。"因此，她这一生，都在践行"不争"这两个字，她说："简朴的生活，高贵的灵魂，是人生的至高境界。"

直到1977年，历经人生坎坷和世事变迁后，杨绛和钱钟书还有他们的女儿钱瑗，才终于有了一个真正的家，他们每天在一起专注于读书工作。等钱瑗下班以后，他们围坐在一起，你一言我一语，谈道论势，其乐融融。这也是杨绛先生感到幸福的时刻之一。

然而，本是安享天伦之乐的时候，厄运却突然降临到这个小家庭里。1994年，钱钟书患上膀胱癌、右肾萎缩坏死，身体每况愈下。次年，钱瑗又查出了肺癌晚期，当时，87岁的杨绛强忍悲痛，表现得异常坚强。她白天为丈夫送饭，晚上去陪女儿，虽日夜奔波，却依然没能留住他们的生命，在女儿病故后不久，钟书先生也离她而去。

命运对杨绛是何等的残酷，这样的困难，放在我们任何人身上，都会被无情地击垮。可是，面对来自生活的双重打击，杨绛先生不但没有消沉萎靡，而且以超乎想象的毅力挺了过来，她把自己的精力全部投入了工作中。

为了让逝去的亲人放心，她格外注意自己的身体，饮食有度，生活规律、坚持锻炼，以健康的身体应付孤独和岁月的侵蚀。一个百岁高龄的人，遭遇生活的重重打击后，依然能够做到从容安然，超脱于世。我们还有什么理由去抱怨呢？

真正的爱情，是不求名利的共同追求

杨绛先生曾说，你的问题在于想得太多，读书太少。

杨绛先生一直认为，人如果不读书，日子就像一杯白开水一样寡淡无味。读书是成本最低的投资，只有读书才能让我们的思想和认识上升到一个层次。

一个嗜书如命的人，只要有时间就会埋头读书。留学期间，她和钱钟书面对面坐着看书，看完两人一起交流；她在《我们仨》书中说："我们的阅读面很广。所以人心惶惶时，我们并不惶惶然。"书为杨绛提供了一方热土，在这里，她的思想是自由的。

她和钱钟书先生从牛津回国后，历经战乱和极其艰苦的辗转生活，不管外界发生多么大的变故，却始终没有放弃读书。很多人开玩笑，说杨绛先生喜欢清华两个"书"，一个是读书，一个是"钱钟书"。书读得多了，眼界宽阔了，心也就大了。

杨绛先生曾说：我们与世无求，与人无争，只求相聚在一起，相守在一起，各自做力所能及的事，即使一路走来坎坷曲折，但始终简单而不抱怨，再苦的日子也能品出甘甜。

在杨绛的散文集《我们仨》中，有这样一句，"我一个人，思念我们仨"，让我们看到了思念的样子。我们曾如此渴望命运的波澜，到最后才发现：人生最曼妙的风景，竟是内心的淡定与从容。从容中不乏热忱，这种从容是一种修为。

王国清作品*

"咸宁通山籍战友参军五十周年纪念大会"上的演讲

亲爱的战友，尊敬的军嫂：

大家中午好！

从祖国四面八方，千里迢迢赶来这里，参加"咸宁通山籍战友参军五十周年纪念大会"的我们，能与阔别近半个世纪的战友，在此共度一段美好时光而无不喜悦充溢，备感温暖。

亲爱的战友，尊敬的军嫂（或尊敬的兄弟），久别重逢的此时此刻，请允许我重新举起，但已是颤抖笨拙的右手，向你们致以一个渐远久违的军礼吧——战友好！兄弟军嫂们好！

亲爱的通山籍的战友们，对于你们战友大会的成功召开，我代表参会的外籍战友表示最热烈的祝贺！对于你们的盛情邀请，真挚友谊和炽热情感，我代表参会的外籍战友表示最衷心的感谢！

我们怎能忘记，在反美帝斗争风起云涌，抗苏修浪潮汹涌澎湃的 20 世纪 60 年代末，鼓点激越，号角催征。当年作为热血青年的我们，在祖国最需要的当口，义无反顾地背负行装，肩扛枪杆，从祖国的四面八方踏上了卫国戍边的征程。在那个火红的年代，我们给祖国站岗放哨，为边疆建设奉献青春。在军营那段激情燃烧的岁月，我们出生入死，浴血奋战。枪林弹雨中，我们经受住了生与死的考验、经历过了血与火的洗礼。

时光荏苒，岁月流逝。半个世纪过去了，虽然时过境迁，物是人非，斗转星移，但同样人生，别样情怀。今天，我们热情洋溢重逢在湖北通山；今日，我们欢呼雀跃相聚在凤池山脚下通羊。情还是那么温暖，爱依然坚强。

本次战友大会或许是我们人生的最后相聚，这是因为彼此天各一方，年龄大多都已奔古稀，身体每况愈下，正面临着生老病痛、生离死别这个人类不可抗拒的自然规律的严峻考验。会议虽然时间短暂，却意义深远，友谊弥足珍贵，

---

* 王国清，男，73 岁，重庆市人，中专学历，自由写作爱好者。

我们无不倍加珍惜。

天下没有不散的筵席，会议结束，我们又要依依不舍地道别一声战友再见，兄弟将息！

革命路上常分手，一样分手别样情。站在这里，当我亲眼看到岁月风霜濡染战友满头白发，当我深情凝望兄弟日渐老去的背影时，无不心潮起伏，百感交集，泪花闪动。此时此刻，我拿什么礼物来送献给曾经枪林弹雨中，同一战壕出生入死的战友，昔日军营里朝夕相处情同手足的兄弟呢？那就让我把心中对战友滚滚奔涌的经过生死考验、战斗洗礼的崇高友谊热流；兄弟之间携手并肩、心手相连那般千回百转的情肠，化为一声声情真意切的祝愿，一句句深沉厚重的祈福。祝愿战友、军嫂们身体康健，幸福美满；年年岁岁皆美好，月月日日都平安！祈福战友、军嫂们生命烛光长燃不熄，晚年旅途平坦如意！

情　愫

作为土生土长的长寿籍人，定居昆明已经20多个年头。在昆明市内重庆人随处可见。我们虽然游走在人潮涌动、车流如织的大街小巷，我们站在西山之巅鸟瞰碧波万顷的滇池，我们居住在喧嚣繁华、风景如画的春城……但我们依然乡音不改，乡情难忘。与重庆火锅并驾齐驱的重庆著名品牌梦怡麻辣豆腐乳和滇系菜谱中的酸辣风味都具有"辣"的灵魂，成了重庆人和昆明人日常生活中的高度契合点。所以巴渝饮食文化，在这座具有2400多年悠久历史、多民族居住的云南省会城市昆明，被乡土风情各异的两个地域的人演绎得炉火纯青，风生水起。

腐乳被昆明人誉为无乳不成席，无乳不成菜。梦怡腐乳畅销云南全省，上到昆明货架。由于梦怡腐乳既有民间传统独特、纯正的麻辣风味，又有便民各取所需的各式精美别致的包装，所以昆明人对其情有独钟，爱不释口。他们一日三餐用梦怡腐乳开胃。吃海鲜鱼虾用梦怡腐乳调汁，牛肉、羊肉烫锅用梦怡腐乳压腥去臊……走亲访友携带一份梦怡腐乳是懂得生活、投其所好的体面礼品。梦怡腐乳遍及市内各大商场、超市。一罐罐红椒素裹的梦怡腐乳，一瓶瓶晶莹剔透的红油梦怡腐乳，一袋袋便于旅行携带的果冻型梦怡腐乳……琳琅满目，应接不暇。每逢节假日供不应求，货扫一空。梦怡腐乳深受这座城市市民的欢迎、青睐。梦怡腐乳已经成了昆明人餐桌上一道亮丽的风景。

　　吃了美味梦怡腐乳这么多年，看着包装盒上生产出品的地址居然是我的家乡长寿，陡然突发奇想。何不借探家的机会去实地打探、考察一下伴随我二十载的梦怡腐乳的出品厂家呢？

　　长寿的初冬薄雾缭绕，乍暖还寒。在四位朋友的陪同下，我驾驶的汽车参照梦怡腐乳包装上的公司地址，在导航的指引下，沿着318国道向着葛兰街镇经济走廊行驶。进入葛兰镇，又顺着桃花溪流向前驶出2千米的青风坝。啊！一座现代化企业——重庆梦怡食品有限公司映入眼帘。独具匠心的设计，极具文化内涵的办公楼，拔地而起的高大厂房，厂房周围的仓库、职工食堂……规划有序，布局合理。

　　接待我们的是梦怡食品有限公司的创始人、董事长李福勇先生。他七十开外，虽然年华老去，却思维敏捷，思路清晰；笑容可掬，叙事平和，才华横溢。

　　上午10时30分，在董事长李福勇先生的亲自陪同带领下，我们一行五人参观了生产车间。进入车间前须着装规范的统一工作服装，并进入密闭的自动化消毒间进行严格的消毒（消毒间每次仅能容纳3人）。我们（包括李董事长在内）所有进车间的人，都经过了全身的科学、严格消毒后才进入了生产车间。

　　车间宽敞明亮，机器设备整齐划一。一个个训练有素的操作工人，穿着经过消毒后的蔚蓝色工作服装，佩戴着乳白色防护口罩，以饱满的热情、积极向上的精神风貌，恪尽职守在各类机器旁，娴熟地按编排程序操动着自己的那份工作。崭新的现代化数控机器设备两边有序排列。生产线上第一道工序是将颗粒饱满、色泽鲜洁的一袋袋优质黄豆倾倒在流水线上的不锈钢池子里进行清洗、浸泡，然后传送到机器里自动粉碎磨浆、过滤；然后把白花花的原浆通过管道输入并排矗立的3个锅炉罐里烧沸。沸腾的温度、时间由仪表控制，达到要求后再由自动泵提到加有卤水的不锈钢圆桶里，化学作用后形成热气腾腾白生生的豆花，再由操作工人将豆花应接到方形木板盆漏水、压榨、切块就形成了豆腐乳的雏形。

　　李总介绍说，腐乳色泽是否明亮，形态是否柔软，味道是否可口鲜美，产品是否畅销，制粙工艺最为关键。制粙车间构造技术考究，四周镶嵌着银白色的不锈钢保温板，空调安放在车间中央，温度计摆放在不同角落。雏形产品进入室内，我们把经过多年反复探索、论证、实践得到制粙恰到好处的恒温指数事先设定，再加入有益的微生物粙剂培育繁衍，以达到腐乳软化熟透程度。等待数日腐乳表面长满纯白绒毛，这道工序便大功告成。要达到这一最佳效果，说起容易干起实难。这个环节若是失误会功亏一篑。传统工艺是无法解决这一科学制粬难题的。李总说，如果急功近利，可以把刚从制粬车间运出的腐乳马上进行佐料（盐巴、花椒粉、辣椒面等）加工，进行分装出售，这样可以大大降低成本。但我们是为民服务的良心企业，为了提高产品质量，确保品牌形象和口碑，我们还得把腐乳从制粬车间产品转换到自然发酵车间进行 365 天的存放，目的是让其在自然环境中更进一步成熟，有益微生物更充分地释放。经过这道漫长的工序后，制作出来的腐乳才色鲜味美，香飘四溢。漫长的过程、繁杂的程序虽然增加了成本，却保证了产品的可靠质量，因为质量是企业的生命。

梦怡食品有限公司内，腐乳原材料库房内的黄豆堆积如山；一排排宽敞高挑的发酵车间，先后出厂的产品爆满库房，堆放整齐，叠码有序。成品车间分门别类包装，由人工与机器并进，工作秩序井然，工序有条不紊。当你跨入成品包装车间，历久弥香的梦怡腐乳醇美香味扑面而来，沁人心脾；厂房内外车水马龙，人声鼎沸。质量上乘，信誉至上。来自全国购买梦怡腐乳的订单如雪片般飞来。生意蒸蒸日上，货物供不应求。梦怡腐乳畅销全国，誉满华夏，真可谓独树一帜。

一派生产、销售的繁忙景象，折射出梦怡食品公司品牌势头强劲，经久不衰，生生不息。照此经营理念谋篇布局，我们有理由相信，梦怡食品有限公司成为百年老店指日可待。

参观结束，作为长寿籍人，作为定居昆明梦怡腐乳的热情粉丝、忠实消费者，我衷心地祝愿梦怡食品有限公司更上一层楼。我诚挚地希望梦怡食品有限公司生产出更多、更优质的民间风味腐乳，让漂泊在外的家乡游子，让居住在祖国各地的民众都能分享到重庆著名特产——梦怡腐乳。

王新建作品[*]

冷风赋

  自古逢秋悲寂寥，我言秋日胜春朝，让人伤感。而我还要《冷风赋》，是不是要怀疑我的诚心？
  然而，我还真的要赞美冷风。
  曾几何时，我宁愿去冷风中走，既不怕寒风刺骨，也不怕大雪飞舞。我意愈坚决，冷风愈后退。
  冷风，给人以力量，给人以坚韧。
  你不见，冷风过后，好多枯枝朽木嗖然而下，明年树木又雄姿勃发、郁郁葱葱，那时你会感叹它，虽然枯枝挡住了你的去路，但明年你会赞美春光。
  要说，你得感叹我们的大自然，谁给了它这么神奇的力量，居然枯枝朽木都能清理，居然次年春天更会生机盎然，让闲来无事的人们消遣娱乐，摸爬滚打，让人一展歌喉，让人动情歌唱！
  冷风给人以坚劲，呼呼风吹，让人想到冷漠，可冷漠深处说不定有颗火热的心。看没看见，冷风中疾走的人，脱掉外套，就是热气外冒的躯体，可不就是火热的心！
  我喜欢在冷风中走，纷乱的心思在冷风中得到了平静，更喜欢在冷风中去沉寂那么十分钟、十五分钟，让生活中的乱麻，点点理顺，身心更加惬意。
  大海的上空，总有高傲的海燕，迎着冷风，笑那些胆怯的企鹅。
  让我们赞美冷风吧！

---

[*] 王新建，男，1971年8月出生于河南省通许县。1995年7月参加工作，先后参加过铁路、建筑工程、水利水电工程、公路工程、梁场制梁工程、地质灾害治理等工作。2006年10月加入中国共产党。本科学历，高级工程师。自初中就喜欢文学，常编一些小诗，参加过文学大赛，获过优秀奖，参加过文学社，发表过一些诗文。出版在正式刊物上，尚是其遗憾。

醉春光

闲暇无事，走下楼来。

外面的春光明媚，让我心醉。

无心的我无意中走进一片高地，想寻找几天前吃过的蒸榆钱中的榆钱。没找到，却找到了几片臭椿，由此联想到地质灾害治理中的设计工作，因为臭，才长得茂盛吧！有意思吧？

闻了闻手，还真有点臭味。赶紧找点其他花抵抵味吧。于是，我就向办公楼边的花园走去。

听说丁香花很香，抹点丁香吧。果然花园里白色的丁香开得那么灿烂，那么明媚，簇拥起来，闻起来，香味扑鼻，令人心醉。

花园里的海棠花开得不错，两条线整齐排列，白艳艳的梨花在嫩绿的小叶中笑着，还有几个蜜蜂在轻吻着它的芯。看来蜜蜂也在赶工呢。

向西，走到路边，这是什么植物呢？白里透红的花，一簇簇的，树冠的下边开的花很多，争奇斗艳，而树梢却刚长出嫩芽，几朵小花，看上去很是璀璨，一下子吸引了我。走过去，用手机拍了个小树的特写，正好两个蜜蜂争抢花蜜呢。可爱的小蜜蜂，为谁辛苦为谁甜哪！手机查证，却是另一种海棠花。

花园里最吸引人的应该是白玉兰了吧。你看吧，这棵一身白色，似开非开，哎，边上还有一枝粉红的呢，会不会是嫁接的呢？白有了粉红的衬托，是不是更美了？

过了中交三公局的大楼，路边的小花园池里有一片看上去像小石榴的花，那花，深红，紫红，在低矮的绿叶丛中，我的心多少有一些心痛。太伤感了吧。后来才知道，原来是木瓜花。算了，换一个景欣赏吧。

富元路南边路边、花池里的树像桃花，细看又不像。老闫告诉我，是樱花。樱花开得比桃花漂亮，花朵紧凑，粉红与白色，花瓣挤在一起，满满的一簇，满枝头开得挤不下了，仿佛要掉下来似的，不由得想去接着她。

时间一点一点地走，而我慢慢地游，不想回燕郊的时间到了，不能在春光里陶醉了，心却在沉醉。

春光真美！让人心醉！

向松作品*

浅秋话中年，来日并不方长

偶读梁实秋的《蓦然一惊，人到中年》，所受的震撼前所未有，突然感觉进入天命之年，来日并不方长。

不知道何时鬓角已染霜，忽然怀念从前那些逞强，其实是怕老去的一种恐慌。曾经的年少轻狂，相信没有自己干不好的事，相信自己总有一天会出人头地，不管哪一行，行行出状元。

好多事，都是在"我的明天会很多"中等待，然后没有任何结果，老爸说，心有天高，命只有纸薄，我不信。老爸又说，命中只有八角命，走遍天下不满升，我还是不服气。

一路走来，希望就像黎明的曙光，已经看得见，可脚下的路还是坑洼不平。当青春俊气的脸上刻下许多沧桑的横纹，才蓦然一惊，人已是中年。

所谓知天命，就是认命。但不是放弃自己的追求，也不是放弃肩上的责任。而是重新审视自己，面对现实。回头看看，自己的学识撑不起自己的野心，自己的能力驾驭不了自己的目标，青春年华在不经意间挥霍掉。这几十年干的事不少，但没有一件干出色。当突然惊觉，青春不在，便黯然神伤，悲从中来。于是有了五点起床锻炼的坚持，想强身健体，抓住青春的尾巴。把白发染成青丝，装嫩吧。一切的一切，就是对生命老去的恐惧。

时令进入浅秋，也感觉人生有些凉意。艺术渲染下的雨后夕阳，沉寂了喧嚣，洗涤了尘埃，所看到的都是清新悦目，可是，夕阳再美，也挡不住黑夜来袭。

生老病死，也是人类的新陈代谢，每个人都有一劫，可是，当耳畔常闻故人死，比自己年轻的，与自己相当的，比自己年长的，你不得不有所触动于生命的无常。唯心的，叫生死有命，富贵在天。不信命的，你也不知明天和意外

---

* 向松，出生于1973年，贵州省开阳人。一生风雨兼程，还是初心不改，做生意闲暇时间，读读书，练练字，跑跑步，平平日子平平过，如此简单。

哪个先来。

对生命的敬畏让我偶有风疾都疑神疑鬼，老婆说我一惊一乍的。其实，天堂再好，也没有人愿意去。

五十知天命，沉淀和反省走过的前半生，放弃心存幻想的坚持，努力挣钱，经营好这个小家，陪小孩读完大学，长大成人。陪老婆慢慢变老，过好余生。

且行且珍惜，来日并不方长。

轮椅上的父亲

停好车，去看望父亲，是我每天例行的差事。父亲却没像往常一样笑着和我打招呼，而是阴沉着脸。我说要过年了，给您买点煤炭和肉，父亲憋了一会儿，带着哭腔挤出几个字，不买，想死。我怔住了，一股凉意惊颤了我。心头发梗，鼻子酸酸的，想哭。

一瞬间感觉父亲真的要离我们而去，正准备和死神握手。油然而生对父亲的悲悯和感伤，还有几分自责。父子相伴走过四五十个年头，生活中的三观不同，性格冲撞，相互怪怨，横竖指责，一切的一切，突然间觉得在生死面前是那么渺小，突然间竟责怪自己曾经为啥么不懂事，突然间有一种沉甸甸的感觉压上心头。

耄耋之年，遭遇脑出血。医生说，这个年龄出九十多毫升血，醒过来的概率不大。我们在给父亲准备后事。可是父亲不但醒过来了，而且吵闹着不住院，被打了镇静剂，才安静下来，也许因为超常规地使用了镇静剂，父亲出院后三年多，连简单的单字都表达不清。有时为了他的一个动作、一个单字，我们都要费尽心思去猜上几天，有些甚至成了永远的谜。

父亲年轻时的脾气又犟又怪。说翻脸比翻书还快，要骂谁，也不管你是不是天王老子，总是快意恩仇。邻里邻外的关系，大多都是我母亲去打圆场。1985年父亲恢复工作被调到开阳，母亲却不幸病逝，父亲带着我们五姐弟来到县城。不仅经济上拮据，更雪上加霜的是，他的为人处世使他陷入了孤立无援的境地。中年丧妻的痛苦，入不敷出的工资收入，父亲的脾气变得异常暴躁，常常一点不顺心便动怒骂人。原本十分幸福的家庭，随着母亲的病逝亦失去了爱，从此家庭不再安宁。

稳定的工资收入，却不能支撑整个家庭的开销，五个子女都在上学，没有一人能为他分担责任和压力。那段时间父亲内心应该备受煎熬，无钱无米的日子，有时还要借米下锅的尴尬，同年龄段的人都有深刻的记忆，我的父亲更是刻骨铭心。

当家才知盐米贵，我自己也成家立业了，当火星落在脚背上的时候，才懂得油盐柴米非易事，才体会到父亲当年为什么会当着许多人的面，弯下腰去捡掉在地上的几粒米和几根面条。养子才报父母恩，当我把所有的爱给了自己的孩子时，我才感触父亲曾经也把满满的爱给了我。只是后来的家庭变故，父亲给了我们太多的负面记忆。可是所有的这一切，在生死面前都不是事儿。子不嫌母丑，包括父亲。我们理解、体谅、包容了父亲曾经的一些不是。羔羊跪乳知有母，感恩与孝道才能教育我们的下一代，让忠孝代代传。

父亲病残的身躯已经在轮椅上生活了三年多，他有尊严地活着，是因为拥有了儿子儿媳、姑娘女婿对他的悉心照料和陪伴，更感谢护工，替我们照顾了父亲的起居饮食。

我祈祷，父亲再活十年以上。

初冬，岁月静好

冷丝丝的风悄悄地钻进袖筒，晨练的人越来越少，我冬泳的决心在冰浸入骨的感受中一点一点地减弱。昨日凌晨的寒风细雨，让我逮到了一个不去的理由，蜷在被窝里美美地睡了个懒觉。

习惯早起，晨练后送小孩上学，三分责任，三分自律，有时还有几分强迫。当你懒散下来，今天的世界就是睡觉，那感觉，似人生到达了高潮。

人的一生，从生到死，就是两点间的距离。离起点越远，距终点越近。但谁也不知道自己的终点在哪儿，哪天你的生命戛然而止，终点就定格在那儿。就像公交车，一路上都有人上车，走着走着就有人下站。人活着没有太多的理由，生命的过程只是在重复昨天的衣食住行。

春的希望，夏的热烈，秋的静美，冬的蛰伏。四季轮回，自然规律，没有人能改变它的永恒，也没有人能改变自己想不老的决心。可是，当激情四射的青春岁月不再，突然间发现成了鲁迅先生笔下的老年闰土，心头自然涌上浅浅的沧桑，感叹岁月无痕。

　　红尘做伴，阅尽人间美景，也饱尝辛酸冷漠，人情冷暖。一路走来，所有的经历只不过是一种过程，没必要念兹在兹，耿耿于怀生活中的一切不如意。

　　有些人，有些事，渐行渐远。好像手机一样，用的时间长了，需要清理垃圾或归零。于是，身边的朋友越来越少，甚至有时想找个人聊聊，翻查通讯录，竟找不到可以聊天的人。孤独如影随形。

　　于娟遗笔《此生未完成》，在生死的临界点，对生的渴望和对死的不甘，其言也善：除了健康，一切皆是浮云。可是我们都是凡人，谁不想活得潇潇洒洒呢？谁不想趁年轻拼几下？然而，当你拼尽全力去挣钱，钱没挣到，努力顾家，家没顾好，却忽然发现自己还老了，那心境，自怨自艾，自己怎么这样无能。

　　太多的时候，自己设置的目标无法实现，总觉得自己不如别人。其实，当你站在桥上看风景的时候，别人却在楼上看你。莫言说，你所处在的阶梯，向下看，是俯视，向上看，是仰望。唯有平视，才是真实的自我。于是，我有了点儿阿Q精神，安身立命，活在当下。

　　想要安静，就得承受孤独。一个人静静的时候，去沉淀曾经的所有，所有的曾经。

　　茶叶在茶杯里是两种姿态，浮起和下沉，浮起是坦然，下沉是淡然。喝茶人也是两种姿势，拿起和放下。人生，需要的也是拿起和放下，所有的经历只是一个过程而已，成败得失，努力过了，就无愧于心。

　　初冬，为明年的春天厚积薄发。

闫照亮作品*

夜半见闻录

星儿熠熠闪，弯月挂中天，桂花暗香来，夜半听鸣蝉。躺在床上无睡意，不如起身去遛弯……谁家读书郎，端坐帘窗前？近前掀帘细观看，老叟鹤发又童颜。案前屏中都是字，案后书报堆成山。案左杯中青叶飘，案右咖啡壶养眼。几盆兰花争斗妍，一簇翠竹意盎然。偶闻酒香隐隐在，又见手上有青烟。返身入路中，漫步复向前。左边麻将听胡声，右边掼蛋要牌嚷得欢。心中不由暗思忖：这老叟，不食人间烟火味，夜半呆坐为哪般？

写于 2015 年

自评：似我非我，今吾后吾，取其神而淡其实，时空错配，亦真亦幻也。

赠"琪"戏言

大"好"之事，当下深功。艰难困苦，玉汝于成。不成何妨？心静气平。

无惧"白眼"，谈笑"神经"。小酒照喝，小曲常哼。鸿鹄之志，燕雀嘤嘤。我行我素，天马行空。

淡观银去，乐见金迎。大绿不惧，大红不惊。人持三周，我观三年，浪来浪去，潮起潮平。

塞北江南，滑雪听笙。东海西域，来去匆匆。非洲亚洲，赏鳄观樱。南美北欧，啖鸡驱熊。文化圣地，常去拜访，历史遗迹，辨字听风。

---

* 闫照亮，男，65 岁，江苏省徐州市沛县人，现居南京市建邺区。高级工程师，注册国际投资分析师。曾任徐州工艺服装厂副厂长，无锡温尔太有限公司副总经理。

索罗①传记，沃伦②"真经"，拿来就读，难懂不懂。亚当③"经书"，哈耶④译丛，囫囵吞枣，兴趣颇浓。唐诗宋词，元曲"大雅"，粗有涉猎，尤好吟诵。无聊之际，码字几个，灵感来时，胡诌一通。

　　人生一世，草木一秋，能有大"好"⑤，实为有幸。顾虑太多，苟且营营。醒悟虽晚，尚余半生。耕耘卅年，持之以恒，愉悦身心，强健机能，哪去管他：天圆地方，江河常东?!

---

① 索罗：投机大师索罗斯。
② 沃伦：投资大师沃伦.巴菲特。
③ 亚当：亚当·斯密，《国富论》作者。
④ 哈耶：著名经济学家，诺贝尔奖获得者。
⑤ 好读作 hào，爱好，喜好。

俞兆虎作品[*]

那个凄凉的秋

一帘幽梦，那个洒脱的傲骨，盛气地来到我的耳旁，将寒窗的回忆无情地掩埋。

一段情缘，那个陌生的脸庞，不时出现在我的心头，激昂的争吵毁灭前世记忆。

一别路遥，那个追思的小桨，依旧静静地荡向故乡，将深情的思念打碎。

一丝情雨，那个熟悉的雨景，带我回到有你的午后，将我的眉梢悄悄打湿。

一时邂逅，那个轻声的嘘语，载着你我的欢笑，飘向无边的河流。

一世青春，那个粉红的回忆，将我对你的追思，紧密地封锁在不完美的那年。

一念之间，那个风雨的年代，将不羁放肆尘封，独留这一世繁华孤影。

浮生若情

天湛蓝，清风送至千山外，一心二意三痴情，了却四世情缘，成就五分绝唱。

地辽阔，皓月当空万里遥，六绿七彩八艳景，难得九分相思，如此十分感人。

---

[*] 俞兆虎，男，26岁，甘肃省武威市人，本科学历，自由职业者。笔名"只愿钟情于你"。人间太难，生活太累，如果可以，我愿沉浸在诗的睡意中永不醒来。世间的不公，世间的不平，唯有让醉美诗意来评说。

张彬作品[*]

浅析对《猫没有教老虎上树》的认识

许多人在童年时就听过一个故事。据说，老虎从猫那里学会扑、劈、剪三招之后，立即向猫发难。殊不知，猫迅速跳到了树上。此时，老虎对猫无可奈何，猫对老虎笑道："仅此三招够你用了，若四招都会了，我就没命了。哈哈——"

这个故事告诉了我们猫的精明，虎的贪婪。然而自然界谁也没见过猫与虎打过照面后会是什么结果。若强迫猫进虎洞，可想而知，也谈不上谁教谁，即使二者均属于猫科动物。

人就不同了，能前能后，会左会右，赶上赶下，并随着社会的发展，文明的不断进步，而享受生活。但是，从这种不着边际的故事中，似乎又能看到人的影子。

很显然，当你的生存空间很小的时候，你必须具备甚至储备足够的智慧和知识，才能施放有度，游刃有余。反过来，当你的生存空间很大时，似乎像今天的"老虎"具备生存优势，那么生存在小空间的"猫"能告诉你什么呢？不是"猫"教不教"老虎"上树，而是"老虎"想不想上树。事物是可以转化的，今天所具备的优势若摆不正自身位置，明天就有可能变成劣势。

人是有思想、意识、理性的动物。在大自然中，同处一片蓝天，一方净土，人们在不断思索：经济可持续发展，经济全球一体化，发展经济不能以破坏环境为代价，消费不等于浪费等。

人们不能再等待了，必须积极行动起来，否则还有"树"吗？真正的生存空间不在于破坏、贪婪、自私，而是需要创新性的思想意识，创造性的劳动。

以"静之心志"之精，"动之始然"之气，"窥之寰宇"之神，不断认识自然，科学地改造自然，与自然和谐相处，共存共荣，并造福于子孙万代。借用毛泽东一句话："虎踞龙盘今胜昔，天翻地覆慨而慷！"

---

[*] 张彬，男，61岁，高中学历，山东人，已退休。感言为"内卷"不是排他的理由，"躺平"不是意志消沉的借口。座右铭为"静之心志，动之使然"！

魂魄于天地之间，此乃人之所为。

2022 年 2 月 20 日

春天的记忆

春风拂面，大地复苏，路边的杨柳、白杨已现春色；樱花开了，桃花开了，它们竞相绽放，争奇斗艳，充满了无限生机。似乎在告诉着人们：1988 年的春天来了。

在北京市朝阳区酒仙桥北路，一个现代化工厂在花团影映、松柏簇拥下拔地而起，它就是——北京·松下彩色显像管有限公司。一个以繁荣世界文化为己责，以"目标""十精神"的最终实现为己任，以对中日双方互利互惠、对社会负责为原则，这一令人期待、备受瞩目，并在将来为我国彩色电视机生产提供重要部件的中外合资典范企业，从此诞生了！它是中国第二代领导人改革开放英明决策的产物，是中日两国有远见的企业家精诚合作的结果。

一、显像管制造 ABC

曾经，彩色电视机是消费者追捧的首选，是家用电器中的"大件"。记得一天早上，电器商店门口排着长队，人们手里拿着电视机购买券，在寒风中瑟瑟发抖。"我要结婚用。""咳！不能总是让孩子到别人家看电视，还是自己有方便啊！"大家在议论："电视中的影像是怎么来的？""真新鲜，黑白也就行了，您说这彩色是怎么涂上去的？"……

20 年前，同样带着这些疑问的 250 名新职员，将走入台路中学进行为期 3 个月的导入训练，一切为了去日本松下宇都宫工厂实习做好充分准备。

飞机在天空翱翔，带着学员们满怀"产业报国"的理想，向日本东京飞去……

实习的生活紧张而有序地开始了。语言不通，交流有障碍，但我们有意思相同、字形近似的语言文字，手写字是我们沟通的基本方式；在指导老师的亲自示范下，作为学员要具备一定的制造业生产经验基础，对所学内容均心领神会，能较准确地把握所学内容；当我们凭借自己的能力从前到后、从左到右，制出平面直角管，并将其提供给"昆仑"电视机工厂后，会感到骄傲自豪；

同时对宇都宫工厂指导老师们的协力支持、辛勤劳动致以衷心感谢！

"ABC 不难，但真正写好念好不容易！"它代表着一个时代的进步，观念的更新；代表 BMCC 创业时，那段美好记忆的刻骨铭心。新的奇迹就在前面，思考、行动、加油、前进……

二、印象及精神感悟

在实习过程中学习彩色显像管制造技术的同时，大家也对这里有了一个多方位、多角度的了解。

此时，飞机降低了高度，奔向成田空港，地面的景物越发清晰可见。坐在飞机上，我们的头脑中还不断闪现出 10 年前的一部日本电影《追捕》：杜丘检察官在东京新宿区遭人诬陷，从北海道驾驶飞机，通过津轻海峡，低空飞向东京，以证明自己无罪……

走出空港，我们即刻感受到这里的气息，景象似乎比电影画面更加丰富，更具有视觉冲击力，进一步加深了对"产业报国"的理解，立志把我们自己的国家也建设成这样，充满了无限期待……

研修实习结束了，新干线列车从东京车站启动，向大阪府驶去，途中经过了富士山。在大阪市参观了松下双子大厦、松下科技馆、松下博物馆；感受到了松下公司作为世界级经营商，在繁荣世界文化、提高人们日常生活品质方面所发挥的积极作用。

"鉴真号"客船在东海上，直向目标地上海港而来。据说，当年鉴真和尚就是沿着这一航线东渡日本，历经千辛万苦、九死一生，传播佛教文化，也传播了中日文化交流的种子。

此时，我想大喊一声："祖国，我们回来了！"

三、实习生活花絮

初到异国，一切都是那么新奇，对周边环境、风土人情同样产生了浓厚的兴趣。"暴走宇都宫"的说法也是从那时兴起的。彩色显像管宇都宫工厂在平出工业团地，到宇都宫市区，步行大约需要 45 分钟。尽管"辛苦"，但当大家交流心得感悟、文化差异、市井万象时，又是那样兴趣盎然、乐此不疲。

"红烧排骨"的困惑，那就不能不提到吃。日本料理固然好吃，但时间长了，还是想念家乡的味道。当采购员将 200 份排骨摆在面前时，可慌了，放糖、酱油、盐、香料各多少？这可不是家里 3~5 个人吃饭。记得 20 世纪 80 年代初，一位年轻的日本厨师到北京饭店学习厨艺，在学炒"鱼香肉丝"时，师傅说：

"加盐少许!""少许是多少?克还是毫克?"学生在认真记录,师傅愕然。"那是一盘菜,现在是一锅菜,留学生、老师傅说得都对,我们还是干吧。"

"红烧排骨"终于成功了,看着大家吃得那样香甜,"临时厨师"们心里有说不出的高兴,共同的思乡之情油然而生……

"万籁皆叙静,大地入梦乡,幽静的深夜里,明月照四方……桑塔·露琪亚……"梦醒时分,新的一天开始了。

目标:"BMCC要精诚一致,向CRT国际竞争挑战!"十精神:"工业报国之精神、实事求是之精神……"这一时代最强音回荡在公司上空,折射出BMCC人勇攀高峰的决心。即使有那一天"自持规律盛而衰",我们无怨无悔,因为BMCC曾经的历史是我们写的,有你!有我!还有他!

此文稿仅向BMCC 20年前的中日双方创业者致以最崇高的敬礼!

2007年4月16日

故乡的红枣树

今年异常偏冷。岁末的一天,一位年逾六旬的长者来到这个老宅子,这个盛满了他故乡记忆的老宅子。老宅子里的小院寂静、凄凉,空气似乎也已凝固。在东南角有棵老枣树,树下落满了黄叶,树冠干枯,树顶稍焦。他抬头全神贯注地凝视着,呆立着,追忆着……此刻,冬日的暖阳升了起来。小院顿时温馨了许多,有了生机。

20世纪60年代的一个春末,她那黄色的碎小盘花开了,招引了一群群的蜜蜂,还有不少土蜂和蝴蝶。他爬上树学着蜂子的样子,伸出舌头舔着一朵朵花。折腾了半天,脸上黏糊糊的,只嗅到了枣花的清香。看着蜂儿滚圆、明晶、肥胖的身体,摸着自个儿扁瘪黑瘦的小肚子,好羡慕,好妒忌,只有默默期盼枣子快快长大。

到了农历八月,一串串枣儿像小红灯笼般挂满了枝头。趁大人不注意,偷几个解解馋,因为等枣熟后,要晒干拿到供销社的采购站换钱来补贴家用。记得有一次,交两元钱的学费,要等把枣卖了换钱后,才能给老师。那时,多么盼望过节啊,因为姐妹几个每人能分到一把干枣呢。我有时不舍得吃,装进书包里,拿到学校分给伙伴们。更期望过年,说不定用卖枣的钱还能买件新衣服哩。

……

突然,一只喜鹊落在树上,叽喳地叫了几声,打断了他的思绪。他跑过去,抱住这棵生命之树,亲吻着,哽咽着:

"爸、妈,那边冷吗……别忘了回家过年。"

他的父母于今年春冬相继离世。

---

* 张庆民,男,出生于1956年,山东省齐河县人,大专学历,小学高级教师,喜欢朗诵与写作。讴歌氤氲流年的美好,行笔于温暖和谐身边;吐翠置姹紫嫣红的花园,闪烁在浩瀚璀璨的星空。

我把养育我的生命之树紧紧地抱在胸口，紧紧地，仿佛抱住了曾经的峥嵘岁月，抱住了脚下这块散发着泥土芳香的黑土地。一滴滴泪水洒落在她幽深的纹脉里。我感觉到她的身躯在不停地抖动。或许是灵与魂的碰撞，或许是魂与灵的交融。这棵红枣树走进了我的心田，不再经受冷风苦雨，不再经历酷暑严寒。春花秋果，依旧年年……

情无限

相互搀扶的那一刻
一幅温暖的画面
相互倾听的那一段
品味诗意的浪漫
她对他笑
他说她的脸比秋菊灿烂
她握他手
她说他手上刻着时光年轮的苦痛
辛酸
回首过去
他说她是海
她有海的胸怀
她说他是天
他有天的力挽
看今朝
馥郁茶香流淌着幸福
悦耳之音飘溢着温暖

爱是什么
爱是欣赏
是陪伴
爱在举案齐眉间
爱是暖心的一句话
热乎乎的一口饭
爱是流年岁月里的万万千
爱是海
是天
爱是阳光下望不尽的风光无限
爱是什么
用生活诠释
身心体验
让她在风雨中长大
情无限

周永强作品[*]

爱一个人

爱一个人是件很奇妙的事情。你可能喜欢，她伤心流泪时，那楚楚动人的模样；喜欢，她在你面前的撒娇模样；喜欢，她那天籁般的歌声；喜欢，她……就是这点点滴滴的美好，积聚在一起便形成了真挚的爱。

总喜欢在那月光洒满湖面的时候，同她一起静静地坐在湖边，聆听湖水流动的声响，欣赏它的波光粼粼；总喜欢在野草吐出嫩芽，桃花竞相绽放的时候，牵着手在一片花海里奔跑，让甜蜜笑声回荡在整个田野；总喜欢在大雪纷飞，大地皎洁如月光洒下的时候，手握手，深情地望着雪落而浮想联翩。

爱一个人，总是在茫茫人海之中，竭力去寻找她的身影，她的莞尔一笑，就会让一切的冰川消融。遥远的爱，是一种等待，一份守候，偶尔发现好久没有同她联络，心便会不停地自责起来，轻轻地拨打那熟悉的号码，"嘟——嘟——"的几声便会让自己的心跳加速，一句问候传来，便能让骚动的心平静。总爱用那开玩笑的口吻谈话，其实只是想逗笑你，听听你的笑声，尽管看不到，但她那笑容绽放的模样，会浮现在脑海。计时器不断变动着数字，即便再长的谈话，也终究有结束的时候，挂电话之前，总是不忘记唠叨几句，似乎只有如此，躁动的心，才能得到平复。

没有爱的人生，是苍白无力的，就如同只有躯体，没有灵魂。是这份爱，给予了我们不断前进的动力。但，或许某天，这样的一份爱，也会如烟云般消散。

爱一个人，不是自私地拥有她的全部，我们都是彼此的过客。如浮萍般，就如同歌曲《萍聚》中唱的那般："别管以后将如何结束，至少我们曾经相聚过……只要我们曾经拥有过，对你我来讲已经足够，人的一生有许多回忆，只愿你的追忆有个我。"

---

[*] 周永强，笔名枫泠，江苏省邳州市人。热爱散文、诗歌创作，曾有多篇文章刊登于报刊和书籍，并获得好评。

十一月

寒风挟着枯叶在风中飘荡,
一阵寒风吹过,整个城市变成了黄色,
枯黄的落叶,遍布城市的大街小巷,
空气中散发着干枯的味道,像一本旧书,耐人寻味。

早晨的空气中,云烟氤氲,
雾气中夹杂一丝清冷,寒气阵阵袭来,
哈一口热气,顷刻间,便在眉梢凝成水滴,
悬挂着,晶莹剔透,
头发也变得白茫茫,像是一位老翁。

早雪变得慵懒,似乎忘记了这座小城,
雨却变得勤快,时常光顾,
携着寒冷,一场更似一场,
如果不小心淋雨,冷意便会渗透肌肤,
或许会让你打几个冷战,
也或许让你生一场感冒。

温度变得越来越低,
再过几天,河面便会结冰,
如何在这寒冷的冬季,相互慰藉,
或许蜷缩,或许拥抱,
总有一种情怀适合你。

或许不是在最美的季节,
相遇,相知,相守,
时间在流淌,

岁月在加深情感,
即便是冬季,
也会在风雪之中,
绽放出最美的色彩!

后　记

　　本书由感人至深的亲情故事、难以忘怀的人生经历、念兹在兹的山河游历、独一无二的风土人情、诚恳真挚的祖国礼赞等内容组成，在简单的遣词造句中作者真挚的情感跃然纸上。本书的内容未经浓墨重彩的渲染，源于生活，融于生活，于细微处见真情。

　　本书是由一篇篇文章形成的书稿，文章的作者并不是专业的写手或作家，他们热爱书写，在平凡中用真心、真情、真意的文字记录人生的点点滴滴，表达他们对生活的热爱和礼赞。书中的作者是一群可敬的文字书写者、文学爱好者、勇于追梦者，故在文稿的编辑中我们保留了作者淳朴的文风，没有刻意追求语言的精练和华丽。本次文章征集的初心是"平凡中的我们用文字来礼赞我们的生活和我们所生活的美好时代"，在编辑本书的过程中我们删去了很多虽文字优美但表达另类的文章，在此也想向这些作者致歉。本书的出版得到了很多投稿作者的热情支持，特别是文章收录"好文章书系"的作者们。没有你们的鼎力相助，以及那份对文学的孜孜以求与无限热爱，便没有本书的出版，在此，向你们鞠躬致谢！在此还要感谢那些为本书的出版付出辛勤劳动的编辑和工作人员。

　　"文化兴国运兴，文化强民族强。"在提倡文化强国的今天，新时代需要平凡普通人用自己的语言和手中的笔去感染我们身边的人和事，书写不平凡的人生，用正义的声音去传播正能量。编委会总想把"好文章书系"的出版做好，不辜负作者和读者们的殷切期望，但诸事繁杂，且书中作者大多出于自身对文字的热爱，非专业写作，书中不足之处在所难免，我们怀着虔诚的心请求读者朋友在欣赏本书时，宽容待见，批评指正。

"中国好文章"大赛编委会